戦国倭人伝第二部

豐臣奇譚

世川行介

彩雲出版

戦国倭人伝 第二部

豊臣奇譚

献辞　清冽を生きた故羽田孜元首相の御霊に

目次

装丁　小室造本意匠室

主な登場人物

倭五右衛門《わのごえもん》……倭《わ》の裔《すえ》の長。祖父直道の遺言で羽柴一族殲滅に執念を燃やす。
妻木正之《つまき》……明智光秀の義弟。五右衛門と行動を共にする。
六　造……倭の裔の山忍びの束ね。大阪で武具店三河屋を営む。
与　五……山忍びの一員。
竹　蔵……山忍びの一員。細川家の動向を見張っている。
鉱山掘《かなぼ》りの藤十郎（別名、大久保長安《ながやす》）
　倭一族から徳川家康に貸し出された鉱山掘り隊の棟梁。

美保屋宗兵衛……海を渡った倭の裔を率い、南海交易をおこなっている。
明智秀満……元明智家重臣。光秀の女婿。宗兵衛と共に済州島に渡る。

お　玉……光秀の次女。細川忠興の妻。幽閉先の味土野で五右衛門と情を交わす。
細川興秋《おきあき》……お玉の次男。幼名、与五郎。

豊臣秀長……豊臣政権の実質的な支配者。秀吉の兄でありながら弟を演じ続ける。
千利休《なや》……秀長の織田信長謀殺計画の一員。秀長のルソン交易を取り仕切る。
納屋助左衛門……千利休の子飼い。ルソン交易の実働部隊の長。菜屋助左《なやすけさ》。

細川藤孝……秀長の織田信長謀殺計画の一員。隠居して幽斎を名乗る。
細川忠興《ただおき》……藤孝の嫡男。お玉の夫。
豊臣秀次……秀長、秀吉の甥《おい》。秀吉の跡を継ぎ、関白となる。

豊臣秀吉……秀長亡き後の豊臣政権を運営する。
石田三成……秀吉の側近中の側近。
小西行長……吉利支丹大名。秀吉に認められ、明・朝鮮との交渉役となる。
加藤清正……豊臣の縁者。武闘派大名。

徳川家康……五右衛門の後押しを受けて天下人の座を狙ってきた。
大久保忠世《ただよ》……徳川家重臣。家康と五右衛門とのつなぎ役。
大久保忠隣《ただちか》……忠世の嫡男。
本多正信……家康の側近。
高山右近……吉利支丹大名だったが、領地を秀吉に返上して浪人になる。

主な年表

一五八二年　本能寺の異変、織田信長死亡。
同　年　山崎の合戦、明智光秀死亡。
一五八四年　小牧・長久手の戦い。
一五八五年　近衛秀吉、関白職に就く。
一五八六年　豊臣秀吉、太政大臣となる。
一五八七年　九州征伐。
同　年　伴天連追放令。
同　年　高山右近、領地を返上して浪人となる。
一五九〇年　徳川家康、関東に移封。
一五九一年　大和大納言秀長病死。
同　年　千利休、自害。
同　年　秀吉の嫡男鶴松、病死。
同　年　豊臣秀次、関白に就任。
一五九二年　文禄の役。秀吉の朝鮮出兵開始。
一五九三年　淀の方、秀吉の子拾丸を出産。
一五九五年　関白秀次、高野山にて切腹。
一五九七年　慶長の役。第二次朝鮮出兵始まる。
一五九八年　秀吉病死。豊臣軍、朝鮮より撤兵。

豊臣奇譚

一の章　猛禽奮迅

一

記憶から消えていく者たちのことを、人は、死者、と呼ぶ。

「京はさながら死者の棺《ひつぎ》の如し。」

そう書きとめたのは、天正十（一五八二）年六月、豊臣秀吉と明智光秀が雌雄を決した山崎の合戦の直後に京を訪れた、播磨《はりま》国西洛寺の冬慶《とうけい》禅師だった。

冬慶禅師が書き残したとおり、梟雄《きょうゆう》苛烈《かれつ》な戦国の世にあって七年間天下に君臨した織田信長の野辺送りをした京の都は、次代の覇者出現を待つ奇妙な静謐《せいひつ》の中にあった。

京の民にとって、織田信長の死は格別な時代的意味合いを持った死などではなかった。かれらは足利幕府の衰退によって下剋上が始まってから、何十人もの「死者」を目の当たりにしてきた。彗星のごとく京に勇姿を現し、民や公家の喝采《かっさい》を浴び、しかし、背後を襲ってくる者によってすぐに棺に投げこまれる、流星のような末路の死者たち——。そんな光景は見飽きるほど見てきたから、織田信長の死もそうした死と同列にしか思わなかった。

「信長公の跡をお継ぎになるのはどなたでごじゃりましょうか。」

「さて、どなたやら。」

保身に長けた内裏の公家たちは、迂闊《うかつ》な言質《げんち》によって後々わが身に災いがふりかかって来ぬよう、声を潜めて武家たちの動向を見つめていた。

そうした京の都で羽柴秀吉を時の寵児《ちょうじ》にしたのは、実際は秀吉の兄ながら「弟」を演じ続けている羽柴小一郎秀長だった。

山崎の合戦で羽柴勢を勝利に導いた秀長は、信用の置ける血縁の若党《わかとう》である加藤虎之助と福島市松を呼びつけ、

「虎之助。市松。ぬしらに鉄砲隊を預けるゆえ、今からすぐ生野《いくの》に出向き、銀山は羽柴の領地であるとの立札を立て、踏み入れる者を追い払え。

どこの誰であろうとただの一人も山に入れるな。逆らう者は撃ち殺しても構わぬ。」

信長直轄の生野銀山の確保を命じた。

「はい！」

初めての大役に若い二人は欣喜《きんき》雀躍《じゃくやく》して、すぐさま生野に走り、銀山を羽柴のものとした。

それからしばらくして、大量のしろがねが秀長の元に運び込まれた。

「とりあえずは、これだけの量があれば申し分ない。」

千宗易を招いてそれを検分した秀長は、自分たちの天下取りの成功を確信した。

「宗易殿。このしろがねで、まず、京の民を羽柴の味方につけようぞ。」

「何をなさるおつもりで。」

「京の橋という橋のたもとに大釜を置き、浮浪の者たちに粥《かゆ》を存分にふるまってやってくれ。腹が膨《ふく》らむほどにな。

女でも子供でも、誰でもかまわぬ。羽柴筑前守からの施しだと申して、ふた月ほどそれを続けられよ。」

「なるほど。」

「朝廷を手なずける前に、京の民を手なずけるのだ。

そういう時は、まず一番下賤《げせん》の者たちを手なずけるのがよい。」

「わかり申した。早速手配いたしましょう。」

秀長の目論見《もくろみ》を理解した宗易は、相好《そうごう》を崩してうなずいた。

「虎之助と市松を使いなされ。

あの二人を辻に立たせ、足軽になりたい者がおったら、二人の家来にさせると触れをさせろ。

あの二人にもそろそろ一軍を持たせてもよかろう。」

「それは妙案。さぞかし喜ぶことでありましょう。」

宗易は迅速に動き、虎之助と市松が指揮する羽柴軍は、京の橋という橋のたもとで、粥の大盤振舞いを始めた。

民は敏感に反応し、京での秀吉の評判は急上昇した。

「やはり、羽柴さまがよいのう。水呑百姓《みずのみ》が天下を取るなど、小気味よいではないか。」

「柴田殿などはどうじゃ？」

「わしはあの男は好かぬ。田舎者のくせをして、威張りくさった顔ばかりしておる。」

「そうじゃの。わしも羽柴さまに天下を取ってもらいたいわ。」

昨日までの覇者織田信長をまたたく間に忘却の彼方《かなた》に追いやり、山崎の合戦で見事亡君信長の仇討《あだう》ちを果たした新興武将羽柴秀吉に喝采を送りはじめた。出自も定かではない卑賤《ひせん》の出である秀吉の出頭ぶりに、民ならではの親近感を覚えたからだ。

「よいか。勢いに勝る援軍はない。今、勢いはわれらの側にある。この勢いに乗じ、戦さに勝ち抜いて兄者に天下を取らせるのだ。

兄者が天下を取ったら、そなたたちは城持ち大名になれるのだぞ。城持ちになりたい者は身を粉にして働け！」

秀長は、数少ない一族の郎党たちを激励鼓舞し、自らは秀吉の参謀として、羽柴に転ぶ者には見返りに多額の銭を与える懐柔《かいじゅう》作戦によって、猛烈な速さで味方を増やしていった。

主を失った織田家中には、

「猿めの風下になんぞ！」

羽柴秀吉に傾く流れに抗《あらが》おうとする者もいたが、秀吉が主殺しの謀反人《むほんにん》明智日向守《ひゅうがのかみ》光秀を討ち破ったという事実には格段の重みがあったから、一日経つごとに秀吉に流れる武士の数は増え、それでも秀吉を認めたくないと意地を張った宿老柴田勝家は、天正十一年、近江国賤《しず》ケ岳《たけ》で羽柴軍に滅ぼされた。

家来たちは敏感だ。

「秀長さまの采配《さいはい》ぶりは、実に見事だな。われらもあれを学ばねばのう。」

一軍を任され、常に秀長の戦さに従軍している加藤虎之助改め清正《きよまさ》がうなった。

「ああ。押し時の肝の太さにかけては天下一だ。」

福島市松改め正則《まさのり》がそう応じた。

「秀長さまに従っておると、戦さに敗ける気がせぬ。ひょっとしたら秀吉さまの天下取りは夢物語ではないかもしれぬ。」

「わしもそう思うぞ。

秀長さまの言葉に従ってさえおれば、わしらもいずれ、城持ち大名になれるかもしれぬ。」

「一刻も早く、秀長さまに認められるような手柄をたてなくてはのう。」

「そうじゃ。それに尽きる。」

羽柴家中では秀長信者が急激に増えていった。


本能寺異変から二年近くが経った天正十二（一五八四）年晩春。

女が一人、地獄から生還した。

天下の謀反人明智光秀の次女で丹後領主細川忠興《ただおき》の妻お玉が、羽柴秀長の口添えを得て、一年半に及ぶ丹後味土野《みどの》での幽閉生活を解かれ、細川家大阪屋敷に戻ったのだ。

晴れた日の昼下がりだった。

「長い間つらい思いをさせて、相済まなかった。」

玄関先に迎えに出、そう言いながら四方輿《しほうごし》に向かった夫細川忠興は、簾《すだれ》を上げて出てきた妻を見て、

「――――!」

思わず息を呑《の》んだ。

人の通わぬ奥山の吹きっさらしの粗末な屋敷でふた冬を体験して戻ってきたお玉は、能面のように無表情な女になっていた。かつては世にも稀《まれ》なおしどり夫婦とまではやされた夫忠興に、再会の喜びを示す一切の表情も見せず、それどころか、忠興への激しい拒絶の匂いを発散させながら、無言で頭を下げただけだった。

「お玉…。」

妻のあまりにも急激な変容に、忠興は次の言葉を失った。


時代は羽柴秀吉に凝縮されつつある。

天正十二年春、東海の雄として名高い浜松の徳川家康が、信長の次男信雄《のぶかつ》を担いで秀吉に挑んだ小牧・長久手《ながくて》の戦いで、徳川勢は羽柴勢と互角の戦いを示したものの、秀吉を支持する大名が増え出したのを見、

「口惜しくはあるが、今の羽柴勢の勢いには抗いきれぬのう。」

次男の於義丸《おぎまる》を養子という名目の人質《ひとじち》として差し出して、秀吉と和睦《わぼく》した。

その年の暮れの大阪堺。

豪奢《ごうしゃ》な部屋の中央に置かれた檜《ひのき》造りの円卓を囲んで、数人の男が洋風の椅子《いす》に腰かけていた。

「この度もまた、豪勢な珍品を大量に持ち帰ったそうだのう。」

屋敷の主が向かいの商人風の青年に声をかけた。

「へえ。幸い、この秋は海の荒れが少のうございましたから、船荷を損のうこともありまへんでした。これを商えば、また万貫の財が入ることは間違いおへん。」

日焼けで黒ずんだ顔の青年は誇らしそうに答えた。

「それは結構至極《しごく》な話じゃ。富はいくらあっても邪魔にはならぬ。のう、宗易殿《そうえき》。」

屋敷の主羽柴秀長は、右隣の椅子の千宗易に言った。

いまの秀長は姫路城主で、秀吉が築城中の大阪城の近くに正規の大阪屋敷を置いているが、南海交易のために、ここ商都堺の港にも隠れ屋敷を構えている。

「そのとおり。

富さえあれば天下は思いのまま。それに秀長さまの智謀が加われば、羽柴さまの幕府はもう間もなしでござりまする。」

西国制覇に向けて多忙な秀長に代わって南海交易を仕切っている千宗易は、満足そうにうなずいた。

「京でばら撒いた銭は役に立ったのかな。」

「はい。売り値の倍近い値で品を買うてもろうた京の商人たちは、一人残らず羽柴さま贔屓《びいき》になりました。

羽柴さまが申されたとおり、下々の声はやがては公家衆の耳にも入るもの。もう、京も内裏《だいり》も羽柴さまのものでございまする。」

「徳川との和睦も無事調った。来年は紀伊と四国を落とす。

あとは開府だ。これからは羽柴の世であることを、京の民に見せつけねばな。」

「東国はいつ？」

「ふん。東国などいつでもよい。

日本の国は西半分で成り立っておる。東国の者どもが、どうやったら南海と交易ができるか。堺と瀬戸の海を押さえた者にしか天下は仕切れぬ。それはわぬしが一番知っておるだろう。」

「ほんまに。」

「例の話はどうなっておる？」

秀長は顔を左の椅子の人物に向けた。

「それがじゃの、」

嫡男《ちゃくなん》忠興に家督を譲り、今は細川幽斎《ゆうさい》と名乗っている鷲鼻の武士が、心持ち身を乗り出した。

「徳川が、羽柴幕府だけは絶対に認められぬと言い張って、引かぬそうな。

武家政権は皇孫（天皇の子孫）である源氏と平氏の交代がしきたり。平氏の織田の後は、源氏が幕府を開くのが定まり。源氏とは無縁の羽柴に開府を許すなら、源氏の子孫の面目に代えて、羽柴との再度の戦さも辞さぬと、すこぶる強硬な姿勢で、朝廷も困っておる。」

「徳川との戦さになると長引くのは必至ゆえ、戦さは避けたいのだが、ふむ、朝廷とは昵懇《じっこん》のそなたでも、良い知恵が紡《つむ》ぎだせぬか。」

「なかなかのう。」

細川幽斎は苦り切った顔で腕組みをした。

いくら下克上の世とは言っても、力のある武将が誰でも征夷大将軍になれるというものではない。畿内を平定した羽柴兄弟は、羽柴幕府の開府を望んだが、兄弟の出自の卑しさから、いくつかの条件が満たされず、幕府を開くことができないで困っていた。

将軍宣下《せんげ》の条件をつくったのは京の公家たちだった。

かれらは、武家政権は、皇孫である源氏と平氏の交代がしきたりだ。最初の武家政権である平清盛の後の鎌倉幕府が源頼朝、その執権《しっけん》となった北条氏は平姓を名乗り、これを倒した足利幕府は源氏。幕府を開くことをしなかったが、あの織田信長でさえも、公家たちの助言を受けて、平氏を名乗ったと喧伝《けんでん》し、その愚にもつかない条件に箔《はく》をつけた。

これが、秀吉には、致命的な障害となった。

征夷大将軍の座を狙うなら、平氏を名乗った信長の次の覇者は、源氏でなくてはならない。しかし、秀吉と天下を張り合っている東海の雄徳川家康が、五十六代清和天皇の血を引く清和源氏の後裔《こうえい》を標榜《ひょうぼう》している手前、家康をさし置いて源氏を名乗ることは、秀吉の卑しい出自を知っている他の大名たちが承知しない。羽柴に好意的な公家たちと計らって打開策を講じるよう、細川幽斎に頼んでいたのだ。

「家康は銭で転ぶような男ではないから、銭をなんぼ積んでも翻意《ほんい》すまいのう。そうなると、朝廷を銭で攻めるしかあるまい。」

秀長は、細川幽斎の言葉に嘆いた風もなく、さらりと言ってのけた。

本能寺襲撃を成功させ、明智光秀を謀殺してからの秀長は、自信に満ち溢れている。あれから二年、信長の死によって自分たちのものとなった生野銀山から掘り出された銀《しろがね》を、宗易と助《すけ》佐《さ》に南海に運ばせ、その交易で得た巨額の利で軍備を整え、羽柴軍団を天下無双の最強軍団に仕立て上げた。

さらには、この天正十二年、西国の毛利が服属を申し出て来て、石見の銀山は毛利と羽柴の共同管理となったため、今の秀長は天下一の分限者《ぶげんしゃ》となっていた。

「ちょうどよい折に助佐が戻ってまいりましたな。今度の交易の儲けは、朝廷の懐柔につかいましょう。」

黒く日焼けした青年菜屋《なや》助佐を横目に見て、宗易が言った。

「では、銭の支度は宗易殿に任せよう。頼むぞ。」

「お任せあれ。

それよりも、そこにあるのは、助佐がルソンから持ち帰ってきた南蛮の赤い酒。先ずは皆さま方、一献召されませ。」

宗易は助佐に命じて、三人の前のグラスに葡萄《ぶどう》酒を注がせた。

「で、まず、誰に銭を配らせるのじゃ？」

幽斎が訊《き》いた。

「それについては、わしに思い当たる男がおる。わしに任せろ。」

秀長が笑みを浮かべながら答えた。

「そうか。」

その後の言葉を幽斎は言わない。それがこの男のいつもの癖だ。

「問題は家康だ。

あの時、あやつも一緒に始末しておけばよかったが、当時は、わしらもそこまでは手が回らなかったからのう。

これから目の上の瘤《こぶ》になるのはあの男だ。あやつをどう遇すべきか、なんぞ知恵はないか。」

「古《いにしえ》より、平氏は西国、源氏は東国、そう言われてきた。徳川が源氏を名乗るのなら、いっそのこと、本当に東国に行ってもらってはどうかの。」

細川幽斎が言った。

「転封《てんぽう》か？」

秀長が意外そうに訊き返した、

「そうだ。北条の領地関八州は二百五十万石。今の徳川の領地より広い。北条を征伐して、その跡地を徳川に全部やるというのなら、名分は立とう。

それまでに西国を完全制圧して、家康が有無を云えぬようにしておけば、できぬ話でもないだろうて。」

「家康を東国に、か。なるほどな。

京と東国との間を子飼いの大名たちで敷き詰めれば、われらにとっては分厚い城壁代わりになる。家康がいくら足掻《あが》いても西国には攻め上れぬ。

ふむ。それは妙案かもしれぬな。心にとめておこう。」

秀長は満足そうにうなずいた。

「とうとう開府でござりますか。

これから先、羽柴さまはどのような幕府にしていかれる所存で？」

「フフフ。

宗易殿よ。やつらをうまく治める秘訣はたった一つじゃ。

それはな、わしが欲したものをやつらには与えぬことよ。『野放図』の味、それをやつらから取り上げることだ。まず、畿内での刀狩り、検地、そして人別帳《にんべつちょう》、この三つを徹底させるのだ。畿内が終わったら西国一帯でそれをやらせる。

民というものは、あれは、野原の薄《すすき》と同じじゃ。刈り取っても刈り取っても、どこぞから種が舞って来て、年が改まれば野原を覆い、しかも、風の流れには決して逆らわぬ。いくら無理難題を申しつけても、最後には必ず従うのがこの国の民。

あのような者たちの命を惜しむ必要はない。代わりはいくらでもおる。容赦なく使役に狩り出せば良いのじゃ。逆らう者は誰かれ構わず斬《き》って棄《す》てればよい。

われらの覚悟のほどを知ったら、民は従う。誰一人逆らいはせぬ。わしが保証する。」

「フフ。いかにもお主らしい。」

細川幽斎が小さく笑った。

「お主とてそうじゃろうが。」

秀長は幽斎に返した。

「そうじゃ。お主と同じじゃ。下賤の民の命などにはびた銭ほどの価値もない。」

「では、それをやろうぞ。」

「よかろう。」

幽斎は、赤い葡萄の酒に手を伸ばした。


「戻りました。

旅の汚れがひどうて見苦しゅうございましたので、お待ちかねとは存じながら、屋敷に立ち寄り沐浴《もくよく》を致してまいりました。相済みませぬ。」

「ご苦労であったな。

して、京大阪はどのような様子であった？」

「はい。京ではいま、羽柴幕府を認めるかどうかで、朝廷が揺れておりまするそうな。

山崎の戦さに勝ってからの羽柴秀吉が、大量の銭を内裏にばら撒《ま》いたこともあって、大方の公家たちは羽柴幕府に異論はないのですが、源氏の血統を誇ってきた徳川家康が強硬に異を唱えて、朝廷は徳川懐柔に相当に難儀しておる模様でござりまする。

何と言っても、徳川は、小牧・長久手の戦さで羽柴軍をしのぐほどの戦さぶりを見せた剛の者ぞろいでございますから、朝廷も徳川の意向を無視はできませぬ。かと申して、今の羽柴には逆らえませぬ。ここしばらくは両家の押し合いへし合いが続くことでありましょう。」

「そうか。羽柴は開府への歩《ほ》を進めたか。

いま少し時を置くかと思うておったに、徳川と和睦するなりの天下狙い。羽柴秀吉という男、なんともせっかちな男よな。」

「しかし、京では、羽柴秀吉の評判はすこぶるようございますぞ。民たちは、一日も早い羽柴幕府の開府を待望しておるように感じました。」

「なあに、京の民という輩《やから》は、いつもそんなものよ。

あやつらは移り気の民。その時々の勢いのよい将を贔屓にする。そして、勢いがそがれると、すぐに逃げる。松永弾正《だんじょう》の時も三好三人衆の時もそうであったではないか。民の心で天下が動いたことなど、この国ではただの一度もない、民は時の覇者につき従うだけの存在よ。民の心を推《お》し量ることには、何の意味もない。

そんなことよりも、そなたの眼には、羽柴の開府ありと見えたか？」

「はい。時期が少しばかりずれることはあっても、今の勢いでは、羽柴幕府の誕生は間違いございませんでしょう。

それがしの見たところ、羽柴秀吉は出自の卑しさを財力で補おうとの構え。京の橋という橋のたもとで浮浪の者たちに粥を施したり、小商いの商人たちに銭をばら撒いて品を買い上げるという大盤振舞いをやってみせ、それが民の評判を高めております。それがしには、この民の声は侮《あなど》れぬと思えまする。

財の力は強うございますぞ。羽柴にはその財が潤沢《じゅんたく》にあります。徳川はそのうちに矛《ほこ》を収めるはず。」

「そうか。

われらのためには、まだ当分はこの国は乱世が続いてもらいたいのだが、そなたがそう言うのなら、間違いはあるまい。

であるなら、まだしばらくは、わしも仮面をかぶって生きることにしようかの。」

「それがよろしいかと。」

「わかった。そなたも疲れたであろう。今日はもう下がって、骨休みをするがよい。」

風はないが、盆地特有の底冷えする冷気が、京の小路の隅々にまで沁みている。

「近衛《このえ》殿。

ござるかの。」

大名然とした恰幅《かっぷく》のよい中年武士が、十数名の家来を伴って、西院《さいいん》にある前《さき》の太政大臣近衛前久《さきひさ》の隠宅を、前触れもなく訪れた。

何者の来訪かといぶかしがりながら玄関まで出てきた近衛前久は、その武士を認めると顔色

を変え、思わず姿勢を正し、

「これはこれは、羽柴さま。

こんなむさ苦しいところに、ようこそおいでくだしゃれた。」

ばつの悪そうな表情で、羽柴秀長に頭を下げた。

「久しぶりだのう。近衛殿。

そこもとが京に凱旋《がいせん》なされたと聞き及んで、羽柴秀長、ご機嫌伺いに参上した。

ご壮健そうで何より。知恵袋のそこもとが帰ってきてくれて、拙者、頼もしい限りじゃ。」

導かれた部屋で前久と対座すると、秀長は、この男らしからぬ柔和な笑みを浮かべ、まんざら嫌味とも思えない挨拶をした。

今日の秀長の三白眼《さんぱくがん》は、二年前のように毒々しく尖《とが》っていない。山人《やま》族の御所襲撃の夜以来、秀長のことをおぞましい冷血漢だと恐怖してきた近衛前久は、

（……？）

心の中で小首をかしげた。

秀長が葬った織田信長や明智光秀と懇意だった近衛前久は、秀長の冷酷さに恐怖を覚え、本能寺の異変直後に出家した。しかし、それでも、秀長への恐怖感は振りはらえず、三河の徳川家康の元に逃げ、家康に保護された。

しばらくして、家康のとりなしで京に戻ったものの、信長後の覇者の座をめぐって秀吉と家康が小牧・長久手で戦うと、また京にいづらくなり、京を出て他国に身を隠す羽目になった。

しかし、「弱り目にたたり目」とは当時のこの男のために用意された言葉みたいなもので、家康と和睦した秀吉が西国制覇を推し進めると、どの大名も前久を匿《かくま》いづらくなった。そんな生活に疲れ果て、先ごろ、捨て鉢な思いで京に帰ってきたばかりだ。もちろん、帰京の旨は秀吉にも届けてはある。

「羽柴殿もご壮健で…。」

秀長の突然の来訪の真意が読めず、前久はしどろもどろの挨拶を返しながら、秀長の顔を覗《のぞ》き見た。

「なあに。根が水呑百姓の小倅《こせがれ》。丈夫だけが取り柄だ。」

公家中の公家である近衛の長《おさ》を前にして、「水呑百姓の小倅」と、秀長はさらりと言ってのけたが、それがまた、現在の秀長の自信のほどを示していた。

二年の間に秀長は変貌《へんぼう》した。いまの秀長は、織田信長の跡目を継ぎ天下統一の最短距離にいる羽柴筑前守秀吉が最も頼りとする男として、肩で風を切って生きている。

「あれを運んで来い！」

秀長は玄関先で侍《はべ》っている家来に大声で命じた。

「はっ。」

すかさず二人の従者が重そうな大袋を二つ抱えてきて、前久の前に置いた。

それが丁銀《ちょうぎん》を詰めた大袋であることを、前久はすぐに理解した。最大の庇護《ひご》者だった織田信長が死んで、元の貧乏公家に戻っていた前久は、もの欲しそうな視線で大袋を一瞥《いちべつ》した。

そんな前久の心を見透かしたかのように、小さな笑いを歪めると、

「近衛殿よ。そろそろ、われら兄弟のために働いてもらおうかのう。」

秀長はそう切り出した。

「さて…。」

前久は瞬間身を固くした。

「心配せずともよい。

わぬしがわれら兄弟に牙《きば》を剝《む》かぬ限りはわぬしの命はとらぬと、二年前にも言ったはずだ。わしは、一度吐《は》いた言葉は大切にする男だ。」

不安そうな表情を浮かべる前久に、秀長は皮肉な笑みを浮かべながら言った、「どうだ、働いてもらえるか？」

前久は、小さく何度かうなずくと、

「例の一件でごじゃりまするか？」

そう訊いた。

隠遁《いんとん》していても、前の太政大臣だ。内裏の噂《うわさ》はあれこれ耳に入ってくる。前久は、秀長が何の用件でここに足を運んできたのかを察した。

「そうだ。」

秀長は素直にうなずいた。

「朝廷から開府のお墨付きさえ与えられれば、天下統一にかける手間隙が少なくて済む。

朝廷のことを任せておる細川幽斎にも相談したが、いまひとつ決め手に欠ける。わぬし。何ぞよい知恵はないか。」

火鉢に差し出した両手を軽く揉《も》み解《ほぐ》しながら、秀長は意見を求めた。

「ありまするぞ。」

近衛前久は自信たっぷりに即答した。

「あるか。」

秀長の眼が輝いた、「やはりわぬしを頼って来てよかった。」

「ありまするが、その知恵を出しますからには、麿《まろ》のこれからは、しっかりと安堵《あんど》してもらえるのでござりましょうな。」

前久は、疑り深い眼で秀長の顔を覗きこんだ。

二年前の深夜、燃え盛る御所の庭で秀長の残忍さを目の当たりにした記憶は、いつまで経っても前久の内部でしこって消えない。

(うかつに信じるわけにはいかぬ。)

前久はそう身構えている。

しかし、

「もちろんだ。もちろんだとも、近衛殿。」

秀長は満面に笑みを浮かべて、

「わしの眼の黒いうちは、内裏はわぬしのものだ。細川と語らって好きなように仕切ればよい。

それに、銭が必要ならば、言われるだけ出す。」

そう応じた。

「信じてようござりますな。」

前久は強く念を押した。


羽柴軍団の指揮官としての秀長の行動は素早い。

翌天正十三（一五八五）年に入ると、前年の長久手の戦さで徳川勢に襲われ、命からがら敗走し、その後意気消沈している甥《おい》の羽柴秀次を呼んだ。

「秀次よ。いつまでも憂《う》い顔をしておるでない。

わぬしが相手にしたのは、海道一の弓取りと言われておる徳川家康だ。戦さ上手の池田恒興《つねおき》や森長可《ながよし》でさえ討ち死にしたほどに苛烈な戦さ。若いわぬしごときは、赤子のようにあしらわれて当たり前じゃ。」

自分には男児がなく、実姉ともの長男である秀次に眼をかけてきた秀長は、そう慰めた。

「はあ…。」

それでも秀次は曖昧《あいまい》にうなずくだけだった。

「よいか。秀次。よく覚えておけ。

戦さに勝つには、兵の士気を盛んにさせることが一番肝要じゃが、わが羽柴は、他の大名たちとは異なって、子飼いの家の子が少ない。これが羽柴の弱さだ。小牧・長久手の戦さではそれが統制の乱れとなって出た。わぬしの将としての力量の問題ではない。

その弱さを補うにはな、銭の力で兵の心を惹《ひ》きつけるのだ。銭の力に比べたら、忠義心なんぞ冬の風に舞う枯葉と変わらぬ軽さだ。法外な銭を与えれば、将も兵も、必ずなびく。

今のわが羽柴には、わしが南海交易で得た財が山のごとくある。これからはわぬしにもそれを分け与える。わぬしはそれを巧みにつかって兵どもの心をつかむのだ。

これより紀伊征伐をおこのう。わぬしは先陣の大将だ。」

「紀伊征伐ですか？」

秀次が驚きの声を発した。

「そうじゃ。わぬしは先陣の大将として、必ず紀伊を征伐するのだ。征伐すれば、放っておいてもわぬしの名は上がる。」

「しかし、あの信長公でさえ手こずった紀伊を…。」

「なあに、無理な話ではない。

わぬし。戦さの前に雑兵《ぞうひょう》たちを集め、敵将の首を取った者は、たとえ足軽であっても必ず城持ち大名にしてやると、大声で申し伝えよ。それを聞けば、兵の士気は数倍に上がるから、戦さは勝ったも同然じゃ。

今度の紀伊征伐は、わぬしの将としての器量を磨くためじゃ。他の将たちへの重しには木村重茲《しげこれ》を軍目付《いくさめつけ》としてつけるから、思いどおりの戦さをやってみろ。

くれぐれも申しておくが、雑兵など、いくら死んでも構わぬからの。あやつらの代わりはいくらでもおる。そんなことは一切気にするな。」

秀長は、堀秀政や筒井定次《さだつぐ》たち先陣の大将を秀次に命じた。

秀長の言に従って、秀次は将兵に破格の褒賞《ほうしょう》を確約した。将兵が勢いを増した羽柴勢は、根来衆《ねごろしゅう》がたむろする紀伊を攻め、これを見事に制圧した。

先陣の大将という大任を果たした羽柴秀次は、その顔に明るさを取り戻し、

「ようやく長久手の戦さの折の恥辱《ちじょく》を雪《そそ》いだ。

それもこれも、すべては秀長叔父上のご配慮のお陰だ。これからも叔父上の教えをわが経典と思うて、ご期待にそむかぬよう精進を重ねるぞ。」

周囲にそう洩《も》らし、その言葉は、周囲から秀長に伝わってきた。

「そうか。秀次がやる気を取り戻したか。それは何よりだ。あやつにあれくらいのことで気落ちされては、羽柴家の行く末に障《さわ》りが出るからのう。

そなたら。これよりは、躰《からだ》を張って秀次をよき大将に育てるのだぞ。」

秀長は秀次の家臣たちに言い含めた。

それは言外に秀次に対する秀長の期待の濃さをにじませていたので、

「ははっ。」

秀次の家臣たちは顔を紅潮させて頭を下げた。

紀伊征伐を終えた秀長は、

「紀伊は片づいた。次に移るぞ。」

同年六月、すかさず、自らが総大将として十万の兵を率い、四国の長宗我部《ちょうそかべ》征伐に向かい、

「これ以上戦さを続けるというなら、いくらでも受けてはやるが、戦さなど、どちらが勝っても詮無《せんな》いものよ。銭と兵の無駄遣いではないか。そんな無益な戦さは、もう、信長の時世でお仕舞いにしようぞ。

それよりも、ここは黙って羽柴に下《くだ》りなされ。下ってわが羽柴に恩を売れば、わしの眼の黒いうちは、絶対にそこもとを粗略《そりゃく》には扱わぬ。」

武と銭とでこれを屈服させ、ほとんど無血で四国を平定した。

織田信長でさえ手を焼いた紀伊征伐に続く四国平定の短期間の成功に、

「羽柴秀長か。やるものよなあ。

本能寺の異変以来、お調子者の秀吉にしてはきめの細かい芸当をやり続けるので不審に思っておったが、ようやくわかったわ。秀吉の本当の影は、軍師の黒田孝高《よしたか》などではなく、あの弟だったのだな。」

全国の大名たちは、羽柴秀吉の弟秀長の名を、強く記憶した。

同年七月。

前の太政大臣近衛前久は、羽柴筑前守秀吉を自分の猶子《ゆうし》とした。

猶子とは、姓を変えない養子縁組のことだ。前久は以前、石山本願寺の座主顕如《けんにょ》の長男教《きょう》如《にょ》を自分の猶子としたこともある。

近衛家は、古《いにしえ》よりの名門藤原氏の直系だ。天皇家を除くと日本で一番長く続いた血統、と言ってもよい。その近衛の家系に、氏素性も定かでない羽柴秀吉が加えられた。もちろん、世間は大仰天した。

いかめしい顔で猶子縁組の儀を終えると、

「兄者よ。本当に、わしが近衛の子になったのか？」

秀吉が秀長に破顔した。

「ああ。そうじゃ。何とも阿呆《あほ》らしい話だが、これで、生まれ落ちた時には姓も持たなかった尾張の水呑百姓の倅、ただの藤吉郎が、藤原不比等《ふひと》の流れを汲む貴種に変身したのだ。」

秀長も愉快そうに応じた。

その日から、秀吉は近衛秀吉を名乗るようになった。そして、この根固めを見届けた朝廷は、秀吉に、天皇の代理人たる関白の位を授けた。

五摂家（近衛家、九条家、鷹司《たかつかさ》家、一条家、二条家）でもない人間が関白の座に就いたのは、秀吉が初めてだった。この噂は、またたく間に畿内を駆けた。

「百姓上がりの羽柴さまが関白になられたそうな。」

世間は驚きかえると同時に、百姓上がりの秀吉の大出世ぶりに、

「あの羽柴さまが関白か。わしは、いつかこんな日が来ると思っておったぞ。」

「嘘をつけ。ぬしは、先ごろまでは、信長公が大の贔屓だったではないか。」

「いやいや。信長公は少し残忍なところがあったが、羽柴さまは見るからにお優しそうな方だ。

いずれ大人物になると思うておった。」

「たしかに。あのお方は、民百姓でも関白になれることを、身をもってわしらに教えてくれた。たいしたお方じゃ。」

「羽柴さまが天下を治めたら、世の乱れも収まり、わしらの暮らしも楽なるやもしれぬ。」

京人が集まるとそのたぐいの話に花が咲き、多くの民は、羽柴秀吉改め近衛秀吉の関白就任に大喝采を送った。

「わしの申したとおりであろうが？

今のそなたは、民百姓の憧《あこが》れの的だ。」

秀長は、自分の読みが的中したことを秀吉に誇った。

「征夷大将軍などにならずとも、これで天下はわしたちのものだ。公家どももも、武士に勝手な幕府を創られるよりも自分たちの出番があると、喜んでおるそうな。

せいぜい朝廷の権威を利用させてもらおうではないか。」

職制上の難点を言うなら、「関《あずか》り白《もう》す」という語源を持つ関白職は、成人後の天皇を補佐する職位でしかなかった。幼少の天皇、あるいは女帝を補佐する摂政《せっしょう》は、天皇に代わって政務を代行することはできるが、関白は「天皇の代理人」にしかすぎず、法的な権限を持たない名誉職の趣《おもむき》が大だ。

「いまのところは、摂政はどうしても無理でごじゃりますから、とりあえずはここから…。」

そう断りに来た近衛前久に、

「公家にしか通用せぬ権限なんぞは、どうでもよい。わしが欲しいのは建前だけだ。関白で結構。われらが力のほどは武で見せる。」

秀長は昂然《こうぜん》とそう言い放った。

困難が予想されていた紀伊征伐と四国平定を難なく終えた秀長は、居城を大和郡山城に移し、大和郡山百十六万石の国主に就き、羽柴政権下最大の百万石大名となった。

彼が得意とする、大軍を率いて敵地に乗り込み、その威圧感とあり余る銭で、どちらにつこうかと逡巡《しゅんじゅん》している連中を味方に引き込む戦法は、秀長独自の戦法ではない。彼が虐殺した織田信長がもっとも得意とする戦法だった。秀長はそれを真似たにすぎない。

ただ、大量の兵を移動させるには莫大な銭がかかる。南海交易に乗り出した秀長には、その銭が潤沢にあった。潤沢すぎるほどの財力に後押しされて、羽柴兄弟は天下の覇者の階段を一気に駆け登ろうとしていた。

二

この時期、季節は駆け足で過ぎている。

うだるような夏が終わり、秋の風がそよぎ始めた頃、近衛前久が羽柴秀長の大阪屋敷を訪れた。天下の実力者秀長の強力な後押しを受けた前久は、いま、内裏を完全に牛耳っている。

「大納言さま。銭は出せまするな？」

前久が念を押した。

秀長は笑顔で答えた。

「近衛殿よ。銭ならいくらでも出すぞ。遠慮せずに申すがよい。」

秀長は関白就任の一件で、近衛前久から、殿上人の血統すら銭で買えるということを教えられた。銭なら、千宗易と手がけているルソン交易で、あり余るほどに得ている。

(千年の歴史の重みすらも銭で買えるのなら、その天下、わしが銭で丸ごと買い取って、操ってやる。)

そう決めていた。

「ならば。」

前久は意味ありげな笑みを見せて続けた。

「悪い話ではごじゃりませぬぞ。

どうやら、主上におかせられましては、皇太子の誠仁《さねひと》親王君にご譲位のご意向をお固めになられたご様子であらっしゃいます。」

「ほう。譲位とな。」

それは秀長も考えたことがなかったので、少し驚いた表情に変わった。

「ただ、主上には少々悩ましきことが…。」

「何だ?」

「なにぶんにも、ご譲位にあたっての費《つい》えが…、」

その言葉に秀長がニヤリと笑い返した。

「わかった。

その銭は、わしが全部出そう。心置きなくたんと贅沢《ぜいたく》な儀式を執《と》りおこない、退位後の御所も豪勢なものにするがよい。帝《みかど》にそう告げよ。」

前久に全部まで言わせず、正親町《おおぎまち》天皇譲位の費用一切を豊臣が負担することを、秀長は約束した。秀長にとっては、帝さえも、天下取りのための将棋の駒《こま》の一つにすぎなかった。

しかし、それは、秀長が特異な思考の持ち主だったからではない。足利幕府開府からの二百年間、武士たちはそのようにしてしか朝廷を扱ってこなかった。

――その晩秋。

突如として、岡崎城代まで務めた徳川家の重臣石川数正《かずまさ》が出奔《しゅっぽん》して、あろうことか、羽柴秀吉に寝返り、河内で八万石の大名となった。

「あの石川数正がか?!」

「何があったのだ？」

武家社会の住人たちは一様に驚愕《きょうがく》した。

石川数正は家康が今川義元の人質時代からの近習《きんじゅ》で、家康の信頼篤《あつ》い男だった。

「よりによって、羽柴に走らずとも。」

「人たらしの秀吉公にたぶらかされたのかのう。」

実情のわからぬ者たちは、驚きに操られてさまざまな憶測《おくそく》を口にしたが、そんな者たちよりも、数正の突然の出奔に一番驚愕したのは、徳川家だった。軍兵の数から構成まで、家の内情を知り抜いている重臣石川数正の寝返りに、徳川家中には動揺が走り、手の内を羽柴に知られる不安に駆られた徳川は、態勢の立て直しに没頭した。

「フフ。石川数正め。約束を違《たが》えずに動きおったわ。

ここが攻め時だな。」

羽柴秀長は独りの部屋で小さく嗤《わら》った。

まるで、石川数正の出奔を待っていたかのように、天正十四年十二月、朝廷は豊臣の姓を新たに創設し、秀吉に与えた。もちろん、近衛前久を通じて、決定権を持つ公家たちに大量の銭をばら撒いた結果だ。

豊臣とは、聖徳太子の青年期の名、厩戸豊聡耳皇子《うまやどのとよとみみのみこ》から持ってきたものだ。「豊聡耳」が「豊臣」というあて字に変わった。

家中が騒然としている徳川家康は、これには抵抗しなかったから、羽柴一族は全員、豊臣姓を名乗ることになった。秀吉は豊臣秀吉となり、秀長も、これ以降は豊臣秀長という厳《いか》めしい名を名乗り始める。

「さっそく祝いじゃ。」

秀長は公家たちを招き、銭にあかせた披露《ひろう》の祝宴を執りおこなった。

豪勢な料理を前にして、薄衣の美女たちに酌をされ、ルソン島から運ばれた鹿皮や唐糸《からいと》（絹）を手土産に持たされた公家たちは、それまで親徳川であった者たちまで、ことごとく豊臣兄弟の応援団に転じた。

宴《うたげ》が終わって秀長と二人きりになると、

「朝廷は商人《あきんど》よりも性質《たち》が悪いのう。わしらに位を一つ授ける度に、あの貧乏公家どもが肥えていく。まるで、わしらは、公家どもの飯の種じゃ。」

近衛秀吉改め豊臣秀吉が笑いながら言った。

「それでいいのだ。

この世の中、すべては銭次第ということよ。戦さをするにも銭がかかるし、戦さをせぬためにも銭が要る。いくら武士が武力を誇ったところが、所詮は銭の力には勝てぬ。貧乏暮らしの長かった公家どもは、それを知っているのだ。わしは前久からそれを教わった。

その方がわしらにとっても都合がいい。これからわしが、銭がすべての天下に変えてみせてやる。そうすれば、回り回ってわしらの元に銭が集まってくる。」

今やこの国随一の分限者となっている秀長は、余裕の表情でそう答えた。

それから日ならずして、今度は、朝廷は豊臣秀吉に太政大臣の位を授けた。太政大臣は行政機関である太政官の最高位だ。これによって秀吉は、天皇に代わって政《まつりごと》を行うという資格と名目を手に入れた。豊臣政権が名実ともに発足したのだ。

「おい。藤吉郎。とうとう、名実共に天下をこの手に収めたぞ。わぬしは今日から、押しもおされもせぬ天下人じゃ。」

秀長は、満足げに秀吉の肩を叩いた。

「天下人…。

信長さまもなれなかった天下人に、このわしがなった…。

それもこれも、すべて兄者のお蔭だ。兄者の言うことを聞いてきてよかった。」

秀吉は感激の面持ちで秀長の両手を握りしめると、大仰に何度も頭を下げて礼を言った。

「なあに。本当の戦さは始まったばっかりよ。今からだ。おぬしがわれらの表の顔なのだから、これくらいのことで気を緩めるな。」

秀長は秀吉を諭《さと》した。

百年ぶりに統一国家が復活した。成し遂げたのは、諸大名から本命視されてきた武田信玄でも織田信長でもなく、羽柴小一郎という夜盗上がりの無頼漢だった。

彼は、天下統一目前だった主君織田信長を本能寺で謀殺するだけでなく、その仇討《あだう》ちの主役に弟秀吉を配置するという奇策によって、宿敵明智光秀を滅ぼし、たった一晩で、天下支配の流れを自分たちの方に向けた。


「太郎。そなたが申しておったとおりの運びとなったの。」

「はい。とうとう羽柴の天下となり申しました。

それにしても、征夷大将軍職の代わりに太政大臣職とは、羽柴兄弟、思いもかけぬ奇策でやってまいりましたな。あわよくば天下をと思っていた諸国の有力大名たちは、皆、仰天でござりましょう。」

「たしかにな。

羽柴開府に頑強に抵抗しておった徳川など、さぞかし臍《ほぞ》を噛《か》んでおることだろう。

豊臣とは聞いて呆れるが、いったい、どこの誰が思いついたものやら。きっと、朝廷の有職《ゆうそく》故実《こじつ》に精通しておる知恵者が策を吹き込んだのであろうよな。」

「これをやったのは、弟の秀長に相違ありませぬぞ。大阪の手の者からの知らせでは、近頃秀長の大阪屋敷には、近衛前久が頻繁に出入りしておるとのこと。」

「近衛か。なるほどな。あの貧乏公卿なら十分にあり得る話だ。あやつの変わり身の早さは、わしら顔負けじゃからの。」

「たしかに。」

「豊臣秀吉か…。

へつらいだけで世を渡ってきた猿面冠者にでも天下が取れるのだから、この人の世とはしみじみと奇っ怪なものよなあ。」

「たしかに。」

「だがな、太郎。わしはこの度のことで一つ学んだぞ。

水呑百姓上がりの羽柴秀吉が天下を取るのを神が許すであるならば、わしが天下を取っても神は許すであろう。天下取りは万人に等しく開かれておる道なのじゃ。」

「しかし、われらのような財も兵も乏しい小国の者が天下を狙って、はたして夢が叶うものかどうか。」

「何をたわけたことを。

この下克上の世、草履取りでも運ひとつで天下人になれるのだ。われらにだけ無理なことがあるものか。

われらは若い。若いわれらが今からそのつもりで策を練って動けば、いずれそういう機会にめぐり会うこともあろう。」

「そうは申しても、羽柴兄弟はなかなかのやり手でございまする。一度手に入れた天下を、そうやすやすとは手放すとは思えませぬ。」

「だから、耐えて待つのだ。

生き残った者が一番強い。信長だとて、武田信玄や上杉謙信が先に死んだからこそ、あれだけ大きくなれたのだぞ。秀吉だとて、信長が死んだからこその天下人だ。

あの兄弟よりも、徳川家康よりも、われらは若い。われらが天下を手にするのは、やつらが息を引き取った後でも決して遅くはない。じっくりと腰を据えて事にかかるのだ。

問題は財力よ。

太郎。われらも有り余る富が欲しいのう。富のあるやつは天下まで買える。」

「羽柴兄弟は千宗易と菜屋助佐を使ったルソン交易で巨額の利を得ておると、堺ではもっぱらの評判でござります。今年に入ってからも、大船を何艘《そう》も仕立てての交易を繰り返しておりますそうな。」

「わしらも、やつらに負けぬほどの財力を持つのだ。来《きた》る日のために、わずかな銭を重ねて、山のようにしていくのだ。」

「申し訳ございませぬが、太郎には、おっしゃることが今一つわかりかねます。」

「そのうちにわかる。しばらくは黙ってわしに従え。」

「はい。」


「そろそろ最後の仕上げにかかろうかのう。」

豊臣政権が発足すると、それまでは秀吉の影に徹していた秀長が、堂々と表舞台に姿を現す。

天正十五年の正月、秀長は千宗易改め千利休を屋敷に呼んだ。

「利休殿。銭に糸目はつけず、大急ぎで兵糧と鉄砲を買い漁《あさ》ってくれ。兵二十万人分だが、そなたの力なら、ふた月もあれば調達できよう。」

「二十万とはすさまじい数。いったい、今度は何をなさるおつもりで？」

「九州を征伐する。

四国征伐が無事終わり、藤吉郎が太政大臣になった。この勢いがわれらのなによりの味方だ。一番手ごわそうな薩摩の島津まで、九州全土を一気に始末する。」

「いよいよ九州を。

それはなんともめでたいお話じゃ。わかりもうした。早速調達いたしましょう。」

「頼むぞ。」

秀長は、三月には、総大将秀吉と共に二十万の兵を率いて九州に赴《おもむ》き、ほとんど無傷で九州を平定し、この九州平定によって西日本は全域豊臣政権の傘下に入り、天下は事実上、豊臣一族のものとなった。

朝廷は秀長に従二位権大納言を与えようとした。

「笑止な。もう、そのような下らぬ官位など、わしには無用じゃ。官位は藤吉郎にだけ与えておけばよい。」

秀長は当初はその話を蹴ったが、

「いやいや。それは秀長さまの思い違いですぞ。官位はあって悪いものではございませぬ。田舎大名たちは官位に敬意を払うもの。わたくしの利休の号がそれをよく教えております。秀長さまのお力で利休の号を得て禁中参内を許されてからは、朝廷に認められた茶人ということで、世間のわたくしを見る眼が天と地ほどに変わり、茶道の弟子になりたいと申してくる者が後を絶ちませぬ。

一緒に大納言に就く家康などは大喜びらしいとの噂。家康が大喜びの官位を秀長さまが蹴ったとなれば、家康の立つ瀬がござりませぬでしょう。朝廷と家康に恩を売ったおつもりで、もらっておきなされませ。」

「そうか。大名どもを手なずけるに官位も役立つか。」

利休の助言にうなずいた。

「そうであるなら、利休殿よ。これより後は、大名の任官は公家たちの勝手にはさせず、全部こちらにもらおうではないか。前久を通じてのわしの指図どおりの任官しかないということになれば、官位の欲しい大名たちは、今以上にわしに従うにちがいない。そうであろうが？」

「それは妙案。たしかに、任官の権限を握れば、官位欲しさになびいてくる田舎大名は増えまする。官位を餌《えさ》にすれば、天下取りが今まで以上に容易になりましょうぞ。」

「いくら銭には困らぬとは言っても、まき散らしてばかりではもったいないからのう。ただで使えるものなら、朝廷の力も存分に使わせてもらうとするか。」

秀長の天下取りの姿勢は、ある種「理想を進む人」であった明智光秀や織田信長のそれとは、まったく質を異にするものだった。

秀長は、光秀や信長が新しい国家創りのために駆逐《くちく》排斥しようとした私利我欲に裏打ちされた因習《いんしゅう》を、すべて復活させ、それを潤沢な富の力で手なずけようとした。そのためには朝廷さえも存分に利用しようとした。

豊臣政権に当初から決定的に欠けていたもの、それは、国家が将来あるべき姿への夢だった。それを持たぬ秀長は、「天下を取る」という形だけを重視したから、武と富によって天下を手中に収めはしたが、その国家の内実は、空《くう》に等しかった。

将来に展望を持たない「空なる国家」を統治するのに必要なのは「統制」だけだ。秀長は、強固な統制国家を確立しようと、室町時代半ばからの下克上百年間で庶民が得た自由を剝奪《はくだつ》するために、傘下大名たちに命じて、西日本全域で、刀狩りをおこない、検地を実施させ、人別帳の作成を急がせた。

そうした統治姿勢の秀長は、南海交易による権益の独占にだけは細心の注意をはらっていた。

彼は、南蛮の動向に危惧《きぐ》を抱いていた光秀や信長とは異なって、自分のおこなっている南海交易が、自国のしろがねを際限なく放出するだけの交易であることに気がついていなかった。

彼にとっては、そんなことはどうでもよく、南海からの珍品貴品を国内で数倍の値で売って利を得ることだけを考えた。そのために、彼の手下《てか》となって南海交易を展開している菜屋助佐に、最近は納屋《なや》助左衛門という名を名乗らせ、豊臣お墨付きの派手な交易船団をつくらせた。

その納屋助左衛門が、

「殿さま。伴天連《バテレン》が邪魔でございまするな。

あやつらがおる限り、九州の大名たちは南蛮人のいいなりの交易に精を出し、手前どもがあらかじめ決めておるしろがねの値を崩してまでの商いをやりますので、こちらの交易の妨げになりまする。」

ルソンから帰国して、憂い顔でそう言った。

「ふむ。伴天連な。

あやつらはためにならぬか。」

「利よりも害が多ございましょう。

キリスト教に帰依した人間は、天下人よりもゼウスの神を崇めまするから。」

「そうか。」

秀長は一呼吸置いた後、

「南海との交易はこの国でわしだけのものでなくてはならぬ。措置を考えよう。」

そう答えた。

秀長も、九州の大名たちの南海交易がキリスト教の宣教師たちを仲介にしていることは知っていた。今までは豊臣の威勢は九州には及ばなかったから放置するしかなかったが、今は違う。天正十五（一五八七）年六月、一挙両得を狙って、「伴天連追放令」を発令した。もちろん、表向きは関白秀吉の名での発令だ。

こうした時の秀長の徹底ぶりは、今さら改めて言うほどのことでもない。伴天連たちを容赦なく捕縛《ほばく》し、国外に追い払い、大阪城に挨拶にやって来る九州の大名たちに凄《すご》みを利かせて、南海交易自粛にもっていった。

この時、ちょっとした出来事があった。

高槻《たかつき》城主高山右近は、その時期、播磨国明石郡六万石を与えられ、明石海峡に面した船上《ふなげ》城を居城としていたが、「伴天連追放令」が発令されると、

「それがし、幼き頃よりキリスト教を信仰いたし、ジュスト（正義の人）なる洗礼名まで頂戴しておりまする。

関白殿下のお達しとは申せ、キリスト教を棄てるわけにはいき申さぬので、領地領民を関白殿下にお返し申し上げる。」

そう申して出て、大名の身分を棄てて信仰に殉《じゅん》じる途《みち》を選んだ。

これには世間は驚いたと同時に、

「もったいない話じゃ。」

そう噂した。

しかし、それを聞いた秀長は、秀吉に、

「ふん。あやつのいつもの手だ。かつて、信長にもあの手で出て、高槻の領地を安堵されたことがあったではないか。

領地を返上するというのなら、返上させればよい。結構な話だ。」

鼻先で嗤って、右近の申し出を慰留《いりゅう》なしに承諾した。

これによって、高山右近は拠《よ》るべき地を持たぬ浪人となった。

しかし、逆境に向かい始めたキリスト教徒たちの眼には、

「高山右近さまこそ、聖パウロの再来じゃ。」

「われら信徒の鑑《かがみ》だ。」

右近は崇高なる殉教者と映り、この瞬間から、ジュスト高山右近は、日本におけるキリスト教徒たちの希望の星となった。

ただ。膨大化への道を邁進《まいしん》している豊臣政権にとっては、そんな小大名の進退など、とるに足らぬ小事件にすぎなかったから、高山右近はお構いなしの身となり、それ以降の右近は、同じ吉利支丹《キリシタン》の小西行長の庇護を受けることになる。

一方、大名を棄てた高山右近とは対照的に、秀長の子飼い武将たちは、続々と大名に取り立

てられていった。天正十五年には、福島正則が伊予《いよ》国今治《いまばり》十一万石を与えられ、天正十六年には、加藤清正が肥後《ひご》北半国十九万石の大名になった。ちなみに、肥後の南半分二十万石は、千利休の強い推輓《すいばん》で、小西行長が拝領した。

丹後の国主細川忠興は、激しい不信感に苛《さいな》まれる懊悩《おうのう》の日々の中にあった。

味土野から帰ってきたお玉を抱き寄せようとした時、

「――！」

お玉は強い意志の籠《こ》もった眼で忠興を見つめ、

「およしあれ。」

そう拒絶した。

「わたくしは大罪人明智光秀の娘。お触りになると、殿の御身が穢《けが》れまする。」

それだけの言葉を残して、お玉は別室に去った。

お玉のその冷ややかすぎる態度に忠興は激しく動揺した。父藤孝に逆らいきれず、人も通わぬ味土野の奥山に妻を幽閉した自分の不甲斐なさ、それを責められているような後ろめたさだつだ。しかし、そうした冷えた関係が続くにしたがって、別の思念が忠興を襲い始めた。

発端になったのは、お玉の次男与五郎《よごろう》の出生に関してだった。

「日数《ひかず》が合わぬ…。」

最初にそう漏《も》らしたのは、夫の忠興だった。

それは断じるような口調ではなく、ポソリと口の端からこぼしたような一言だったが、

「はい？」

忠興の言葉に動じた素振りも見せぬお玉を見て、

「……。」

自分のその一言に、忠興が縛られた。

彼は、味土野の幽閉屋敷に仕えていた小者たちを一人一人内密に呼び、天正十年の秋ごろに、誰か幽閉屋敷を訪れた男はいなかったか、と尋問した。

しかし、

「そのようなことは、決してございませなんだ。」

屋敷を警備していた斉藤何某をはじめ、寝起きを共にしていた侍女《じじょ》たちも、そのような忠興の疑念を語気強く否定した。

「そうか…。」

それで一旦は猜疑《さいぎ》を解いた忠興だったが、お玉が、それまでからは想像もつかないほどの頑なさで、忠興と閨《ねや》を共にすることを拒み続けてからは、

「お玉に味土野で何かがあった…。」

その疑念が再び頭をもたげてきた。

疑念に誘発されると、愛情は嫉妬に転化する。愛情が大きければ大きいほど嫉妬の量も増大

する。しかし、不思議なことに、その嫉妬は相手への憎悪にとは向かわない。嫉妬だけがいたずらに膨らんでいく。そんな懊悩の中に細川忠興は入り込んだ。

腹心の家来たちにどこをどう探索させても、妻お玉の周辺に他の男の匂いはなかった。微塵《みじん》もなかった。しかし、忠興は、お玉の夫として、お玉に自分以外の男の影がさしているのを感じている。

（いったい、誰なのだ。）

忠興はそれを考え、自分の周囲にいる様々な男を疑ってみたが、それらしき男の像は浮かび上がってこない。証拠もないのにお玉を責めるのは、武家の棟梁《とうりょう》の血を引く細川家の家長としての忠興の誇りが許さない。思いは内にこもり、それが故に、一層陰湿な猜疑心となっていった。

「明けましておめでとうさんでござりまする。」

豊臣一族による西国制覇が完了した天正十六（一五八八）年正月。大和大納言秀長の大阪屋敷に、千宗易が年始の挨拶に来た。

「おお、利休殿か。」

秀長は笑顔で迎えると、膳《ぜん》を用意させ、人を遠ざけた。

宗易はいま、千利休と名乗っている。これは、町人の身では参加できない禁中（＝宮中）茶会に出るために、天正十三年に正親町天皇から与えられたものだ。もちろん、そこには、秀長の強い意向が作用した。

千宗易あらため千利休は、秀長と組み、毛利から奪った石見大森の銀山を使って南海交易で莫大な利を上げてきた。信長から奪った生野銀山はもちろん豊臣の占有物だが、毛利家の独占物だった石見の銀山は、豊臣と毛利の共同運営になっている。

「西国平定——。とうとう、秀長さまの夢が叶いましたな。」

今は秀長の盟友的存在となっている利休は言祝《ことほ》ぎを述べた。

「西国、九州が秀長さまのものになった今、東国は、放っておいても、いずれ手の内に入ってまいりますやろ。」

「そうよな。

北条と徳川が手を結べば手強《てごわ》いが、徳川家康という男は、落ち目の北条と手を結ぶような愚か者ではない。もっとしたたかな男よ。手を結ぶならこちらと結ぶはずだ。

小牧や長久手の合戦でもわかるとおり、家康は戦さ上手だ。これと真っ向から戦うと、最後はこちらが勝つとしても、天下統一に時がかかりすぎる。こちらが腰を低くして恭順《きょうじゅん》を促せば、やつは必ず乗ってくる。それはわしがやってみせる。」

秀長は愉快そうに応じた。

「それにしても、利休殿よ。南海交易の利とは凄《すさ》まじいものだのう。そなたの言葉を信じてはいたが、これほどまでに利の上がるものだとは思わなかったぞ。お陰で、わしは天下一の分限者となった。ありがたい話だ。」

秀長は、南海交易の利を秀吉には一切渡さず、すべて自分で管理してきた。

彼や利休の交易手法も、堺や博多の商人と同じで、銀の放出による単純な交換商いに過ぎないが、元手の額が違うので、巨利が手に入った。六年が経ち、いま、その財は莫大なものとなっている。彼が天下を牛耳っていられるのも、その豊かな財力のゆえだ。

「大納言さまが利息なしで融通する銭のおかげで助かっている大名も大勢いるとか。金貸しどもがぼやいておりましたぞ。」

利休がからかうような笑みを浮かべながら応じた。

「ひとという生き物は、銭で恩義を売っておけば、誰も気後れして、刃《やいば》を向けぬものよ。田舎の小大名どもを手なずけるには、これが一番手っ取り早い。」

「たしかに。

それもこれも、すべて潤沢なしろがねのおかげでござりますが、助佐めが交易に精を出してくれておりますゆえのこと。」

利休は、南海交易の実働部隊の指揮を執っている納屋助左衛門を持ち上げてみせた。

助左衛門は利休の忠実な影だ。秀長のお墨付きをもらい、秀長政権の名代として堺とルソンを頻繁《ひんぱん》に往復して、派手な交易を繰り広げ、今では、南海各地に豪奢な屋敷を構え、南海交易の王とでも言うべき存在になっている。

「助佐か。あやつは目端の利く男だ。少しは良き思いをさせてやるといい。」

秀長も鷹揚《おうよう》に応じた。

国家の将来構想を持たず「統治」だけを考えている秀長には、銀の際限なき放出による国家経済力の衰退といったことはまるで念頭にない。いま現在の銀の価値が未来永劫続くという錯覚の中に安住している。

「これからが肝要でございます。そろそろ秀次さまを関白に。」

利休が声をひそめて言った。

豊臣秀次は秀長の実姉ともの長子だ。秀長・秀吉兄弟の血を分けた甥である秀次は、この年二十一歳で、近江八幡四十三万石の国主だ。秀長は、この甥に豊臣一族の将来を委ねようと考えてきた。

「そうよな。

藤吉郎の女狂いは、とどまるところを知らぬ。よくもあれだけ、次から次へと女漁りができるものだ。あれは、亡執《もうしゅう》というか、不治の癖《へき》だな。若い時によほどおなごから冷たくあしらわれたとみえる。」

秀長は嗤った。

「あの女狂いの有り様では、天下を治めるのは無理だ。

天下のことはわしとそなたに任せる約束が出来てはおるが、わしらは、所詮は藤吉郎の影で通さなければならぬ身。わしが関白の職に就くことはできぬ。豊臣の天下が末長く存続するためには、早く関白職を秀次に譲らせて、徳川や毛利といった大名たちに、豊臣の家に揺るぎのないことを見せつけ、やつらの天下取りの野心をなくさせねばならぬ。」

秀長にとって、弟秀吉の価値は、秀吉が天下人の最短距離にいる織田信長の寵臣《ちょうしん》であるということだけだった。それ以外の価値を秀吉に見出すことがなかった。天下を手中にした秀長は、秀吉を政務から外した。

秀吉のことを小馬鹿にする秀長に千利休は意外そうな顔もしない。天下を動かしているのは自分たちである、と二人は信じていたし、事実そうであった。今の二人の眼中に、秀吉はない。

「しかし、あまり譲位を急《せ》かせると、藤吉郎も拗《す》ねるだろうからな。あの時のように手荒な真似は二度三度とするわけにはいかぬ。まあ、あと三年。そのあたりで秀次に譲らせようかのう。」

秀長はこともなげに言った。

「たしかに、あの時は皆が仰天いたしましたから。」

利休が思い出し笑いをした。

天正十四年秋に正親町天皇が譲位した。しかし、次の天皇は、皇太子の誠仁《さねひと》親王ではなかった。誠仁親王は即位直前に原因不明の病いで急死し、急遽《きゆうきよ》、誠仁親王の子である和仁《かずひと》親王が即位した。後陽成《ごようぜい》天皇だ。

大病を患ったことのない皇太子の、即位直前の突然死——。

公家たちの脳裏に、かつて倭直道《わのなおみち》率いる倭《わ》の裔《すえ》たちが御所襲撃した夜の、御所焼失も厭《いと》わずの殺戮《さつりく》の記憶が、鮮明に甦った。

「こないな朝廷を朝廷とも思わずの暴挙を平気でやれる人間は、この世に一人しかおらぬ。」

朝廷に恐怖が走った。豊臣秀長という男の残忍さに震え上がった。

それ以降、わずか十六歳の後陽成天皇は、秀長の代理人である近衛前久の言うがままに動き、秀長にとっては実に操りやすい天皇となった。

関白の差し替えであろうが、天皇の差し替えであろうが、この国で自分の思い通りにならないことは何もない。今の秀長は、自分の力を信じきっていた。

それほどに豊臣は、膨張の途をひた走りに走っていた。

二の章　大和大納言異聞

一

大和郡山の城下に、不動辻、と呼ばれる一角がある。

旧城主筒井順慶《じゅんけい》が死去して豊臣秀長が新城主になった頃から、何の変哲もない小さな水かけ不動のまわりに、一人、二人と、商人が越してきて、いつの間にか商店辻となった。

当初は、大勢の人間が頻繁《ひんぱん》に行き来するような大辻ではなかったが、呉服、武具、家具など、品《しな》の質が良い上に値段が安いのが城内で評判になり、時の権力者豊臣秀長の城下町にふさわしい大賑わいの辻に変わった。

その不動辻の住人たちから、大和郡山城主である従二位大納言豊臣秀長に、お世継ぎ誕生祈願の銀の瓢箪《ひょうたん》が献上されたのは、天正十七（一五八九）年の神無月の頃だった。

驚いたことに、献上品は、高さが三尺もある銀の瓢箪だった。しかも、銀の吹きかけではなく、三尺四方の分厚い銀塊を瓢箪の形に削《けず》った贅沢《ぜいたく》なものだった。

瓢箪は豊臣家の家紋だ。品が品だけに、家臣から報告を受けた秀長は、献上に来た不動辻の住人たちに目通りを許した。

五人の商人が庭に控えていた。五十歳前後と思える代表の呉服商安吉以外は、三十代から四十代の若さだった。豊臣政権の屋台骨を担っていると評判の秀長の城下で一山当てたいと考えて、この地に来たのだろう。

「これはまた豪勢なものだのう。」

反りの曲線の滑らかさが、ただ者の作でないことをうかがわせる。秀長は差し出された銀の瓢箪を目の前にして、相好《そうごう》を崩した。

「はい。明《みん》から渡ってきた品だそうでござりまする。

誰の作かは定かではありませぬが、縁起のよい瓢箪でござりましたので、皆で銭を出し合って買い求めました。

大納言さまのありがたい治世のおかげで、わたくしどもは、何の心配もなく穏やかな毎日を送っておりまする。不動辻の者たちからの、心ばかりの感謝の品でござります。」

安吉はそう言って低頭した。

「そうか。わが郡山の城下は、皆で銭を出し合えばこれほどの品が買えるほどに民が豊かになったのだな。城主としては嬉しい限りだ。」

秀長は満更《まんざら》でもない顔で応じた。

住人の一番後ろにいる三十代半ばと見える男が、その秀長の顔を無言で見つめた。

「良い品じゃ。これからは、予の宝のひとつとして、居間に飾らせてもらおう。

安吉とやら。不動辻の者たちの商いに不便が起きた際は、遠慮なく城に申し出よ。便宜を図らせる。」

「それはありがたいお言葉で。

不動辻の者たちが大喜びいたしますことでしょう。」

安吉は感極まった表情で、もう一度低頭した。


天正十八年の五月、余人を遠ざけた大阪城の茶室で、秀長と秀吉が向き合っていた。

「何の用じゃかいの、兄者。」

秀吉は笑顔で秀長にそう尋ねた。

「うん。」

わずかの沈黙の後、静かな口調で秀長は切り出した。

「藤吉郎。わぬし、年が明けたら、関白の座を秀次に譲れ。」

「関白を秀次に？」

秀吉が驚きの表情を浮かべた。

秀吉には、秀長の言葉は意外だった。秀次は、まだ二十歳を過ぎたばかりの小僧だ。とても政《まつりごと》がこなせるとは思えない。

「今から、豊臣家盤石《ばんじゃく》のための手を打たねばならぬ、政はわしと秀次に任せて、わぬしは政道には口を入れるな。」

「わしはまだやれる。」

秀吉は不満を口にした。

「人には持ち分というものがある。気分にむらの多いわぬしでは、ここから先この国の政を仕切ることは無理だ。」

秀長は、無慈悲に、いつもの口癖を繰り返した。

秀吉がむっとした。

「わしだって…、」

「いや、わぬしでは無理じゃ。わぬしの代だけで天下を手放す気ならそれでもよいが、末永く豊臣一族の天下としたいのなら、今のうちに若い秀次に譲るのだ。」

秀長は、もう一度きつく拒絶して言葉を続けた。

「ほかの大名の眼も考えろ。

徳川、毛利、上杉、島津…、天下取りの野心を抱いている大名は、まだいくらでもおる。

わぬしが早く退いて、二代目の関白を据えれば、豊臣の天下は磐石だと悟って、皆が天下取りの野心を捨てる。

それを考えると、次の関白はわしらと血を分けた秀次以外におらぬ。あやつが関白なら、誰もが納得する。

秀次には、これまでに、わしが政の要諦《ようてい》を教え込んできた。あやつはわが一族では一番見どころのある男だ。歳は若いが、何とか関白職をこなしていける。もしもこなせなければ、その時こそわぬしが助ければよい。」

「しかし、わしの子の鶴松もおるのだぞ。」

秀吉は自分の幼い息子の名を挙げた。

政権の実権を握る兄秀長に実子がいない以上、自分の後は嫡男《ちゃくなん》鶴松が継ぐものだ、と秀吉は信じてきた。

「ふん。たわけたことを。」

秀長が鼻先で嗤《わら》った。

「鶴松は、まだ二つになったばかりの童《わらべ》ではないか。あんな幼い童を関白職に就けてどうするのだ。他の大名たちに嗤われるだけだ。豊臣政権はわしやわぬしだけのものではない。豊臣一族みんなのものだ。それを忘れるな。秀次と鶴松は二十も歳が離れておる。鶴松は秀次の後でよい。」

しかし、秀吉の顔から不満の色が消えない、「兄者は子を持った親の気持ちがわからぬ」、そう呟《つぶや》いた。

秀長が、ギラリと秀吉を睨《にら》んだ。

「八年前、備中高松の竜王山で、わぬしはわしと約束したな。信長を始末した後は、わしの言葉に必ず従うと。

そして、あの時、わしはわぬしにくどいほど念を押したはずだぞ。これから先、わしを裏切ることは絶対に許さぬと。

覚えておるな？

あの約束は、反故《ほご》になったわけではない。仮にわしが死んでも、あの約束は残ることを忘れるな。」

その眼光は、備中高松で秀吉に凄《すご》んだ時と同じ鋭さだった。

この眼をした時の秀長には、何をしでかすかわからぬ不気味さがある。

「言われなくともわかっておる。」

秀吉は、内心舌打ちをしながらも、うなずいた。


同年七月。百年近く関東に君臨してきた後北条氏が、豊臣によって滅亡させられた。

所領安堵《あんど》ではなく、北条家断絶を断行したのには、もちろん、理由があったからだ。

秀長は子飼いの加藤清正を呼んだ。

「徳川家康に関東への移封《いほう》を命じる。北条家の領地を徳川にくれてやる。

今度の仕置きは、豊臣政権の安泰《あんたい》がなるかならぬかの一番の勝負どころだ。もしも徳川がこの下知《げじ》を蹴った時には、豊臣の総力を挙げて徳川と一戦構える。

虎之助。ぬしは今から一族の者たちを回り、わしからの下知だと申して、すぐに戦さ支度にかからせよ。」

「はっ、はい！」

徳川との戦さと聞いて、若い加藤清正は緊張の面持ちで伝令に走った。

それだけの下準備を済ませた後、秀長は徳川家康の関東移封を強行した。北条の旧領関八州二百五十万石を丸ごと与えて、徳川一族を、三河、駿河から引き離そうとした。

その下知を聞いた時、

「関東移封だと?!」

「父祖の地から出て行けというのか。」

徳川の重臣たちは激怒し、血の気が多く戦さ好きな本多忠勝や井伊直政などは、

「断固一戦交えるべし！」

そう叫んだ。

たが、家康は、この強引な移封に逆らわなかった。

「すでに日本の西半分を完全支配した豊臣と戦っても、今のわれらの力では万に一つも勝ち目はない。

勝ち目の定まらぬ戦いに挑むのは、一生に一度だけでよい。われらは、武田信玄との三方ヶ《みかたが》原《はら》の戦さでそれはやって武名を挙げた。これからは、必ず勝つ戦いしかわしはせぬ。

それに、皆々も、頭を冷やしてよくよく考えてみよ。これは豊臣が周到に用意した上で、わしの喉元《のどもと》に突きつけて来た刃《やいば》じゃ。これまでの石高《こくだか》より百万石も増える移封というのは、他の大名たちから見たら垂涎《すいぜん》ものの移封であろうが。それを不満としたわしの戦いには、他の大名たちが味方をせぬ。豊臣は、それを見越して移封を命じて来たのだ。この下知には、従う。」

そう言って、武闘派の家来たちを睨みつけた。

「それよりも、おぬしたち。

父祖の故郷を失った武士とは何者なのか。これより後、根を失った己が、何を心の支えとして関東の地で武士として生きるがいいのか。それを自分の胸でしかと考えよ。縁もゆかりもない関東に向かい、広大な土地を治めるにあたっては、それを考えずには済むまいぞ。」

数日後、家康は大阪城に赴《おもむ》き、

「関白殿下のご高配、家康、ありがたき幸せに候《そうろう》。」

秀吉に丁重な礼まで述べると、一族郎党を率いて関東に下り、北条氏の本拠地だった小田原を避けて、江戸を本拠地とした。

「これで豊臣の天下は盤石になったの。」

秀長は千利休相手の酒席で、満足げにそう言った。

「関東に追いやられては、さしもの家康も天下は狙えませぬ。特に、これからの数年は関東を治めるために時を割かねばなりませんから、戦さどころではございませぬでしょう。」

「その間に、秀次に力をつけさせねばならぬ。

秀次にはすでに中納言の官位を与えておるが、近衛前久《このえさきひさ》に、年が明けたらわしと同じ大納言の官位を与えるように申し伝えてある。

領地も今の近江八幡から尾張百万石に移し、わしが眼をかけてきた者たちを、秀次の傍に送ることにした。白江成定《しらえなりさだ》、熊谷直之《くまがい》、雀部重政《ささべ》、前野景定《かげさだ》、利休殿の弟子である木村重茲《しげこれ》。いずれも気骨のある男たちじゃ。

やつらにはよく言い含めてあるゆえ、身命を賭して秀次を守るであろう。」

「すでにそこまでの手配を。

さすが、秀長さま。」

利休が感嘆の声を上げた
「わしはな、悪名高い北条義時以来、誰も成し遂げられなかった天下統一というのを、自分のこの手でやってみたいのよ。

天下を統一したところで何の面白くもないが、多くの大名たちがやろうとしてできなんだことをわしのこの手でやり遂げて、できなかった連中を嗤ってやりたい。それだけじゃ。」

「秀長さまは、本心のところで、この世に慾《よく》など持っておりまへんからな。」

「フフ。それをわかってくれているのは利休殿だけじゃ。

人の一生など、うたかたのざれ唄一節《ひとふし》にすぎぬ。産まれ落ちて死ぬだけの五十年に何ほどの意味があろうか。」

「秀長さまでなければ出てこぬお言葉。利休は秀長さまのそういうところが好きでございまする。

ところで、秀長さま。お顔が少し赤らんでいるような気がいたしますが、お加減がお悪いのでは？」

利休が訊《き》いた。

「うん。疲れからかのう。少し熱があるようじゃ。ここ二日三日続いておる。」

「それはいけませぬ。薬師《くすし》に熱冷ましの薬を届けさせましょう。」

「いや、いや。このわしが正月から薬でもあるまい。そなたと酒をあおればじきに治ろう。」

利休の申し出を、秀長は笑顔で断った。


「お健やかにお過ごしのようで。」

「おお。太郎ではないか。いつ戻ってきたのだ?」

「はい。先ほど池田の港に着いたばかりです。」

「堺からか?」

「はい。」

「船旅はどうじゃ。慣れぬ故、船酔いなどせなんだか?」

「いや。良い凪日和《なぎびより》でございました故、内海の景物など眺《なが》めながらで、なかなか乙《おつ》なものでございましたぞ。」

「そうか。わしはそろそろ島暮らしに飽いてきたところだ。どうも鄙《ひな》の生活はわしの性分に合わぬ。京が恋しいのう。」

「そのようなことを申されては、島人たちが悲しがりますぞ。お気持ちはよくわかりますが、今しばらくはこの地で辛抱なさらねば。」

「わかっておるよ。そなたが相手故に愚痴ってみたところよ。で、どうであった？」

「はい。江戸から京大阪を回ってまいりましたが、家康は、東国からだけではなく、みちのくや越後からも人夫を集めて、湿地を埋め立て、荒れ果てた江戸城を改修し、西の丸、三の丸を増築し、すさまじい勢いで江戸の町づくりをやっております。

銭に糸目をつけぬやり方で、相当な財がなければできぬように思うのですが、噂《うわさ》では、徳川家は常に質素を旨とする暮らしをしていたため、三河時代にかなりの財を貯めておったからだろうとのことでございました。

ただ、今はそういう状況でございますから、豊臣相手にひと戦さして天下取りに向かうようなゆとりはなさそうです。」

「海道一の弓取りと武勇で名を売ってきたあの徳川家康さえもが、もはや、完全に豊臣の臣下に甘んじたというのか？

信じかねるような話だな。」

「いや。おそらく、さしもの家康も、関東移封で観念したと思われます。

行ってみてわかりましたが、関東は遠ござる。あそこから大軍を率いて京に上るは難儀の業。しかも、秀吉は、東海道の土地に武勇自慢の武将たちを配置いたしましたから、いかに徳川が剛の者ぞろいとはもうしても、京までの途中で必ずや豊臣軍に討たれましょう。もう、徳川に天下取りは無理です。

その一方で、京大阪では、秀吉の評判はすこぶるようございます。

四国平定と九州平定が、ほとんど戦さらしい戦さ無しで、しかも短期間で終わったということで、京大阪の民は、秀吉の力量を高く評価するようになりました。

秀吉の時代になってから、京大阪では戦さはありませぬから、禁中でも秀吉を天下人に仰ぐことに異を唱える者は、ただの一人もおらぬとのこと。」

「民の評判などどうでもよいが、そうか、公家も、みな、豊臣になびききったのだな。

そうなると、まだ当分は豊臣ということか。」

「はい。」

「今この国に平穏が訪れては困るのだ。どこぞの大名が豊臣に対抗できる力を持って、豊臣相手の合戦を始め、この国が疲弊《ひへい》し尽くしてくれねば、わしの望んでいる世は来ぬ。」

「それは難しゅうございましょう。秀吉が死なぬ限り。」

「あやつの死を待つのは、実にまどろっこしい話だ。」

「それに、秀吉が死んでも、豊臣には、弟の大和大納言秀長がおりまする。

京大阪の噂ですと、秀長という男、相当のやり手らしく、豊臣政権を支えているのは、実は秀長ではないかとのことでございました。」

「あの弟か。

わしは、秀長という男は得体が知れなくて、どうも苦手だ。」

「では、いましばらく辛抱するしかございませんでしょう。」

「そうじゃな。

なんぞ、暇つぶしの余技でも探そうかのう。」

江戸は湿気のない夏の盛りの中にあった。

改修の進んでいる江戸城の一室で、徳川家康は一人の中年武士と向かい合っていた。武士とはいっても、質実剛健を旨とする徳川家の武士たちとは趣《おもむき》を異にした、原色の派手な色合いの衣服を身にまとっている。

「間違いなく、出たのだな。」

家康が、驚きの顔で念を押した。

「家康の殿よ。このわしが出たと言うたら、間違いなく出たのじゃよ。」

丸顔の中年男は家康に対してぞんざいな口ぶりで答えた。

しかし、それは決して傲岸《ごうがん》や無礼を感じさせる物言いではなく、陽気な磊落《らいらく》さを伴っていたので、家康も気にした風はなかった。

「場所は？」

「伊豆の土肥《とい》。」

「ずい分遠くて辺鄙《へんぴ》な土地じゃの。」

「金塊が江戸の町中《なか》から出て来たとしたら、わしにはその方がよほど奇妙じゃ。」

「それはそうじゃがの。

して、どれほどのものが出てこようか？」

「掘ってみぬとまだわからぬが、家康の殿が江戸移封でつかった費《つい》えがこれで取り戻せることだけは確かじゃ。」

「それほどに大量の金《きん》がか？」

江戸の町づくりに費やした銭の膨大さに臍《ほぞ》を噛《か》んでいた家康は、驚きの声をあげた。

「ああ。そうじゃ。」

中年武士はこともなげに答えた。

「かたじけなかったの。長安《ながやす》。

それだけの金が手に入れば、そなたのおかげで徳川の家も少しは分限者《ぶげんしゃ》になれる。」

家康は、男のことを、長安、と呼んだ。

「いや。礼には及ばぬよ。

家康の殿のために鉱山《かなやま》を探すのは、亡き直道さまの遺命であったし、五右衛門の長《おさ》からもきつう言われてきたからの。

家康の殿にこの国一の分限者になってもらって、羽柴を倒してもらわねば、光秀の殿や京で斃《たお》れた倭《わ》の裔《すえ》たちの無念が晴らせぬ。」

鉱山《かなぼ》掘りの藤十郎、徳川に身を寄せてからは大久保長安と名乗っているこの男は、真面目な口調で答えた。

「豊臣追討か。

しかしな、長安よ。正直なところ、遠く関東に追いやられた今のわしには、それはなかなか難しい話ではあるよな。」

家康は自嘲《じちょう》気味に小さく笑った。

「いや。そうでもないぞ。家康の殿。」

大久保長安は、家康の言葉を軽く否定した。

「わしが思うに、甲斐の武田、西国の毛利、それに、われらが斎藤道三の殿や光秀の殿、力ある武将は、皆、豊かな鉱山を持っておった武将ばかりじゃ。人に聞いた話では、いにしえ、奥州の藤原氏も、豊富な金山で三代の栄華を極めたとか。

このようなことを言うと、家康の殿は気を悪くするかもしれぬが、家康の殿は、これまで富らしい富を手にしたことがないが故、武家の戦いは武の力で決まると思うておられるようじゃが、わしは、そうではない、と思うておる。

人の世の戦いは、常に、富の戦いじゃよ。富んでおる者は、戦さが下手でも、戦さ上手の命知らずをいくらでも雇うことができる。鉄砲を大量に買うこともできる。現に、今の羽柴秀吉の強さは、信長を葬ったと同時に生野《いくの》銀山を手中におさめ、毛利の銀山も共同管理にして、莫大な富を得たからであろう。

違うかのう。」

大久保長安こと鉱山掘《かなほ》りの藤十郎は、秀吉のことを豊臣秀吉とは呼ばない。直道や光秀が非業の死を遂げた時の羽柴の姓でしか呼ばない。そうしか呼ばないことが自分の戒律であるかのようにそれにこだわってきた。

「そういう考えもあるな。」

これまで自領に鉱山《かなやま》を持たなかった家康は、長安の言葉に素直にうなずくしかなかった。

「わしはこの頃やっとそれに気づいたが、おそらく、直道の長は、そのことを知っておったのだ。だから、死に臨んで、わしを家康の殿の元に行かせるよう命じたのだと思うぞ。」

「なるほど。」

「家康の殿。富を持ちなされ。羽柴一族に勝る富を手にせぬ限り、天下は取れぬ。」

「……。」

「わしが思うところでは、わしたち倭の裔は、この国の富の在り処《か》の鍵を握った一族だったのではなかろうかの。」

「富の在り処の鍵を握った一族？」

「ああ。そうじゃ。

いにしえ、鉄の在り場所を探し求めている間には、いくつもの鉱山に遭遇したであろうよ。そうした中から、その時代時代に一番価値のある鉱山を掘って、力としたのじゃ。」

「今は、それがしろがねか。」

「光秀の殿が一番恐れていたのは、この国のしろがねが南海に流れ過ぎて、しろがねの価格が暴落することだった。光秀の殿と信長は、しろがねを自分たちで管理して、南蛮人の勝手にさせぬような仕組みを作ろうとなさっておられた。

五右衛門の長からの話を聞くと、羽柴秀吉は、千利休を使い、大量のしろがねを南海に運んで交易している模様。イスパニアも同じようにしろがねを大量に南海に運んでおる。

二つの国がそれを続けておったら、いずれ、しろがねの値打ちが下がり出すのは必定。もう間もなく、しろがねの価値はなくなるのではないのか？」

「そうしたらどうなる？」

その手のことには一片の知識も持たずに来た家康は、旺盛な関心を隠さずに長安に尋ねた。

「金《きん》じゃ。」

長安は即座に断言した。

「これまでは、金よりもしろがねを重宝したが、南海でしろがねの価値が下がっていくとなると、これからは金に戻らねばなるまい。

家康の殿。

この国の金山を一つでも多く手に入れるのじゃ。そして、手に入れた金を、羽柴一族のように南海に放出することなく、国内に留め置くことじゃ。国外に大量に放出すれば、しろがねの二の舞になるからのう。」

「なるほど。金を南海に出さぬようにする努力か。」

長安の説くところは、今一つ家康にはわかりかねたが、天下取りを強く意識し始めた家康は、治世の要諦を学ぼうと、長安の言葉に彼なりに考え込んだ。

「金山を掘ることは、その手助けはこの長安にしかできぬこと故、家康の殿を天下一の分限者にしてみせまする。

その代わり、必ず、羽柴一族を根絶やしにしてくだされや。それが長安の願いじゃ。」

「わかった。その日が来たら、必ず、根絶やしにしよう。それは約束する。」

家康は断言した。

「家康の殿がそれを誓ってくださるのならば、わしも話しておきたいことがござる。

家康の殿。佐渡島を必ず自分のものになされよ。あの島を徳川のものにしたら、殿は天下を取れまするぞ。」

「佐渡島？

越後の沖に浮かぶあの島か？」

家康は不審げな表情で訊いた。

「さよう。あの佐渡島じゃ。

わしはの、倭の裔に伝わる鉱山《かなやま》にかかわる書置きを調べて、日本中の土地を、鉱山を探して歩いた。

そして、見つけたのじゃよ。この国で一番の金山を。

それが佐渡島じゃ。今でも佐渡から金は出ておるが、少量だ。あれは、掘る場所が違っておるからじゃよ。わしに掘らせたら、大量の金を掘って見せる。

じゃからの。家康の殿。天下を手に入れたくば、今かの地を治めておる上杉から佐渡島を奪い取ることじゃ。しかも、奪い取るその訳を誰にも気づかれぬようにじゃ。

それが成るか成らぬかで、家康の殿の天下取りが決まる。これからは、そのことを十分に頭に入れてから動くがよろしかろうぞ。」

大久保長安は家康にとって非常に重大な助言をし、その言を受けた家康もまた、ことの重大さを悟って、

「そうか、上杉か。」

家康は両腕を組み、考え込んだ。

「それにしても、長安。そなたは物知りじゃな。わしの知らぬことを何でもよう存じておる。わしも学びたい故、これからもたまに江戸に出て来て、そなたの話を聞かせてくれ。」

「いや。わしではないよ。そうしたことは、以前、光秀の殿に教えられたことばかりじゃ。」

「明智殿か。

あのお方は、それほどの物知りであったのか。

万事に控えめな方であられたから、それほどのお方とは、一つも気づかなんだ。わが不明を恥じるばかりじゃ。」

「そのようなお方であったればこそ、わしらも心底惚《ほ》れたのよ。ハハハ。」

長安は哄笑《こうしょう》した。

三国山脈にも夏の匂いがたちこめている。

越後三国峠から、頂にまだ雪の白を残している仙《せん》ノ《の》倉山《くらやま》に続く険しい尾根を、一人の男が、

背に大きな荷を背負っていながらも、さして疲れた風もなく、急ぎ足で歩いていた。

羽柴兄弟の陰謀によって、二千年住んだ西の山脈《やまなみ》を棄《す》てねばならなくなった倭の裔のうち、異国での新天地を求めた三百人ほどの若い男女は、日本を棄てて朝鮮の済州島《さいしゅうとう》に渡ったが、残りの者たちは、新たなる奥山を求めて東国に向かい、今は三国山脈一帯に身を移していた。

三国山脈は石見よりも風雪のすさまじい山脈であったが、高山を生活の場としてきた倭の裔にすれば、山菜や獣に恵まれた住みやすい土地だった。倭の裔の長である倭五右衛門は、羽柴兄弟への復讐《ふくしゅう》の機会を窺《うかが》いながら、その一方で、一族の生活圏の確保に尽力して、配下の山忍びを足しげく三国山脈に通わせていた。

「もう間もなくじゃな。」

仙ノ倉山《せんのくらやま》に踏み入った三十がらみの男が、山の民の結界を示す結んだ夏草を見て安堵の表情でつぶやき、背の荷を地に下ろしたその時、

「ぬしは何者だ。」

背後から男の太い声がした。

「うん？」

荷を下ろしたばかりの男は格別慌てた様子もなく、

「西の山の者か。

安心せい。怪しい者ではない。五右衛門の長の使いでまいった与五じゃ。」

そう答えた。

「おお。五右衛門の長のとこの与五か。わしじゃ。野助じゃ。」

与五の背後の叢《くさむら》から筋肉だらけの両腕を持った中年の男が姿を現した。

「野助さまか。お久しぶりじゃのう。」

少年の日、山忍びの鍛錬のために、勇猛で知られたマタギの野助に冬山に連れてこられたことのある与五も、野助の顔を見るなり親しげに近寄った。

「今日は何の用じゃ。」

「五右衛門の長からの口上を持って来ました。頭《かしら》の才次殿の住み処《か》に案内《あない》してくれませぬか。」

「わかった。案内しよう。ついて来るがいい。すぐそこじゃ。」

野助はそう言うと、

「慣れぬ山ゆえ、その荷を背負ってでは重かっただろう。貸せ。わしが担いでやる。」

与五が担ぎ直そうとした荷を奪って、自分が背負った。

「皆さまへの土産の品じゃ。塩と醤油《しょうゆ》と京の餅《もち》じゃ。」

「それはそれは珍しい品ばかり。さぞかしおなごたちが喜ぼうぞ。」

二人の男は肩を並べて歩き始めた。

二

天正十八年の秋になった頃、

「関白さま。折り入って申し上げたきことが、」

秀長の大阪屋敷家老を務める藤堂高虎が、大阪城の秀吉の元にやって来た。

「何かあったのか？」

秀吉は憂《う》い顔の高虎の様子から、内々の話と察し、高虎を茶室に招き、近習《きんじゅ》を遠ざけた。

「実は…。」

高虎が顔を曇らせて秀吉を見つめた。

「どうした？」

「実は、先ごろから大納言さまのご様子が…、」

高虎は声を潜めてそう告げた。

「大納言？

大納言がどうしたのじゃ？」

そういえば、ここ二十日ほど秀長の顔を見ていない。何か異変でもあったのか、と秀吉は不安を覚えた。

「はい。大納言さまにおかせられましては、一月ほど前から原因不明の高熱を発するようになり、お顔の色も悪くなり、お痩《や》せになる一方。しかも、先日は、血をお吐《は》きになりました。」

「大納言が血を吐いただと？」

「しかも、その血がまた、黒ずんだ血で…、」

「大納言が吐血…、」

と唸《うな》ったあと、突然、フッ、秀吉の顔に、笑みが浮かんだ。

その笑みは、対座している藤堂高虎にもはっきりと見て取れるほどの笑みだった。

「……？」

高虎は、秀吉のその笑みをどう理解してよいかわからず、戸惑いの表情になった。

「ゴフン。

いや、いや。」

秀吉は自分の失態に気づき、軽く咳払《せきばら》いをして、表情を引き締め直すと、深刻そうに小声で、

「そうか。大納言は、そんなに重い病いを患っておったのか…。

あの大納言がのう。」

嘆息《たんそく》して見せた。

しかし、内心では、その報告に、心を小躍りさせていた。

豊臣政権とは言うものの、その実態は秀長の政権で、秀吉は、天下人を演じながら、重大事項を決定する権限を与えられていなかった。最初のうちこそは、天下人の座に浮かれ、女漁《あさ》りにうつつを抜かしていたが、どんな女も自分の言いなりになるようになると、女にも次第に飽きてきた。自分で大名たちを操って政をしてみたくなった。

だが、

「ぬしに政は無理だ。」

秀長は、頑として、それを拒絶し続けた。

(兄者はわしを阿呆扱いしておる。)

鬱屈《うっくつ》が溜まった。

それからの秀吉にとって、女は快楽や愛情の対象ではなく、鬱屈を晴らす道具にすぎなくなっていった。

太政大臣職に就いた時、秀吉は、やはり、この政権の主役は自分で、兄秀長がいくら画策したとしても、それは自分という存在があったからであり、自分の存在なくしては豊臣の天下はなかった、と思った。

(だいたい、わしがいなかったら、兄者など、今でも京の外れで夜盗をしているのが関の山だったはずだ。)

秀吉は秀長に対してそういう発想に立った。自分が主、兄は従とする発想だ。彼は、備中高松の陣で兄秀長に恫喝《どうかつ》されてやっと天下取りに走った過去や、信長弑逆《しぎゃく》という本能寺を舞台とした陰謀を考えたのが秀長であったという事実など、今はきれいに失念している。

天下人になるとはそういうことかもしれない。それに、都合の悪いことは忘れていくという健忘症は、神武の民特有の心性でもある。常に兄貴面をして自分に指図する秀長が鬱陶《うっとう》しくてたまらない秀吉は、秀長の病いの篤《あつ》さよりも、

（これで、あの面倒な兄者から解放され、天下が名実ともにわしのものになるかもしれぬ。）

そんな解放感や期待の方に心を奪われ、秀長重篤の報に喝采《かっさい》した。

――藤堂高虎からの報告を受けた数日後、豊臣秀吉はお忍びで秀長の大阪屋敷に出向いた。

「関白殿か…。」

人前では、たとえそれが自分の家臣の前であっても弟秀吉を関白として立ててきた兄秀長は、部屋に入ってきた秀吉を見るとそうつぶやき、両腕を床にあて起き上がろうとした。

「いや。そのまま、そのまま。」

秀吉は秀長を制して枕元に腰を下ろすと、秀長の顔を覗《のぞ》き込んだ。

秀長の肌は艶《つや》をなくし、眼は窪《くぼ》み、頬の肉は削《そ》げている。

（この顔色。

もしかしたら、すでに死相が浮かんでおるのではないのか？）

秀吉がそんなことを思うくらいに、深く病んだ者の顔色だった。

「高虎か…。

余計なことを。」

秀長は呟き、「皆、下がれ」、家来たちを部屋から出した。

「兄者。大丈夫か？

顔色がずい分悪いぞ。」

秀吉は憂い声で訊いた。

秀吉に人並み外れた才能があるとしたら、こうした場合での、自分の心底を隠し抜く演技力だった。秀吉という男を知悉《ちしつ》しているはずの秀長さえ、病いゆえか、それを真に受けた。

「なあに。心配は無用じゃ。

ここ数年、天下統一を急いで、かなり忙しい日を送り続けたから、それが祟《たた》ったのだろう。

あとしばらく躰《からだ》を休めたら、また元気が戻る。」

秀長は笑顔をつくって答えた。

「早くよくなってくだされよ。

兄者がおらなんだら、わしは一人では何もできぬ男じゃ。」

弱々しさを装った豊臣秀吉が、秀長の手をさらに強く握りしめた。

「わかっておる。

いましばらく静養に努め、秋になったら、大阪城にも出向こう。」

「頼みまするぞ。」

この日が豊臣政権の進路が大きく曲がる契機の日となったことを、まだ誰も知らない。


晩秋になると、秀長は寝床から起き上がることさえままならなくなった。

「観念のし時か?」

さしもの秀長も、天井を見つめながら、ため息をついた。

しかし、彼には、まだやらねばならないことが残っている。

「北条を滅ぼし、徳川は抑え込んだ。名実共の天下統一が、もう一息のところまできた。わしがつくった豊臣政権を盤石のものにしておかねば、死んでも死にきれぬ。」

秀長は大名たちの病気見舞いも断り、家中に緘口令《かんこうれい》を敷いて、病状悪化の噂の拡大阻止に努め、その一方で、豊臣政権永久化のための手を打ちつづけた。

近衛前久が、極秘に、秀長の大阪屋敷に呼びつけられた。

「大納言殿…、これはまた。」

病いの噂は聞いてはいたが、目の当たりにする秀長のあまりのやつれように、前久は瞬時言葉を失った。

秀長は前久の驚愕《きょうがく》を無視して、

「頼みがある。」

熱で乾いてかさかさになっている唇で短く言った。

「関白には話をつけてある。

すぐに、秀次が関白職に就くように、朝廷を動かしてくれ。銭ならいくらでも出す。」

「秀次殿を関白に？」

秀長は、過日の秀吉との話し合いの直後に、甥《おい》の秀次を尾張・伊勢百万石の大名に封じた。秀長に次ぐ太守だから、誰もが、秀次を秀吉の後継者とは目《もく》しているが、いま、秀吉に関白の座を下りる気があるのかどうかとなると、前久には疑わしく思える。

「本当にそれでよろしいのか？」

心配げに訊いた。

「よい。急ぐのだ。

万に一つわしが死んでも、秀次の関白就任が取りやめできぬように、秀次の近々の関白就任をおおやけにするのだ。そのためには、関白就任にふさわしい官位が必要だ。秀次が左大臣に就けば、誰も関白就任の前触れだと信じるはずだ。秀次を早急に左大臣の座に就けてくれ。

よいか、近衛殿。銭はいくらかかってもかまわぬ。利休殿におぬしが直接言えば、すぐに支度することになっておる。」

こういう時の近衛前久は鋭い。秀長が何を目論んでいるのかを、すぐに悟った。前久も、豊臣政権下では親秀長派だ。秀長が死んでも秀長派が実権を握ってさえいれば、その身は安泰だ。

「左大臣でござるか…。

よろしゅうごじゃる。やってみましょう。」

即答した。


天正十九年正月。政権をとって初めて、大納言豊臣秀長は、年始の挨拶に大阪城に出向くことをしなかった。

それほどに病状が悪化していたのだ。躰がとてつもなくだるくて、息をするのさえ苦しい。特に最近、毛髪が大量に抜けはじめて、人前に出られる顔ではなくなっていた。

「これは労咳《ろうがい》(結核)か?

隠さずに申せ。」

秀長は、医師の平山宗仁に問うた。

今日の秀長は、両眼が窪み、縁には濃い隈《くま》ができている。

「いいえ。決して労咳ではございませぬ。それだけは自信を持って申し上げます。労咳では、殿さまのように、髪の毛が抜け落ちたりすることは絶対にありませぬ。症状が違っておりまする。」

宗仁は断言した。

平山宗仁は五十歳を越した経験豊富な医師で、診立《みた》てに狂いを生じたことがなく、大阪では名医として信頼されている。

「ならば、わしは一体、何の病いなのだ。」

秀長は苛立《いらだ》たしげに問い詰めた。

剛腹で知られてきた彼にも、原因不明で、悪化する一方の病いに対する焦《あせ》りが出始めている。

「それが…、」

宗仁は返答に詰まった。

「そなたでもわからぬのか。」

「はい。正直申し上げて、このような症状の病いは、これまでに診たことがありませんし、医書でも読んだことがございませぬ。」

「そうか…。」

秀長は嘆息した。

「ただ…、」

と、宗仁が言葉を濁《にご》した。

「ただ、どうした？」

「知り合いの医師に、これに似た症状の病いについて書かれた医書を読んだことがある、と言う者がおりまする。」

「それで？」

秀長は先を促した。

「確かに症状はよく似てはおりますが、ただ、それは遠い土地の風土病で、大阪におられる殿さまにだけうつる道理がございませぬ。」

「その場所はどこじゃ。」

「伯耆《ほうき》。

それから、美作《みまさか》でございます。

しかも、二つの国の境にある人形峠と呼ばれている相当に深い奥山に足を踏み入れた者がよくかかる病いだそうで。」

「伯者と美作との国境の奥山とな？」

秀長はそんな土地に行ったことがない。

「ふむ。」

天井を睨むように見つめ、考えこんだ。

「……。」

沈黙が続いた。

「大納言さまには、何か思い当たることでも？」

宗仁が遠慮がちに訊《たず》ねた。

秀長は、それには答えず、

「そうか、西国の奥山か…。」

彼方《かなた》の光景でも見つめるように眼を細め、小さく呟いた。

「久しく忘れておったが、あのじじいの息のかかった者たちが、まだ生き残っておったのだな。山の民、な…。

千年も奥山に潜み続けただけあって、なかなかにしぶとい連中だ。やつらの始末をつけずに放っておくなど、わしとしたことが迂闊《うかつ》だった。

……、やつらが相手なら、おそらくこの病いも、」

と呟いたその時、

「うぐっ。」

秀長の口から、どす黒い血が噴き出た。胸の焦《こ》げるような激しい痛みが走り、秀長は、咽喉《いんこう》をかきむしらんばかりに両手を当て、もがき苦しんだ。

「殿さま！」

平山宗仁が、あわてて、秀長を引き起こした。

死が間近に迫ったのを覚悟した大納言秀長は、実弟秀吉にではなく、堺の千利休に使いを出した。

秀長危篤《きとく》の報を受けた利休は、蒼《あお》ざめた顔で大阪屋敷に駆けつけた。

「こちらに。」

家老の藤堂高虎に案内されて、利休は廊下を進んだ。

「お入りくださりませ。」

部屋は秀長の命で人払いが施されていて、一人の侍者《じしゃ》の姿もなかった。家老の高虎さえ入室を禁じられているという。

緞子《どんす》の布団に横たわった秀長は軽い昏睡《こんすい》の中にあった。

「……。」

利休は秀長の寝顔を覗きこんだ。そして、仰天した。

夜具の豪華さとは裏腹に、臥せた秀長の頰は削げ、毛髪は抜け落ち、さながら衰弱しきった老人であった。

「大納言さま！」

利休は一瞬絶句した。

「しっかりなさりませ。大納言さま。気弱になられてはなりませせぬ。」

利休は、秀長の手を力いっぱい握りしめた。

「おお。

利休殿か…、」

昏睡から引き戻された秀長は、細く眼を開けて利休を認めると、弱々しくつぶやいた。

「大納言さまともあろうお方が、これしきの病いに敗けてどうなさります。

大納言さまでなくてはこなせぬことが、豊臣の家には、まだ山のように残っておりまするぞ。

はようお元気をお戻しくだされ。」

利休は本心からそう言った。

「たしかにそうじゃ。」

その利休の手を、秀長は握り返そうとした。だが、その指には力というものがすっかり失せていた。

利休は無言で秀長を見つめた。

秀長もまた、利休を見つめた。

邪《よこし》まな欲望で結ばれた二人の男が、健気《けなげ》を生きて来た善良な民のような心と表情で見つめ合い、悲しんでいる。それは、この二人には最も似つかわしくない皮肉な光景だった。

しかし、二人とも、真顔だ。

「利休殿よ。本当のことを言って、わしはまだ死にとうはない。」

秀長は、未練がましくそう呟いた。

「さようですとも。この国は大納言さまのお力を必要としております。まだ死んではなりませぬ。」

千利休は、涙さえも浮かべそうな眼で秀長を励ました。

「あと十年。いや、あと五年でもよい。それだけの時がわしに与えられたなら、豊臣の世を未来永劫のものにしてみせるのだが…、」

秀長には、応仁の乱以降百年続いた乱世を終焉《しゅうえん》させたのは自分であるという、凄《すさ》まじいまでの自負があった。それなのに、突然のおぞましい病いのせいで、豊臣の永久政権確立のために思い描いてきた政の半分も実現させていない。それが秀長の未練となっている。

「情けない話だが、仏を拝んで利得があるなら、仏にでも縋《すが》りたい心地じゃ。」

神仏など鼻先で嗤って生きてきた夜盗上がりの無頼漢秀長が、この男の言葉とは思えぬような弱音を吐いた。

「大丈夫でござる。大納言さまが死ぬるなどということはありませぬ。病いは気からと申しまする。今こそお心を強くお持ちなされい。」

直視できないほどに痩《や》せ衰えた姿がそこにある。すぐそこに死が迫っているのを予感しながら、千利休は慰めの言葉を言い続け、秀長はその声を、子守唄でも聴くかのように無言で聴いている。

人払いをしてある部屋には、利休しかいない。結局、大和大納言豊臣秀長にとって、最後の最後、腹蔵なく語り合える人間は、共に信長虐殺をはかった利休一人だけだった。

「のう、利休殿…。

藤吉郎の手綱を締め続けてくれよ。あやつに政をいじられたら、豊臣の家は滅びてしまう。

あやつに政を渡してはならぬ。それが頼めるのはそなただけじゃ。頼む。」

秀長は、細い声で利休に頼んだ。

「大丈夫。秀次さまが関白の座にお就きになれば、豊家は安泰でございまする。

今はそんなことをお気にかけず、ゆっくりとご養生なさりませ。」

「日向守《ひゅうがのかみ》…、」

秀長が聴き取れないほどに微かな声で呟いた。

「日向守？

日向守がどうかなさいましたか？」

「どうやら、わしの病いは、明智の残党の仕業らしい。」

「まさか、明智の残党が…。」

「きゃつら、わしを狙いおった。

ゆめゆめ油断してはならぬぞ。わしの次には、また一族の誰ぞを狙うはずだ。」

「それは、いったい…、」

「りつ、利休殿…。

瓢箪。

瓢箪の…、」

さらに何かを言おうとして、

「ウグッ。」

秀長は激しく喀血《かっけつ》して、両手で胸を掻《か》きむしった。

「だ、大納言さま！

秀長さまー！」

利休の悲痛な叫び声に、廊下が大勢の足音で激しく鳴った。

天正十九（一五九一）年一月末。大和郡山百十六万石の国主で、豊臣政権の屋台骨を背負ってきた大納言豊臣秀長が、原因不明の病いによって、死んだ。

血を吐き続けながら息絶えた秀長の寝床は、どす黒い血で染まり、毛髪がすべて抜け落ちた死に顔は、七十歳も過ぎた老人のそれのようだった。

三

「秀長が死にましたぞ。」

大納言秀長病死の報は、秀長の領国である大和郡山不動辻にも、その日のうちに運ばれた。

直作という三十代半ばの男が営む替銭屋にその知らせを運んで来たのは、秀長の大阪屋敷周辺に潜んでいる山忍びたちを束ねている六造だった。

「そうか。やっと死んだか。」

直作を仮の名として大和郡山に身をひそめてきた倭五右衛門が、満足そうに呟いた。

「看取ったのは、秀吉ではなく、千利休であったとか。」

「利休か。

最後まで仲の良いことだ。」

「秀長の大阪屋敷の奉公人から聞いた話では、髪は抜け落ち、肉は削げ、苦しみに胸を掻きむしって、血を吐きながらの、相当にむごたらしい死にざまであったとのこと。」

「それでよいのだ。

あの男に人並みの安楽な死など与えては、おじじや光秀の殿が浮かばれぬ。」

五右衛門は唾棄《だき》するように冷たく言い放った。

「八年か…。

長かったのう。」

かたわらに座している妻木《つまき》正之が、感慨深そうにつぶやいた。

「たしかに。」

五右衛門が答え、六造が無言でうなずいた。

本能寺の異変から八年以上の歳月が過ぎて、あの時期二十代半ばの青年だった二人も、もうとうに三十歳を越している。八年前、西の山脈を閉じ、国外に向かう美保屋宗兵衛一行を見送った五右衛門や正之は、膨張を続ける羽柴一族への憎悪を冷却させることなく、羽柴一族殲滅《せんめつ》の機会を窺ってきた。

五右衛門は、羽柴一族の要は秀吉ではなく弟の秀長であると見抜き、秀長を殺せば豊臣一族を滅ぼしやすくなると読んで、復讐の標的を秀長一人に絞った。

しかし、時の最高権力者を暗殺するというのは、困難極まりないことだった。

秀長の周囲には、夜盗上がりの荒くれや忍びが絶えず護衛網を張っていたし、なによりも、最高権力者となった秀長が庶民の眼の前に姿を現すこと自体が稀《まれ》だった。五右衛門たちは、歯がゆい思いをなだめながら秀長を見上げているしか術《すべ》がなかった。

その秀長が、やっと死んだ。

「あとは、いよいよ、秀吉だな。」

五右衛門は不敵な言葉を吐いた。

「そうだな。」

正之が応じた。

かれら倭の裔の生き残りは、本気で関白秀吉の命まで奪う気でいる。

今そこに存在する豊臣政権が、かつて直道や光秀が志した国家の姿とあまりにもかけ離れすぎていることが、そして、首のない骸《むくろ》となった光秀の死に様の記憶が、あるいはまた、山崎の戦さで、桂川の戦さで、豊臣の軍兵に無慙《むざん》に殺された幾千の倭の民の死に様の記憶が、五右衛門や正之を豊臣一族殲滅にこだわらせ続けてきた。

そして、父を謀殺した男の屋敷で、三界に寄る辺《よるべ》を失った身を縛られる暮らしに耐え続けている一人の女――。

五右衛門はお玉の無念を自分の痛みとして、羽柴殲滅への途を進んできた。

「それにしても、あれの毒の効き目は、確かに凄まじいな。

藤十郎殿から聞かされてはいたが、あれの気に触れるだけでこれほどの早さで人が死に至るとは、思いもしなかった。」

正之が感嘆の声をもらした。

「これから誰の手に渡るのかのう。楽しみじゃ。」

五右衛門が皮肉な笑みでつぶやいた。

「藤十郎殿の話では、あれの毒は何十年経っても腐らぬとか。

どうせ秀吉の一族の者じゃろうが、次にあれを愛でる者は気の毒なことじゃ。ハハハ。」

正之が哄笑した。

「ともあれ、羽柴一族きってのやり手の秀長が死ねば、あの家は間違いなく崩れ始める。ここからは、家康に手を貸して、羽柴一族を根絶やしにするのだ。大阪にいる者たちは、今まで以上に羽柴の動向を詳しく探れ。」

「お任せください。皆を大阪に呼び戻して探らせます。」

数十名の山忍びを、越後三国山脈で交代で鍛錬させてきた六造が、自信たっぷりに答えた。

「われらもここを畳んで大阪に移るか。」

正之が言った。

「そうだな。秀長が死んで大騒ぎをしている今なら、ここを出ても怪しまれまい。」

「移るなら、大阪城の近くがよかろう。」

「正之殿はすぐにその手はずを整えてくれ。

六造。疲れているところを悪いが、これはお前にしか頼めぬ。すぐに伊豆の土肥に走ってくれ。藤十郎に秀長が死んだことを知らせろ。」

「さっそく。」

六造は二人の山忍びに目配せすると、疲れた表情も見せず立ち上がった。


ここにもう一人、大納言秀長の死に喝采を送っている男がいる。

（とうとう、兄者が死んでくれた。

これで、豊臣はわしだけのものとなった。）

豊臣秀吉は、愛妾《あいしょう》淀《よど》の方《かた》を抱き終えた後の満足感の中で、仰向けになって天井を見ていた。

顔に笑みが浮かんでいる。その笑みを見て、

「ねえ、殿下。」

淀の方が、火照りの残っている體《からだ》を寄せてきた。

まだ二十五歳ながら秀吉の嫡男鶴松の母である淀の方は、秀吉に敗れた柴田勝家と共に越前北ノ庄で自害した信長の妹お市《いち》の長女だ。父は柴田勝家ではなく、信長に殺された近江領主浅井長政である。

母お市に勝るとも劣らぬ美貌と若さ。それに加えて、信長の姪《めい》であるという出自。秀吉は淀の方にのめり込んでいた。

「何ぞよいことでもあらっしゃったのですか？」

淀の方は、自分に子を産ませた秀吉が、伯父の信長を殺し、自分の運命をも狂わせた男だとは、夢にも思っていない。はだけた胸を隠そうともせずに身を上げた淀の方は、秀吉の顔を覗きこみながら、不思議そうに訊いた。

秀吉は淀の方を引き寄せた。若い乳首が自分の胸を這う。秀吉は幸福だった。

「ああ。あったのだ。

この世にこれ以上ないくらいの良きことがな。」

秀吉は淀の方の臀部《でんぶ》を撫《な》でながら、目尻を垂《た》らしてそう答えた。

海外交易。大名たちの国替え。朝廷工作…。今の彼の頭の中には、秀長亡き後の豊臣政権の構想が、溢れんばかりに湧いてくる。それが笑みに変わる。

「大納言さまの死の哀しみを忘れさせるくらいの嬉しいこととは、どのようなことなので？」

そこまで言うと、淀の方は、はっと思い当たった表情になり、

「殿下。また、どこぞで、若いおなごにお手をつけたのではありませんでしょうね。」

秀吉を睨みつけた。

「うん？」

秀吉は、淀の方の言葉に驚いた顔をした後、破顔した。

「そうか。そんな考えもあるのか。おなごの考えることは実に面白いのう。」

秀吉は、淀の方を抱きすくめて、頬擦《ほおず》りしながら、右手の指で寝間着の裾《すそ》を割った。

「いやっ。」

淀の方が身をよじった。

「ハハハ。実に愉快じゃ。なんとも愉快じゃ。」

秀吉の高笑いが、寝所に響いた。


豊臣政権の屋台骨を独りで背負ってきた大和大納言豊臣秀長の葬儀は、膨張を続けて来た豊臣政権の豊穣《ほうじょう》ぶりを天下に見せつけるかのように、いかにも荘厳《そうごん》に執《と》り行われた。

盟友の早すぎる死に無念の面持ちの千利休がいた。

秀長から豊臣家の将来を託された甥の秀次の姿があった。

これからのおのれを案じ顔の近衛前久の姿があった。

そして、そのかれらよりも数段憔悴《しょうすい》した表情の関白秀吉の姿が人目を引いた。

秀吉は、足軽時代からの友である前田又左衛門利家の手を握りしめると、

「又左殿。秀長亡き後は、長年の友であるそこもとだけが、身寄りの薄い秀吉の頼りじゃ。何卒《なにとぞ》、この秀吉を助けて下されよ。頼みにしておりまするぞ。」

半泣きの顔で懇願《こんがん》した。

そうした演技が秀吉の最も得意とする芸であることは、兄の秀長が一番知っていたが、その

秀長の葬儀の日に、秀吉は、誰も疑えないような渾身《こんしん》の名演技をやって見せたのだった。

誰もが騙《だま》された。

秀吉に手を強く握りしめられた前田利家は、

「関白殿下。もとより、この利家、豊家の御ためなら、命を投げ出す所存。八百万の神々に誓ってお約束し申す。」

感激に震えた声で応じた。

「かたじけない。かたじけない言葉。又左殿こそが、今の秀吉には何よりの宝じゃ。又左殿。どうか頼みまするぞ。」

秀吉は、前田利家こそが秀長亡き後の豊家の大黒柱であることを天下に知らしめるかのように、握った手を放さず、そう頼み続けた。

「……。」

そうした光景を、ただ一人、千利休だけが、冷ややかな眼で見つめていた。

しかし、その千利休も、自分のそんな姿を、少し離れた場所に立つ秀吉側近の石田三成に見つめられていることには、気づかなかった。

葬儀の数日後、秀吉は、秀長の居城であった大和郡山城の検分に出向いた。案内役を務めたのは、秀長の大阪屋敷家老の藤堂高虎だ。

「こちらでございまする。」

高虎に案内されたのは奥の十六畳二間だった。

そこには、天井まで届くほどの高さで、金銀の地金の木箱が山積みされていた。

「ふむっ。」

それを見て、秀吉は顔をしかめた。

「これが、大納言がルソン交易で得た利か。」

藤堂高虎に訊いた。

「はっ。

大納言さまは、豊臣家磐石のためにはいくら金銀があっても足りぬくらいだ、と申されて、蓄財に努めておられました。」

高虎はそつのない返答をした。

「何が豊臣家のためだ。みんな、秀次のためであろうが。

あの秀長のことじゃ。どうせ、死ぬる前に、これと同じほどの量の金銀を秀次に渡しておるに違いない。」

秀吉は、大納言とは言わず、秀長と呼び捨てにした。自分をのけ者にしての政治構想を、秀長からしつこいくらいに聞かされてきた秀吉の鬱憤《うっぷん》が、秀長の死で露骨に吐き出されたのだ。

「……。」

つい先ごろまで秀長の家老であった高虎は、言葉に詰まり、黙って眼をそらした。

「全部大阪城に運べ。」

これだけの金銀があれば相当に潤《うるお》う。秀吉はそう命じた。

「これだけか？」

「いえ。どうぞ、あちらに。」

高虎は、秀吉を秀長の居間に導き、「これでござりまする」、床の間に置いてある銀作りの瓢簞を指さした。

「これはまた。」

秀吉が感嘆の声を上げた。

「このような見事なしろがね細工を、どこで手に入れたのじゃ？」

そう言って瓢簞を撫でると、

「これはしろがね張りか？」

と訊いた。

「いや、本物のしろがねでございます。」

高虎が答えた。

「そうか。全部しろがねか。」

「これにつきましては、大納言さまから格別のご遺言がございまする。

このしろがね瓢簞は、名もない者の作ではあるが、縁起のよい瓢簞で、自分のこれまでの武運は、このしろがね瓢簞に守られたと言っても過言ではない。自分に万が一のことがあった場合には、豊臣家の弥栄《いやさか》を願う意味で、これを必ず関白殿下にお渡しするように、とのことでござりました。」

「これを秀長の形見にと？」

秀吉はあらためて銀の瓢箪を見つめた。

「そうか。わざわざ遺言まで残すところを見ると、秀長もわしのことを気にかけておったのじゃな。やはり二人きりの兄弟じゃ。」

顔をほころばせた。

「三尺はあるのう。見れば見るほどよく出来た彫り物じゃ。彫りも深くて細やかだ。秀長が床の間に飾った気持ちがよくわかる。

これはすぐに持ち帰って、わが子鶴松の部屋に飾ることにしよう。鶴松もさぞかし悦《よろこ》ぼう。高虎。すぐに手はずをせよ。」

形見の品として渡された銀の瓢箪によって、これまで強張《こわば》っていた秀長に対する心が、秀吉の中で少しばかりやわらいだ。


この時期の江戸は、活気にあふれている。

天正十八（一五九〇）年に関東移封を命ぜられた徳川家康が、すさまじい勢いで町づくりに取り組んでいて、東日本の各地から一獲千金を夢見る人夫や職人たちが、大量に江戸に流れ込んでいるのだ。

地方からの流入者たちは隅田川沿いに安い住居を求めたので、隅田の川べりにはかれらを当てこんだ粗末な居酒屋が立ち並び、大賑わいの毎日となっている。

晩冬の江戸の深夜。酔客たちの声も届かない隅田川の中央に浮かぶ屋形船の中で、四人の男が会していた。

「よくぞこれだけのことを成し遂げられましたな。

あの大納言秀長を人知れずに暗殺するなど、余人にはできぬ業。わが殿もいたく感服なさって、直にお目にかかって労をねぎらいたいとのことでござったが、」

「いや。どこで誰が見ているかはわからぬ故、家康殿には会う気はない。大久保殿がつなぎで今日まで来た。これからも、大久保殿だけとつながっておれば、それでよい。」

「かたじけない信頼のお言葉。大久保忠世《ただよ》、感激の至りでござる。」

家康の側近で、今は小田原城主でもある大久保忠世が、倭五右衛門に頭を下げた。

「おぬしらのためではない。自分たちのためにしておることだから、恩に感じることも無用。」

五右衛門は低い声でぶっきら棒に答え、それでもまだ何か言おうとする忠世を、

「大久保殿。堅苦しい挨拶は、もうそれでよろしかろう。この度は、秀長の死を祝して、大久保殿と一献酌《く》み交わすために江戸に参ったのだぞ。」

そう制した。

七年余、家康と五右衛門のつなぎ役をして来た大久保忠世は、

「そうじゃの。では一献傾けまするか。」

笑みを返すと、五右衛門の盃に酒をついだ。

「五右衛門殿。これからをどうなさるおつもりじゃ。」

「待つ。」

五右衛門の言葉は、またも短い。

「秀長の死後、あれは、間違いなく羽柴一族の誰ぞの手に渡っておるはず。その結果は、間もなく出てこよう。」

五右衛門に同行して来た妻木正之が、五右衛門の言葉を補った。

「なるほど。」

忠世が笑みを浮かべた、「誰に渡ったのかのう。」

「さあて。」

盃を飲み干した五右衛門は他人事のように言う。

「それより、藤十郎。」

五右衛門は盃を置くと、忠世の隣に座している小太りの中年男に声をかけた。

「土肥の金山はどうだ？」

「まかせなされ。」

藤十郎と呼ばれた大久保長安が、持ち前の磊落な口ぶりで断言した、「土肥の金山は、いずれ、この国でも屈指の金山となりもうそう。」

「そうか。それで家康殿も少し潤うな。天下取りには財はどうしても必要だからな。

秀長とイスパニアの際限ないしろがねの放出で、南海では、しろがねの値打ちが年を経るごとに下落していると、宗兵衛殿からの便りにもあった。

これからはしろがねに代わって金の値打ちが増してくることは間違いがない。ちょうど良い折に金山が見つかったものだ。」

「長殿《おさ》よ。」

「なんだ。」

「どうしても佐渡が欲しゅうござるな。」

「佐渡島、な。

佐渡の領主は、いま？」

「本間家を滅ぼした越後の上杉景勝《かげかつ》のものになっておりますな。」

大久保忠世が答えた。

「上杉か。

あやつも目ざとい男だな。きっとあの島で金の匂いを嗅《か》いだのであろう。」

「上杉にそんなに豊富な金山を掘り起こされては、わが殿の天下取りの邪魔になるのではないのか？」

忠世が心配顔で言った。

「心配は無用。あの金山はわしでなくては掘りおこせぬ。」

大久保長安が笑った。

「しかし、」

と言いかけた忠世を、

「藤十郎がそう言うのだから、間違いはない。

藤十郎にとっては鉱山《かなやま》はおのが子のようなもの。鉱山のことは藤十郎に任せておけばよいのだ。今に家康殿は天下一の分限者になれる。」

五右衛門がさえぎって言った。

「さようでござるか。」

五右衛門の言葉に、大久保長安は嬉しそうにうなずいた。

大久保長安とその配下の鉱山掘り《かなぼ》一団は、死んだ直道の遺命によって、倭一族から徳川に貸し出されたものだ。長安たちにとって、首領はあくまでも倭の長の五右衛門であり、家康は仮の主人にすぎず、長安一団の掘り当てた金銀は、五分五分の比率で、半分を五右衛門が得ることで七年間続いてきた。

「藤十郎。羽柴一族を皆殺しにするには、財はいくらあっても足らぬ。頼むぞ。」

「お任せあれ。必ずやり遂げてみせまする。」

大久保長安は、力強く約束した。


「久しぶりの京はいかがでござりますか。」

「やはり京はよいのう。頬を撫でる風にも、忙《せわ》しく動きまわっている京人の汗の匂いが混じっておる。生きておるのか死んでおるのかわからぬような鄙《ひな》の風の匂いとは大違いだ。生き返った心地がする。」

「それは何よりでございます。しばらくは京の生活を堪能なさいませ。」

「京の匂いを嗅いだら、もう、小豆島に帰るのが嫌になってきた。」

「しかし、兄者。それは難しゅうございましょう。豊臣は兄者の動向に眼を光らせております。まだしばらくは小西行長殿の助力を得ておくのが得策かと。」

「いや、それがのう。大納言秀長が存命の頃は確かにそうであったが、あやつが死んでからは、そうでもなくなってきたみたいだ。この度京に参ってから町を歩き回っていても、わしをつけてくる者おらぬ。

　実は、加賀の前田利家公から誘いの声がかかってな。加賀に一万五千石ほどの捨扶持《すてぶち》をやるから来ぬかというのだ。」

「前田公がでございまするか？」

「うん。前田公の話では、どうも、秀吉のやつ、弟の秀長亡き後は前田公を豊臣一族の重しにしようと考えておるらしい。前田公なら、絶対に秀吉には逆らわぬからな。

　そんな事情があって、今ならば、前田公のなすことに誰も横槍を入れてこぬ。前田家の扶持をもらうもよかろうかと思っておるところだ。前田の客将《かくしょう》になったならば、自由に京を動き回れようしな。」

「なるほど。そういうことでござりますか。ではそうなさりませ。太郎は兄者のご意向なら、どんなことにも従いまする。」

「そうか。」

「で、犀川屋の方はいかがでございましたか。」

「もちろん上首尾だった。あそこの内儀は格別に熱心な信徒だ。わしが頭を下げての寄進を断るはずもない。届いたしろがねはいつもの所に運ばせておいたぞ。」

「本心を言いますと、あの時は、うまくいくものかどうか、不安も覚えましたが、明石郡六万石を蹴って殉教《じゅんきょう》の道を選んだ兄者の読みは、正しゅうございましたな。

信徒たちから集まって来る財に比べたら、明石郡六万石など阿呆のようなものです。天主さまのためなら命も惜しまぬ五十万信徒と、その五十万信徒からの寄進、それを十年蓄えたなら、前田公にも劣らぬ財力と人力を得ましょう。」

「逸《はや》るでない。

今は、それらは、おのれの胸の内だけに固く秘めておくのだ。わしら兄弟以外の誰に洩《も》れても、わしらは背教徒の烙印《らくいん》を押される。絶対に余人に勘取《かんど》られるような言葉や振舞いは避けろ。」

「はい。わかっております。」

「今はまだ、じじいたちの時代だ。

しかし、秀吉の子鶴松は幼い。家康の子も前田公の子も凡庸《ぼんよう》じゃ。じじいどもが死んで代替わりになった時こそが、われらが一気に動く時だ。その日は必ず訪れるのだから、それまでは、急《せ》かずに、この国で一番の敬虔《けいけん》な信徒を装い、力を蓄えるのだ。」

三の章　太閤秀吉

一

豊臣政権を独りで担ってきた大和大納言豊臣秀長が死んだ。

しかし、大黒柱の秀長が死んだからと言っても、要職は全員秀長の眼にかなった者たちで占められている。秀長が後事を託した甥《おい》の秀次が関白に就いたなら、秀長体制の継承になって、秀吉がこれを奪取することは困難になる。事実、秀長からの命で秀次の側近となっていた白江《しらえ》成定《なりさだ》などは、次期政権の構想をまとめるための人材集めに躍起になっていた。

にもかかわらず、何故《なぜ》か、秀吉はおとなしい。表立った動きを見せようとしない。今日も、側近の石田三成を相手に昼間の酒を口にしていた。もちろん、余人は遠ざけてある。

「三成よ。まだ、秀長の南海交易の中身はわからぬのか。」

穏やかな声で秀吉が訊《き》いた。

「はい。忍びを総動員して調べさせておりまするが、ルソン交易の要のことは、故大納言さまと利休殿と納屋《なや》助左衛門の三人だけが握っていたらしく、外には一向に洩《も》れておりませぬ。

実際にルソンに行ったことのある船子たちにも問い質《ただ》しましたが、あの者たちは南蛮人の区別がつきませぬので、どこの国との交易であったかはわからずじまいでございました。」

「そうか。」

「おそらく、これ以上の探索をいたしましても、何も出てこぬかと。」

「ふ〜む。」

秀吉は格別困った風も見せず、また盃を口にした。

「利休殿を説得して聞き出すというのは、」

「それは無理じゃ。利休居士は秀長一辺倒で来た男じゃ。予には何も教えぬ。」

「では、利休殿は秀次さまと。」

「そうじゃろうな。

このままでは、秀長の莫大な富は、利休居士によってすべて秀次に引き継がれる。秀次の政権が盤石《ばんじゃく》のまま続いたら、二十も歳の離れた鶴松の行く末が心配じゃ。予が存命の間はいいが、予が死んだ後、鶴松の命すらも危ぶまれる。

なんとしても、ルソン交易の富を秀次の手から引き剝《は》がさねばならぬ。」

「はい。」

「そなたでもあの交易の仕組みが解き明かせぬということになるなら、あの莫大な富を秀次に渡すくらいなら、いっそ、ルソン交易を禁止して、わしらもルソン交易の利は諦《あきら》めるか。」

「しかし、それはあまりにも勿体《もったい》ないことでは。」

ルソン交易の価値を知っている三成は、ためらいの言葉を口にした。

「それも思わないではないが、三成よ。交易の相手は、なにも、遠いルソンや小ずるい南蛮人どもでなくともよかろうが。

すぐそこには朝鮮も明《みん》もある。朝鮮の釜山浦《プサンホ》あたりを拠点にして西国との交易を拓《ひら》くという手もある。」

「明、朝鮮、でございまするか？」

秀吉の思いがけない案に、三成が軽い驚きの声を発した。

「そうじゃ。

以前秀長から聞いたことがあるが、明国はしろがねをことのほか重宝がる国じゃそうな。しろがねならば、生野《いくの》と石見に銀山を持つこの国には掃《は》いて捨つるほどある。明国相手に良き交易ができようというものだ。」

「なるほど。

しかし、関白殿下。朝鮮は足利の時代から倭寇《わこう》に苦しめられて、我が国には良き感情を持っておりませぬぞ。果たして快く交易に応じるかどうか。」

「そんなことは交渉上手の者にやらせればよい。

薬屋のせがれなんぞは、交渉が達者のように思うがのう。」

「小西行長殿、でございますか。」

小西行長は、堺で薬種問屋を営む豪商小西隆佐《りゅうさ》の次男で、肥後《ひご》国の南半分二十万石の領主である。ちなみに、肥後国北半分は加藤清正に与えられている。

「うん。明、朝鮮との交易のことは、あの男にやらせてみようかと考えておる。」

「なるほど。行長殿ならば。」

「ぬしは、予に近すぎたため、秀長の子飼い大名たちからは嫌われておるが、薬屋のせがれとは馬が合うじゃろう。」

秀吉はわが子を見るような柔和な表情で三成にそう言った。

「はあ。」

三成は返答に窮して苦笑いをした。

「三成よ。ぬしは鶴松が関白の座に就くまでの豊臣の束ねじゃ。薬屋のせがれの後ろで交易を采配《さいはい》して、富を膨《ふく》らませよ。」

秀吉の小姓から吏僚《りりょう》としての有能さで台頭して来た治部少輔《じぶしょうゆう》石田三成は、まだ三十二歳の若さながら、秀吉の腹心中の腹心とでもいうべき存在で、常に秀吉の近辺に侍《はべ》ってきた。しかし、「豊臣の束ね」などという過分な言葉を、それまで秀吉から言われたことはない。

「ははっ。」

三成は、感激に頬を紅潮させ、思わず平伏した。

「国内のことはそれからじゃ。

予は秀長から一つよいことを教えられた。それは、富こそがこの世で一番の力だということだ。大名たちは戦さ上手などと威張っておるが、富の力に比べたら、武力など何ほどのものででもない。家康を見ろ。戦さが巧《うま》いだけでは天下は取れぬ。秀長は、ルソン交易で得た富でそれをやってのけ、予を天下人にした。富があっての覇者よ。秀次なんぞ、富を奪い取られたら、あっという間に崩れていく。わしらがこの国の富をつかみ取るまでは好きにさせておけばよい。いずれ時が来たら、その時に、」

秀吉は箸《はし》を両手で握り、ポキッ、と折り、

「一気にひねり潰《つぶ》してみせよう。」

そう言い放った。

秀吉の密命を受けた石田三成は、宇土《うと》城主小西行長に、内々に明国と朝鮮との交易の可能性を探るように伝え、それを受けた小西行長は、娘婿《むこ》である対馬宗《そう》氏の宗義智《よしとし》と共に海を渡った。

天正十九年二月末、三成より報告を受けた秀吉は、

「そうか。行長と義智が海を渡ったか。

では、そろそろ取りかかるか。」

笑顔でそうつぶやいた。

その夜、最近いつもそうであるように、豪奢《ごうしゃ》な絹の寝床に寝そべってあれこれの思案にふけっていた秀吉は、

「やはり、一番の邪魔者といえば、」

一人の男の顔を思い浮かべた。

「利休居士——。

兄者と組んで、わしを能無し扱いしつづけた憎いやつ。ルソン交易で得た巨額の富を、わしには渡さずに、兄者と二人だけで貪りつづけてきた強欲者。まずはあの男からだな。」

秀吉は、持っていた扇子《せんす》を、それで人の首を斬《き》り落とすかのように、斜めに振った。

ただ、千利休は、秀長亡き後も左大臣秀次の後見人として威勢を誇っている。滅多な理由では誅《ちゅう》することはできないし、手を打ち間違えた場合は、利休に味方する者も出て来ないではない。さすがの秀吉にも少しのためらいは残った。

しかし、

「いや。これが賭けだ。

強引にであろうとも、ここで利休を始末できたなら、世は一気にこちらになびく。強引なほど効き目は大きかろう。

それに、ひょっとしたら、ルソン交易を手に入れることもできるやもしれぬ。」

秀吉は自分自身に強くそう言い聞かすと、

「三成！

三成はおらぬか。」

石田三成を呼びつけた。

「三成。利休を殺せ。

あやつの顔など金輪際《こんりんざい》見たくない。切腹だ。利休に切腹を命ぜよ。」

ことさらに苛立《いらだ》たしそうな声で、そう下知《げじ》した。

「はっ？」

平伏していた三成が、驚きの表情を浮かべて面《おもて》を上げた。

「利休殿に切腹を？

関白殿下。それはまたいかなる理由《わけ》で…、」

千利休は、つい先だってまでは、大納言秀長と二人で豊臣政権の舵《かじ》取りをしていた人物だ。茶人として大名にも多くの弟子を持ち、これといった落ち度もないし、巷《ちまた》で悪しき風評も聞かない。さすがの三成も、突然の下知に困惑して、そう訊《たず》ねた。

「理由？」

秀吉は三成を横目で睨《にら》むと、

「三成よ。利休ごときを切腹させるのに理由が要るか？

理由は、そなたならばいくらでも思いつくだろう。何でもいいから、やつを早く殺せ！」

つき放すように怒鳴《どな》った。

「はあ…。」

豊臣子飼いの青年たちのうち、加藤清正や福島正則は、豊臣家と血縁関係にあり、戦場で秀長と行動を共にすることが多いこともあって、秀吉よりも秀長と深くつながってきた。

だが、豊臣家と血縁関係のない三成は、秀吉だけを主と仰いで生きてきた。そのおかげで、今は秀吉一番の腹心にまでのし上がっているから、どのような無理難題であっても、秀吉の命令には逆らえない。

「承知いたしました。」

言葉少なに平伏した。

――次の夜。堺の千利休の元に、関白豊臣秀吉の使者として、治部少輔石田三成が訪れた。

三成は烏帽子《えぼし》姿の正装だった。

「こんな夜更けに何の用じゃ。しかも、その仰々しいなりは。」

三成のことを秀吉の丁稚《でっち》程度にしか見ていない七十歳の利休は、ぞんざいな口調で訊いた。

「……。」

大納言秀長存命中の三成ならば、ここで一歩も二歩も退くところだが、今夜は違った。三成は立ったまま、冷たい眼で利休を見おろすと、

「関白殿下の命により、利休殿に切腹をうながしに参った。利休殿。黙って腹を召されませい。」

そう告げた。

秀吉が最も信頼を置く能吏《のうり》にふさわしい、おのが感情を持たず、抑揚《よくよう》を捨てた、乾いた口調だった。

「何ぃ？」

これには利休も仰天した。

顔色を変え、

「関白殿下が、わしに切腹を？

理由は何じゃ。」

思わず、そう訊ねた。

「理由など訊かずとも宜《よろ》しかろう。」

三成は、さらに哀れむような眼で利休を見た。

「まあ、どうしても理由が欲しいと申されるのであれば、いくらでもつくって差し上げまするぞ。たとえば、大徳寺の山門にそこもとの木像がかかって、上から見下ろしておるのは不遜極まりない、という理由では如何か？」

「なんだと？」

小馬鹿にしたような石田三成のもの言いに、利休は怒りで腰を浮かせた。

「利休殿。

理由などはどうでもよいのだ。要は、関白殿下が、そこもとに、死ね、と申しておられる。それだけのことでござるよ。」

「……。」

大納言秀長亡き後の豊臣政権では、関白を名乗る秀吉を止められるほどの力を持った人物はいない。関白の座を約束されている甥の秀次も、まだそれだけの力を得ていない。本来、その役目は、秀長の片腕だった利休が担うべきだったが、まさか、秀吉がその自分に切腹を命じてくるとは、さすがの利休も想像すらしていなかった。

利休は内心の激しい動揺を隠しながら、薄笑いを浮かべ、

「このわしに死ねとな。

天下万民がそのような言いがかりを許すと思うてか？」

そう言い返した。

「利休殿こそ、誰ぞがご自分を守ってくれるとでも思うておられまするのか？

徳川家康殿か？

それとも、加賀の前田殿か？

はたまた、利休門下の面々かな？」

三成が薄ら笑いを浮かべながら訊き返した。

「うっ。」

直截《ちょくせつ》に問い返され、今度は利休が答えに窮した。

豊臣政権最大の権力者大和大納言秀長という後ろ盾が消えたら、自分は、ただの堺の老いたる茶人にすぎない。権力とはいつもそのようなものだ。それは利休の中にも答えとしてある。

「大納言さま亡き今、関白殿下の御命令に背くことなど、天上天下、どこの誰にも無理でございまするよ。わが身の危険を冒してまでそこもとを守ろうとする者など、おりもうさぬ。黙って腹を召されい。」

利休の耳に、三成の死の宣告の声が響いた。

何の前触れもなく突然に襲ってきた厄事に、利休は心の中で歯ぎしりし、それが言葉になって口から出た。

「大納言殿が亡くなられて、あの男、慾《よく》を出しおったな。天下を統《す》べる能もないくせに、身の程を知らぬやつよ。」

「……。」

三成は、何も答えない。その無言が、下知の背後にある揺るがぬ秀吉の意思を、なによりも如実に示していた。

「三成。戻ったら関白に伝えよ。わしが死ねば、ルソンとの交易は立ちゆかぬ。わしに切腹を命ずるからには、それを承知の上であろうから、ルソンとの交易はこれで仕舞いとする、とな。それと、もう一つ。この利休、言いたきことは富士の山ほどあるが、亡き大納言殿との交誼《よしみ》に免じて、豊臣の秘事は墓場に抱きかかえて行ってやるとな。」

これは、秀吉に対する利休の精一杯の脅しなのだが、これまでの事情を何も知らない若い三成は、

「わかった。そうお伝えしよう。」

無表情に答えただけだった。

「……。」

利休の顔が、落胆に染まった。

「明夕には検分の者を差し向けもうす。利休殿も天下に名をはせた茶人千利休。くれぐれも、

見苦しき振舞いなど諦めて、首尾よく始末をおつけくださりまするように。」

最後にそんな丁重な言葉を残して石田三成は帰った。

耳を澄まして三成の馬が遠ざかったのを確認した利休は、子飼いの番頭を呼びつけた。手文庫の中の書き物をあわただしく取り出し、広げた風呂敷に投げこみながら、

「ほどなく三成の手の者たちが見張りに来よう。わぬしは今すぐにここを去り、この風呂敷包みを、京に出てきておる高山右近に届けよ。

よいか。絶対に誰にも気どられるでないぞ。右近本人に内々につなぎを取って、わしからの形見ゆえ、好きに使え、そう申して渡すのだ。

それを終えたら、ここには立ち戻らず、どこぞに消えよ。銭は持てるだけ持って行くがよい。」

そう念を押した。

「それでは。」

番頭は風呂敷包みと銭を抱えると、深夜の利休屋敷を飛び出した。

その後の利休の行動は迅速だった。庭に下りていくつもの書き物や巻物を火にくべると、身内の者たちには過分の銭を与えて、着の身着のままで逃亡させた。

利休には利休なりに、織田の一家臣に過ぎなかった羽柴兄弟を後押しして豊臣政権を創ったという自矜《じきょう》があった。それが、こともあろうに、無能と蔑《さげす》んできた秀吉から、理不尽極まりない切腹の沙汰《さた》を受けて、自分はその沙汰に抗しきれない。

独りきりになった屋敷の茶室に座ると、

「秀吉猿め。富なくして、何の天下人か。

わしと大納言殿とが謀《はか》りに謀って創り上げた豊臣の天下。二人の死をもって、元の無に戻してみせよう。豊臣の炎が燃え落ちるまでのつかの間、いい気になってはしゃぐがよい。」

憎々しげにつぶやいた。

翌日。腹に据えかねた利休は、介錯《かいしゃく》も用いず、憤死とでも言えばいいような血まみれの死に様で、生命を絶った。

死した利休に対する秀吉の仕打ちは、容赦なかった。

「三成。利休の首を洛中《らくちゅう》に晒《さら》して見せしめにせよ。逃げた一族の者たちも、探し出して皆殺しにするのだ。」

利休の首は、京の一条戻橋に晒された。

秀吉は、できるならば、利休と秀長が独占してきたルソン交易を、自分の手中に収めたかった。それが実現し、現在模索中の明国との交易が実現すれば、潤沢《じゅんたく》な富の所有者になれる。

しかし、利休の屋敷の検分から戻ってきた三成は、

「関白殿下。ルソン交易にかかわるものは、一切見つけることができませんでした。切腹の前に焼き捨てた模様でござりまする。」

そう報告した。

「くそっ。」

秀吉は怒りで、持っていた扇子を畳に投げつけた。

「あの憎たらしい利休居士め。死んでも予に逆らいおる。」

関白の権威によって利休を誅し、ルソンとの交易を繋《つな》ごうとした秀吉の目論見《もくろみ》は、頓挫《とんざ》した。

「えーい、どうしてくれよう。」

秀吉は気ぜわしく爪を噛《か》みながら、唸《うな》った。

それでも我慢できず、立ち上がり、苛立たしそうに部屋を歩き回り、やがて、

「よし、わかった。

三成よ。利休の影である納屋助左衛門を、国外追放処分にせよ。あやつの財を没収して、二度とこの日本の土を踏ませるな。助左衛門の船が二度と日本に戻れぬようにさえすれば、秀次にもルソンからの財は渡らぬだろう。」

そう命令を下した。

豊臣秀吉は、兄秀長が危惧《きぐ》したとおり、また、異国から日本を遠望していた者たちが喝破《かっぱ》したとおり、無能の王、であった。

利休一族に対するこの命令が豊臣政権の痛恨の大転回点になることに、気づきもしなかったからだ。

豊臣政権一番の武器は、大和大納言豊臣秀長の富だった。武力や交渉力は、たかだかそれに付随したものにすぎず、秀長の底知れずに潤沢な富があったればこそ、京公家も諸大名たちも豊臣になびき続けたのだった。

その富が秀次に引き継がれたならば、豊臣政権の安泰《あんたい》は約束されていた。しかし、激情にか

られた秀吉は、この瞬間に、豊臣家の富の源を、自らの手で完全封殺した。

豊臣秀吉は、無能の王であった。

「利休に切腹。さっそく仲間割れか。

やはり、そなたの読みどおりだったな。秀長のいなくなった豊臣は、脆《もろ》い。」

大阪東横堀川沿いの商家の奥二階で、利休切腹の報を聞いた妻木《つまき》正之が五右衛門に言った。

かれら倭《わ》の裔《すえ》の山忍びの一団は、豊臣秀長の死亡を確認するや、大和郡山の不動辻を去り、次の標的である関白秀吉の居城である大阪城近くに居を移していた。

「俺たちが手を下す手間が省けて、大助かりだ。」

五右衛門が苦笑で返した。

「祝い酒でもやるか。」

「それもよかろう。六造。酒を持ってこい。お前の分もな。」

五右衛門は階下に声をかけた。

五右衛門たちは、大阪城の堀川沿いに、刀剣や鎧兜《よろいかぶと》を商う商家を構えた。この商売ならば、武士の出入りが多く、各地の情報が手に入りやすいからだ。

銭は潤沢にあるので損得を勘定することは不要だから、客の意向に沿った商いができる。店主の六造は、役に立ちそうな客を見つけると、便宜を図った商いでかれらを籠絡《ろうらく》している。

「のう、五右衛門殿。」

運ばれた酒を呑《の》みながら正之が言う。

「あれは、その後どうなったのかな。」

「わからぬ。

それについては、何の噂《うわさ》も流れて来ぬ。」

「まさか、どこぞの金蔵に置かれたままではなかろうな。」

「そんなことはなかろう。あれだけの物だ。誰ぞの飾り物にはなっていよう。」

「それについては、どんな小さな噂でも拾ってくるように皆にも言っておりますので、今しばらくお待ちくだされ。」

六造が口をはさんだ。

「それよりも、長《おさ》。

納屋助左衛門の国外追放、あれはいったい、どういう訳なのでござりましょう。」

「俺もそれを考えておったが、どうやら、秀吉のやつ、利休からルソン交易の支配権を奪うのをしくじったのではないのか？

利休の切腹もそこいらに理由があるような気がしてならぬ。」

「交易での内輪揉《も》めですか。」

「死んだ秀長からルソン交易の全てが秀吉に譲られたなら、利休を殺したり、納屋助左衛門を国外に追放したりするわけがない。あれだけ南海に通じた男たちだ。誰だってあやつらを利用するに決まっておる。

それが、秀吉のやつ、利休に切腹を命じ、助左衛門を国外に追放した。辻褄《つじつま》の合わぬ仕置きだ。助左衛門を国外に追放した時点で、豊臣のルソン交易は終わったと見るべきだろう。」

「では、豊臣の財が細りまするな。」

「いや。当座は秀長の残した潤沢な財で天下を賄《まかな》えるだろう。

それに、欲深な秀吉のことだ。ルソンに代わる地を見つけて、交易の途を探すはずだ。」

「なるほど。

しかし、長。ルソンに代わるほどの交易にふさわしい土地が、他にありましょうか？」

「さあてな。

だが、今はそんなことはどうでもよい。俺が思ったとおり、秀長さえ死ねば、豊臣は傾き始める。利休の切腹がその予兆よ。そのうちにあれの次の犠牲者が出てこよう。焦《あせ》らずに、一人一人、着実に、豊臣の血を持つ者を始末していくことだ。」

「そうだな。豊臣の血を根絶やしにせねば、死んでゆかれた大勢の方々に申し訳が立たぬ。」

正之がうなずいた。

「おお。そうだ。そうだ。

言い忘れておったが、この間済州島《さいしゅうとう》から届いた便りでは、秀満殿と正姫《チョンヒ》が夫婦《みょうと》になったらしいぞ。」

五右衛門が笑顔を見せながら、そう言った。

「ほお。それはそれは。」

正之と六造が、同時に驚きの笑顔を見せた。

「秀満殿と正姫が夫婦か。それもまた意外な組み合わせだな。」

正之は眼を細め、

「あの気の強い正姫さまが、人の嫁ごにですか？　わしにはちょっと信じられませぬな。」

商人髷《まげ》の六造が不思議そうに首をひねった。

「そう言うな。正姫も、やっと光秀の殿の幻から解き放たれたのだろう。悦《よろこ》ばしいことだ。」

「秀満殿とてそれは同じこと。めでたい話じゃ。」

正之は満足そうに盃を口に運んだ。


千利休が自害してしばらくしたある日、隠居している細川幽斎《ゆうさい》こと細川藤孝が、大阪の細川屋敷を突然に訪れた。

山崎の合戦のあと、幽斎は京に屋敷を構え、公家たちとの交友に耽《ふけ》っていて、家督を譲った忠興《ただおき》の元には滅多とやって来なくなっていた。

隠居してからの藤孝は、両顎《あご》のあたりに肉もつき、好々爺《こうこうや》然となっている。

「今日は何ごとでござりまするか。」

夫人のお玉と共に父を迎えた忠興は、訝《いぶか》しそうに訊いた。

「内々の話がある。」

細川幽斎は、眼元が父親である明智光秀を連想させるお玉に、気まずげな一瞥《いちべつ》を向けた後、低い声でそう言うと、忠興と二人きりで奥の茶室に入った。

「……。」

無言でその親子の後姿を見送るお玉の顔に、妖《あや》しげな冷笑が浮かんでいることに、二人は気づかない。

お玉は、本能寺の異変の後、二年間を奥丹後の僻地味土野《みどの》に幽閉され、秀吉の天下取りが決定的になり、ほとぼりの冷めたのを見計らって、丹後宮津城に呼び戻された。今は夫忠興と共に大阪屋敷に暮らしているが、忠興を強く拒み続け、名ばかりの夫婦となっている。

女もまた、「意志」によって立つことがある。八年前の五右衛門との味土野の一夜から、お玉は、そう生きよう、と決意した。

ただ、お玉の細い體《からだ》つきと憂い顔は、傍目にはいかにも弱々しく見えたから、周囲の人間は、彼女から憂愁の匂いを嗅《か》ぎとるばかりで、彼女の心が、父明智光秀を陥れた者たちに対する憎悪一色に塗り替えられたことに、気づかずに来た。

(藤孝の突然の来訪――。

秀長と利休の突然の死にうろたえてのことか。)

憎悪を生きているお玉は、父を謀殺した三人を呼び捨てにした。

その細川幽斎は、茶室で嫡男《ちゃくなん》忠興と対座すると、

「忠興。これからは、身辺に十分注意を払え。隙を見せれば、細川の家は間違いなく取り潰される。絶対に、関白につけ入る隙を与えるな。」

きつい口調でそう言った。

「何ごとでございますか？」

父親に対しては常に実直従順を通してきた忠興が訊いた。

「関白は狂い始めた。もう、豊臣の世は長くない。」

「ははは。まさか。」

懇意にさせてもらっていた大納言秀長が病死し、後を追うように、茶の師と仰いできた千利休が関白秀吉の勘気に触れて自害させられたものの、若くて有能な秀次が関白職を継ぐであろう豊臣政権には、将来を不安視させる何ごともない。忠興は笑いながら首を小さく左右に振った。

「黙って父の言うことを聞くのだ！」

幽斎が一喝した。

「はっ、はい。」

久しぶりに目にする父の剣幕に、忠興は身をすくめた。

「大納言殿の突然の死が、すべてを狂わせた。

そなたもすでに承知していると思うが、豊臣の舵を取ってきたのは、亡き大納言殿であった。

関白は飾り物に過ぎぬ。

その大納言殿が亡くなって、飾り物が勝手に動き始めた。

大納言殿を失った豊臣には、関白の専横を止める者が存在せぬ。むしろ、大納言殿の時代に干されていた者たちが、関白に取り入ろうと躍起になることだろう。関白は、その者たちを使って思い勝手な政《まつりごと》をおこなうに違いない。

よいか、忠興。今後、関白がどんな無理難題を言ってきても、決して逆らうな。関白の言うことには黙って従え。できれば、率先して従え。そして、なんとしても生き延びて、細川の家を守るのだ。」

そう言い終わると、幽斎は、鷲鼻を撫《な》でながら忠興を見つめた。

「本当に豊臣の天下は終わるのでございまするのか？」

忠興はまだ、信じがたい、といった表情で訊いた。

「終わる。

大納言殿の早すぎる死で、豊臣の家は間違いなく終わる。利休殿の切腹がその前兆だ。」

幽斎は断言した。

かつて覇者織田信長の弑逆《しぎゃく》を企んだ三人のうちの二人が死んだ。しかも、その内の一人は、本来は身内であるはずの関白秀吉の手にかかって殺された。幽斎が強い危機感を覚えるのも、無理からぬ話だった。

「そなた、江戸の徳川と誼《よしみ》を通じよ。家康はいま、一人でも味方が欲しい。今のうちに身を寄せれば、きっとそなたの力になってくれるはずだ。何か困ったことが起きたら、たとえどんなに些細《ささい》なことであっても、すぐ家康に相談するようにせよ。

よいか。今日の父の言葉を決して忘れるな。そなたは武家の棟梁《とうりょう》の血を引く細川家の当主だ。父の教えを戒めにして、この細川の誇らしい血統を守り抜くのだ。」

幽斎はそう教えた。

「切腹の前夜、利休殿から形見の品が届けられた。」

「ほう。それはいったい、」

「番頭が袱紗《ふくさ》に包んで内々に持ってきた。番頭は、それがしに袱紗を渡し終えると、その足で逐電《ちくでん》した。今までのところ、番頭が捕まったという話は聞こえてこぬから、無事に逃げおおせたのであろう。

届けられた袱紗の中には、茶の心得をしたためた束が入っておった。

利休殿はどのようなおつもりで、あれをそれがしのところに届けさせたのであろうかのう。

それがしのような小者でなくとも、渡すにふさわしい弟子は他にもおったろうに。利休殿のおこころづもりがよくわからぬ。」

「袱紗の中はそれだけだったのか？」

「ああ。それだけだった。」

「それがルソンとの交易に関するものであったら、さぞかし関白殿下がお喜びになられたであろうに。」

「関白秀吉が？

それはまた、何ゆえ？」

「関白殿下は、大納言秀長さまと利休殿が長年握ってきたルソン交易を、利休殿から取り上げて、ご自分でやりたかったのよ。あの交易の利は大きいからな。」

「やればよいではないか。」

「それがなあ。」

「無理なのか。」

「大納言さまご他界のあとルソン交易を取り仕切っていた利休殿が、関白殿下ではなく、左大臣秀次さまに引き継がせようとしたらしい。」

「なるほど。秀長も利休殿も、秀次を大層可愛がってきたらしいからな。」

「関白殿下の申し出を断ったために、利休殿は切腹。利休殿の影であった納屋助左衛門は、財を没収の上、国外追放になった。二度と再び日本の土は踏めぬ。」

「利休殿はどこの国と交易をしておられたのじゃ？」

「それが、よくわからぬらしいのだ。ルソンなのだから、おそらくイスパニアであったろうと思うのだが。」

「イスパニアか。」

「実はな。その異国との交易に関して、それがし、治部少輔を通じて関白殿下から内々の命を受けた。先日まで海を渡っていたのも、そのためじゃ。」

「何だ？」

「利休殿の切腹でルソンとの交易は無理になった。関白殿下は、南蛮人との交易を全面禁止にして西国の大名たちの力を削《そ》ぎ、ご自分は明や朝鮮との交易の途を探っておられる。」

「ほう。」

「治部少輔からの内々の命というのは、それがしに全てを任せるから、明や朝鮮との交易の道筋をつくれとのことだった。」

「大役ではないか。

そなたも高く買われ始め、結構なことだな。」

「しかし、宗義智と共に大陸に渡って痛感させられたが、足利時代からの倭寇の無法乱行で、朝鮮も明も我が国によき感情を持っておらぬ。釜山浦で交易の話を持ち出したが、わが国は信用ならぬと一蹴された。」

「なるほど。」

「しかも、関白殿下は、天下統一を成し遂げたということで、自信に溢れておられて、交易をしてやるぞ、といった姿勢でな。それが尚更《なおさら》に朝鮮や明の商人たちを不快にさせ、間に入ったそれがしは、大いに困り果てておるところじゃ。」

二

天正十九年初夏、秀吉のわずか三歳の嫡男鶴松が、激しい嘔吐《おうと》と高熱を発するようになった。

「何?! 鶴松が高熱を出したじゃと。

風邪か?」

愛妾淀《あいしょうよど》の方《かた》からの知らせに、秀吉は驚きの声を発した。

「三日も高熱が続いておるのが心配で。

原因がわかりませぬので、医師に診てもろうておりまする。」

淀の方は不安そうな声で答えた。

元々が母の淀の方に似て華奢《きゃしゃ》な児ではあったが、豊臣家の世継ぎということで、注意深く大事に育てられたので、この三年間、大病をしたことはない。つい先頃まで、父秀吉から与えられたしろがね細工の大瓢簞《ひょうたん》を相手に、相撲の真似事をして、元気に遊んでいた。

四日経っても、五日経っても、鶴松の躰《からだ》から熱は引かなかった。

「どういたしましょう…。」

鶴松の存在だけが命綱の淀の方は、泣かんばかりの表情で秀吉に相談した。

鶴松の枕元に座して、その顔を覗《のぞ》きこんだ秀吉は、驚いた。眼に入れても痛くないほど可愛い鶴松は、ぐったりとしているだけでなく、頭からは毛髪がぱらぱらと抜けている。

「何が起きたのだ？

鶴松の病いは何だ。」

逆上した秀吉は、傍らの医師の胸倉《むなぐら》をつかんで問い質《ただ》した。

「はっ。それが…、」

医師は返答に窮して、ひたすら平伏した。

「わからぬのか。」

「このような病いを診るのは初めてでござりまして…、」

医師はそう言って許しを乞《こ》うた。

「この能無し！」

秀吉は、平伏する医師の顔を力任せに蹴り上げ、

「三成。こやつを追い出せ！」

そう叫んだ。

「三成。国中探して、鶴松を治せる医師を連れて来るのだ。」

「はっ。」

石田三成が、困惑の表情を隠し、平伏した。

投薬、祈禱《きとう》と、さまざまな手段が講じられた。しかし、鶴松の容態は一向に快復しなかった。

遠くない将来、名ばかりではあっても鶴松に関白職を譲ろう、と考えていた秀吉は、病いに苦しむ幼い鶴松の枕元につきっきりの状態になった。

「おお、鶴松。可哀相に。

そうか、苦しいか。

大丈夫だ。わしがついておる。父がここにおる。しっかりいたすのだ。」

意識の朦朧《もうろう》としている鶴松の耳に、秀吉はあらん限りの言葉をかけた。

薄い息を吐《は》く鶴松を見かねて、側近たちに視線を移すと、

「三成よ。どうにかならぬのか。

鶴松の病いを治せる医師はこの国におらぬのか。なあ、三成よ。」

秀吉は、天下人の威厳などかなぐり捨てて、石田三成にまで縋《すが》るような眼を見せた。

しかし、秀吉の願いも空しく、鶴松の容態は悪化の一途をたどった。

そして八月。

痩《や》せ、蒼《あお》ざめ、血を吐いて、激しく苦しみもだえながら、天下人豊臣秀吉の嫡男鶴松は、死んだ。

秀吉は、呆然となった。

「鶴松！」

そう叫んで、骨と皮だけの鶴松の遺骸を抱きしめ、

「鶴松よ。なぜ死んだ。

老いた父を残して、なぜ、お前だけが、そんなに早く死ぬのだ。」

突然の嫡男の死に、なり振りかまわず号泣した。


秀吉は知らない。

篤《あつ》い病いの床で、大納言豊臣秀長は、過日自分に献上されたしろがね瓢箪こそが、西方の山の民の、自分に対する復讐《ふくしゅう》の武器ではなかったか、と思うに至った。なぜなら、かつて、西方の山の民は、しろがねで明智光秀とつながっていた。

ただ、それは秀長の直感に過ぎず、何故《なにゆえ》しろがね細工によって人が死に至るのか、その秘密にまでは秀長の思いは及ばなかった。わかるのは、あのしろがね瓢箪を身近に置いた者は、自

分と同じ症状を発して死ぬにちがいない、ということだけだった。

（あのしろがね瓢箪を身近に置くと、人は死ぬるか…。

そうか。そういうことか。）

そこまで思い至った時、秀長は、彼ならではの、実に不可思議な思考法を採った。

秀長は、自分にしろがね瓢箪を献上した者たちを捕縛《ほばく》するよりも、その瓢箪によって後顧《こうこ》の憂《うれ》いを取り除く方途、それを選んだ。

（わしが死ねば、怖い者のいなくなった秀吉は、間違いなく、わしが豊臣の後継者として期待する甥の秀次ではなく、まだ幼い嫡男の鶴松に関白職を譲る。）

秀長はそう確信した。

そして、

（それをさせたならば、豊臣政権は、崩壊への道をまっしぐらに突き進むことになる。

それだけはどうしても阻止しなければならぬ。）

「やはり、それしかないか…。」

熟慮の果てに秀長は、暗い眼で天井を見つめながら、声に出してそう呟《つぶや》いた。

鶴松暗殺――。

それが、深く病み、死を目前にした大和大納言豊臣秀長こと冷酷の野生児羽柴小一郎秀長が出した結論だった。

ただ、身内の秀長が秀吉の嫡男を殺したことがわかると、豊臣政権は大騒動になる。絶対に誰にも気づかれてはならない。しかも、自分の死期は迫っている。事は急がねばならない。

（あの秀吉の性格からして、わしの遺言を聞けば、間違いなく、しろがね瓢箪を鶴松に渡すであろうな。間違いなく…。）

秀吉の思考回路を熟知している秀長は、自分の死後をそう予測した。

（それに間違いない。）

そう確信すると、秀長は、誰にも謀らず、病んだ自分の手でやれるたった一つの秘策を、無言で実行した。それは、殺される者よりも殺す者の方が先に死んでいるという、奇妙この上ない暗殺手段だった。


「これで二人か、」

深夜、妻木正之と酒を酌《く》みながら、倭五右衛門は呟いた。

「それにしても、二人目が秀吉の子になるとは思ってもいなかったな。どのような成り行きで、年端もいかぬ幼子にあの瓢箪細工が渡ったものか。」

正之が首をかしげた。

「そんなことは、どうでもよい。幼子であろうが、秀吉であろうが、豊臣の血が根絶やしになれば、それでよい。」

五右衛門は、冷たく言い放った。

江戸にも一つの光景があった。

「殿。関白の嫡男鶴松が死にましたぞ。」

増改築の工事でまだちらかっている江戸城の一室に、大久保忠世《ただよ》が駆け込んできた。

「そうらしいな。

忍びからの話では、原因不明の病いであったそうだが、あれも、あのご仁たちの仕業か？」

「例の…。」

「やはりそうか。

ひょっとしたら、五右衛門殿は、本当に、関白にまで手を届かせるやもしれぬ。」

「期待してもよろしいかと。」

「しかし、忠世。その『死に石』というのは、どのような石なのだ？」

秀長と鶴松の死因の謎がよくわからぬ家康が訊いた。

「われらは知らずともよいとのことで、詳しいことはさっぱりわかりませぬが、数日側に置くだけで、必ず死に至る石だとか。

殿。万が一、あのご仁たちが、『死に石』としろがねでもって天下を狙ったら、それこそ、われらにとって最大の敵はあのご仁たち。」

「忠世。そんなことは心配するな。五右衛門殿はそんな野心とは無縁の男だ。」

家康が断言した。本能寺の異変の朝から後二～三度会っただけだが、家康は、倭の裔の長である若い五右衛門の人物を信じて来た。

「五右衛門殿を信じるのだ。かのご仁を信じられなかったら、わしらは天下を取れぬ。考えてもみよ。あの秀長が健在であり続けていたら、徳川が天下を狙える日など、未来永劫訪れることはなかった。五右衛門殿が秀長を取り除いてくれたればこその今日本日だ。ゆめゆめ五右衛門殿の心を疑ってはならぬ。

それに、わしの勘では、あのご仁たちは、豊臣一族を殲滅《せんめつ》し終えたら、日本なんぞには未練を残さず、海の向こうに出ていくはずだ。」

「まさか…。」

「そなたにはわかるまい。

しかし、わしにはわかる。信長公と光秀殿が亡くなった時に、あの者たちの心から、日本という国は消えたのよ。あるのは、豊臣憎しの無念だけじゃ。そう承知せよ。」

「はっ。」

「それよりも、このような事態になったのなら、わしの天下取りも、ただの夢ではなくなった。長寿こそが天下取りの一番の元手。女狂いの関白より長生きするよう、効用ある薬草を集めさせねばならぬのう。」

まんざら冗談でもない口調で、家康は言った。

「徳川殿。わしはもう政《まつりごと》をする気力が失せた。後は秀次にまかせる…。」

上阪してきた徳川家康に、嫡男鶴松を失った悲痛の中にある秀吉は、心底から疲れた声でそう告げた。

秀長亡き後、秀吉と並び立つほどの大名と言えば、関八州を治める徳川家康と加賀の前田利家しかいない。しかも、家康は、今は臣下の礼をとっているとはいえ、数年前には、秀吉相手に天下を二分しかねない戦いを挑んだ剛の者だ。その徳川家康に関白である豊臣秀吉が語るのだから、これは、宣言に等しいものだった。

「さようでござりますか。」

家康はやつれた関白秀吉の顔を見つめ、小牧・長久手《ながくて》の戦さの和睦《わぼく》以後はずっと秀吉にそうして来たように、律儀《りちぎ》そうな表情でうなずき返すと、

「秀次公への関白禅譲の儀、祝着至極《しゅうちゃくしごく》でござりまする。この家康、今は駄馬に等しき老いた身ではありまするが、豊臣家の末永きご繁栄のために、この一身を捧げ申す所存。」

そう言ってのけた。

家康のその言葉を聴いて、座していた周囲の武将たちが全員、安堵《あんど》の表情でうなずいた。

「ああ。疲れた。何もかにもに疲れてしもうた。」

秀吉は投げやりだった。

「秀次がこと、頼みまするぞ、徳川殿。」

そう言い残すと座を立った。

しかし。

秀吉のその姿は、彼が最も得意とする演技であったたし、秀次への関白禅譲の言葉は、表向きの理由でしかなかった。

たしかに、嫡男鶴松の死によって、秀吉の気力は一時的に衰えはしたが、豊臣政権掌握への野心を阻害するほどの衰えではなかった。秀吉は、本心では、十分に関白留任を望んでいた。

そのためにこそ、秀長病死の直後に、豊臣政権を支える富の産み手である千利休までも殺した。

にもかかわらず、関白職を続行することが、どうしても、できなかった。

秀吉が関白職を秀次に譲らなければならなくなった一番の理由は、近衛前久《このえさきひさ》をつかった秀長の手回しが完璧で、朝廷も、他の大名たちも、左大臣秀次の関白就任を豊臣政権にとって慶《よろこ》ばしい既定路線、として受け止めていたためだ。

秀吉がなおも関白職にとどまることは、かれらの心に秀吉に対する不信感を生じさせかねない危険があった。それは、大黒柱秀長の死で動揺している豊臣政権に崩壊をもたらしかねない。

秀吉は足掻《あが》きようがなかった。

（くそっ、兄者め。ここまで、わしを虚仮《こけ》扱いせねばならなかったのか。）

秀吉は、悲痛を装った顔とは裏腹に、内心は秀長を罵《ののし》りながら、渋々と関白職を秀次に譲った。

同年十二月末。豊臣秀次が関白職に就いた。これから後の秀吉は、関白を子に譲った者の尊称である「太閤」と呼ばれるようになる。

天正最後の年、天正二十年新春。時代は、まず京から流動の気配を見せた。関白秀次と太閤秀吉の二元政治が始まったのだ。

故大納言秀長の生前の周到な根回しにより、機構の上からは、関白職にある秀次にすべての権限が集中する仕組みとなっている。しかも、秀次によって豊臣政権を盤石な体制にせんと図った秀長は、おのれの死を意識した時から、千利休を使って、それまで貯えてきたかなりの財を、秀次の蔵に移し替えた。死後の豊臣家円満を考えてわざと弟秀吉の手に渡した財など、その半分にもならぬものだった。

いま、利休は死に、納屋助左衛門は国外追放になり、ルソン交易からの利は秀次に入らなくはなったが、秀長から譲り受けた財さえあれば、秀次が財力で秀吉の劣勢に立つことは、まずなかった。

秀長は、その財で、自分が薫陶《くんとう》をほどこしてきた側近や大名たちを味方につなぎとめておくよう、秀次にきつくきつく諭《さと》していたから、叔父秀長を敬愛してきた秀次は、秀長の教えを忠実に守ろうとした。そのままで推移したなら、早晩、豊臣政権は関白秀次を主軸にして、盤石のものとなるはずだった。

新関白秀次が、政務を執《と》るために、秀吉から譲り受けた京都聚楽第《じゅらくだい》に政庁を定めると、

「新しい時代の到来だ。われわれの出番が来たぞ。」

秀次の側近たち、それはとりも直さず、故秀長の薫陶を受けた若手家臣団のことだが、かれらは豊臣二代目政権の誕生に心を躍動させ、秀次を核にして、乱世から脱け出した新しい統一国家確立のための手を打ち始めた。

検地、税制の確立、兵農分離を目指した人別帳《にんべつちょう》の作成…。それらは、生前秀長が着手したものだったが、秀長の病いによって宙に浮いたままになっていた。秀次側近たちは、胸弾ませて、再度、その事業に取り組んだ。

この時期の豊臣政権には熱気が生じていたから、秀次の若手家臣団の眼には、秀吉は、時代から置き去りにされた「隠居」ていどにしか映らなかった。

しかし、関白を退いた秀吉は、政権掌握の意欲を失ったわけではなかった。

(小僧どもが、何を小癪《こしゃく》な。

この政権はわしと兄者とで創ったものじゃ。わしに好き勝手をせよとお墨付きをくれたのは兄者よ。その兄者亡き今、わしがわしの勝手をして、何が悪い。誰にも邪魔はさせぬ。

何が秀次だ。悪達者《わるだっしゃ》な兄者に比べたら、ぬしらは赤子と同じよ。ぬしらをひねり潰すに、どれほどの手間がいろうか。しばらくの間、踊りたいだけ踊っておるがよい。)

秀次の取り巻きたちの浮かれた様を眺《なが》めながら、そううそぶいていた。

「その後、明や朝鮮との交易の話は進んでおるのか?」

「いや。それが、どうも首尾よくゆかぬのだ。

釜山浦の商人たちが頑として首を縦に振らぬことに太閤殿下がご立腹なさって、どんなことをしてでも交易をさせると息巻き始めた。

殿下は、故大納言さまとは違って、海の外の事情など何もおわかりにならぬから、大陸も国内と同じくらいにしか思っておられぬ。いくら事細かく説明しても、豊臣に従わぬ者は成敗してくれよう、という感じでな。それがしも治部少輔もほとほと困り果てておる。」

「いかにも秀吉らしいな。」

「この間などは、酒《ささ》を召されていたこともあったが、朝鮮に出兵して釜山浦を占領してしまえなどと言いだしてな、あれにはまいったぞ。治部少輔と二人で思いとどまるよう宥《なだ》めるのに半刻《こく》もかかったわ。」

「朝鮮へ出兵か。相変わらず剛毅《ごうき》なことの好きな男だな。」

「殿下の望むような朝鮮や明との交易は、どう転んでも無理なのだが、今の殿下は、一度口にしたら絶対に引かぬ。明や朝鮮が交易に応じるまで交渉を続けるおつもりらしい。

この調子だと、明や朝鮮のことは、これから先もそれがしと義智の役目となり続ける。正直な気持ち、こんな難儀な役目を命じられて、迷惑千万じゃ。」

「しかし、行長殿。ものは考えようだぞ。

大納言秀長が死んで、今の秀吉の側には知恵達者がおらぬ。それがしはずっと眺めてきたが、あの男は、一つのことをやりだすと、そのことにしか思いの及ばぬ男だ。秀吉の眼が明や朝鮮に向けられている間は、われら信徒たちへの弾圧は緩やかに過ぎるやもしれぬ。宣教師の多くが国外に追放され動揺している国内の信徒たちにとっては、そうなってくれると、実にありがたい。」

「それはそうだが、」

「行長殿よ。そこもと、秀吉の眼が朝鮮や大陸に向き続けるよう動かれよ。あの男に、大陸の富の豊潤《ほうじゅん》さ、明との交易の旨味《うまみ》、そういったことを吹きこみなされ。思い切り煽《あお》りなされ。さすれば、あの男、わが信徒たちへの関心を薄くさせるはずだ。」

「なるほどな。」

「いま、秀吉の心を操ることができるのは、この国でそこもとただ一人《いちにん》だ。信徒たちのためじゃ。是非やってくれ。」

「確かにそうだな。このままだと、太閤殿下は、この国の吉利支丹《キリシタン》を根絶やしにするまで弾圧を続けるだろう。あのお方は、豊臣のためなら五十万人信徒を殺すことなど躊躇《ちゅうちょ》せぬ。

そうか。吉利支丹のためか…。

わかった。太閤殿下の頭の中を明国のことだけにさせてみよう。」

「頼むぞ。」

三

新関白秀次の政権に移行しかけていた天正二十（一五九二）年二月。太閤秀吉は、石田三成に命じて全国の諸大名を京都伏見城に緊急召集した。

理由は告げられていない。

大広間には、関白秀次の姿もある。加賀百万石の前田利家、関八州の主徳川家康、中国の雄毛利輝元といった大大名の姿もある。

「何ごとでござろうか？」

前田利家が、隣の徳川家康に訊いた。

「さあて。」

利家同様何も知らされていない家康は、例によって、心を面に出さぬ曖昧《あいまい》な表情で答えた。

だが、若い関白秀次は、自分には何の事前連絡もなしの大名召集に、不機嫌さを隠せないでいる。それは、下座から関白席を見ている大名たちには一目瞭然だった。

やがて、

「太閤殿下のおなりでございまする。」

秀吉の側近中の側近、治部少輔石田三成の声と共に、大広間に太閤秀吉が姿を見せた。

大名たちが、無言で、一斉に平伏した。

その光景に、秀吉は満足そうにうなずいた後、

「一同、そろうておるかの。」

隣の秀次の気持ちなど気づかぬ風情《ふぜい》で、集まった大名を見渡すと、

「まあまあ、面をあげよ。」

やわらかく言った。

しかし。

その言葉に促されて顔をあげた大名たちが眼にしたのは、いつもの剽《ひょう》げた顔つきとは異なっ

た、険しい眼差しの秀吉だった。

(何ごとか?!)

大広間に緊張感が走った。

「一同。

豊臣による天下平定の大仕事は終わった。もはや、この国に、豊臣に逆らう者は存在せぬ。

そうであろう？　徳川殿。」

秀吉は、押し殺した声で、下座筆頭に座している徳川家康に同意を求めた。

「仰せのとおりでございます。

太閤殿下のお蔭をもちまして、もはやこの国は磐石不動。微動だにいたしませぬ。」

倭の裔の長である五右衛門から畿内の情報を得、鉱山掘《かなぼ》り藤十郎一党を借り受け、天下取りのための財力蓄積に専念している家康は、財力を蓄えるまでは秀吉に逆らわぬと決めているので、ことさらに神妙な顔で秀吉を持ち上げた。今川、信長と、若い日から忍従を強いられて生き抜いてきた家康には、その程度の腹芸は造作もないことだ。

家康の思惑に気づかぬ秀吉は、その答えに満足そうに大きく頷《うなず》き、

「そうじゃ。徳川殿の申すとおり、豊臣家がある限り、この国は磐石だ。

しかし、これで豊臣の務めが終わったわけではない。天は、予にもっと大きな仕事をなせと命じておる。」

と言葉を続けた。

「？」

「……、」

大広間に侍っている大名たちは、何のことやら理解できず、秀吉の次の言葉を待った。

秀吉が、少し姿勢を正し、胸を反《そ》らした。

「ここ近年の明国の態度は、まことに無礼である。

かの国は、豊臣が治めるこの国を、おのが属国かのように見下しておる。その尻馬に乗った朝鮮も同様じゃ。

両国ともに許しがたい。これを見過ごしては、帝《みかど》に対して申し訳が立たぬ。」

秀吉は、もう一度諸大名を険しい眼で見渡した。

無言のまま居並ぶ諸大名を見渡し終わると、

「これより、明を攻める。」

断固とした口調で、そう言い放った。

「明を攻める…？」

大広間に集まっていた大名たちは、一様に、驚きと困惑の混じった表情を浮かべて面を上げ、太閤秀吉を凝視した。

秀吉は、真顔だった。彼は言葉を続けた。

「明征伐は、亡き弟大和大納言秀長の悲願でもあった。秀長は常々、あの無礼千万な明国を征伐せぬ限り、わが国に本当の天下泰平は来ぬ、と申しておった。

秀長は病死したが、その遺志は予が受け継ぐ。ここには大納言に可愛がられた者も大勢いよう。弟の遺志を見事果たしてみせよ。

よいか。予の目標はあくまでも明征伐だ。朝鮮などは、寄り道ぐらいに考えるがよい。一同、年内に朝鮮を一ひねりで征伐して見せよ。朝鮮の土地は、すべて、そなたたちの切り取り放題といたすゆえ、先鋒をつとめる者どもは、一日も早い朝鮮制圧にはげめ。」

誰もが予想もしていなかった異国との大戦さの布告だった。

「朝鮮を…?!」

半信半疑の低い呟きが、大広間に流れる。

事前に何の相談も受けていなかった関白秀次が、「信じられぬ。」という表情をした。

それは、上座付近に座していた前田利家も、徳川家康も、毛利輝元も同様だった。三人は、秀吉の言葉に、瞬間、驚きの表情を浮かべた。

だが、家康だけは、すぐにいつもの薄ら笑いに戻り、

「さすが太閤、なかなか…。」

誰にも聞こえぬような小声で呟いた。

家康には、秀吉の腹の内が、手に取るようにわかる。豊臣二元政治の中では、関白は内政、太閤は外交、という暗黙の役割分担制が敷かれている。生前の大納言秀長が人材を選び抜いてつくった強固な職制だ。いかに秀吉といえども、秀次に関白職を譲るなりの越権行為はできない。

だが、秀吉が明征伐を「外交問題」として打ち上げたなら、内政にたずさわる関白秀次の権

限を侵害することにはならない。政権掌握を欲する秀吉は、その職制の盲点をついたのだった。

「三成。詳しい計画を一同に伝えよ。」

秀吉は、大名たちの驚きの光景を楽しむかのように、舌なめずりをしながら、側近中の側近である治部少輔石田三成に命じた。

「はっ。」

秀吉の言葉に、石田三成が立ち上がって、大名たちの朝鮮半島における役割を、細かく説明し始めた。

「肥前名護屋《ひぜんなごや》に本陣を設けまする。太閤殿下は間もなく大阪を発ち、御自ら本陣設営の指揮をとられ、四月の出兵をお見送りになりたいとの御意向でござりまする。

軍は九隊に分けまする。

第一隊の総大将は小西摂津守行長殿。第二隊の総大将は加藤主計頭《かずえのかみ》清正殿、第三隊は黒田甲斐守長政殿…、」

いま現在秀吉の一番の側近である石田三成の口調には、独特のものがある。

彼は、武士ではなく、能吏であった。彼は、自分の声から感情というものを一切消し去ったしゃべり方をする。秀吉から伝えられた要点だけを、過剰な表現は用いず、抑揚のない口調で語る。それが、権力者秀吉の威光を示すには一番効果的であることを、三成はよく知っていた。

「わしが総大将?!」

突然に自分の名を挙げられて、加藤清正、黒田長政が、戸惑いの表情を見せた。

かれらは、朝鮮出兵という大戦さの意外さに驚くあまり、自分たちをつなぐ或る共通項には気づかない。

「長吉よ。」

秀吉は、義弟の名を呼んだ。

「はい。」

浅野長吉（後の長政）が面を上げた。彼は、かつて、直道たち倭の裔の一軍を桂川で迎え撃った男だ。

「そなたに名護屋城築城の普請《ふしん》総奉行を命ずる。早急に肥前名護屋に赴《おもむ》き、二月以内に本陣をつくれ。」

秀吉はこともなげにそう命じた。

「早速に。」

長吉は仰々しく頭を下げた。

(既《すで》にここまで決まっておったのか…。

これは、戯《たわぶ》れの話ではない。太閤殿下は本気じゃ。)

列席していた諸大名は、朝鮮出兵を受け持つ大名が、今日全員召集されていることに気づき、この征明出兵計画が、数ヶ月かけて秀吉周辺で周到に練られたものであることを、理解した。

今は二月。四月の出兵までには時がない。征明出兵を命じられた大名たちは、大阪城を辞すると、必死に、兵と銭・兵糧を調達し、肥前名護屋に送り始めた。

五右衛門たち山忍びの一団は、秀長を殺した後は、大阪城に近い東横堀川で武具店「三河屋」を営んでいる。秀長と鶴松の死後、秀吉がどう動くかを探るためだ。

徳川家康から大久保長安の手の者によって届けられた「征明出兵」の報を聴いて、

「六造。今はまだ誰も動いておらぬ。渡海の命を受けなかった大名たちの城下に走って、銭に糸目をつけず、武具を大量に買い集めろ。」

そう命じた。

「はい。」

「何をする気だ？」

妻木正之が訊いた。

「少し考えがある。

豊臣の懐の中に入って見るのも面白かろう。」

五右衛門は、笑みを浮かべながら言葉少なに答えた。

六造たちは即座に動き、武具商いの店「三河屋」の店先には、あっという間に大量の武具が並んだ。

「なかなか見事な品を集めたではないか。六造に鎧の目利きがあるとは意外だったな。」

妻木正之がそう褒めると、

「からかわないでくださいませ。相手の言いなりの物を買って来ただけでございますよ。」

今は店の主人役に徹している六造が頭を掻《か》いた。

「これなら上首尾だ。」

五右衛門がうなずいた。

いい武具が揃《そろ》っているという噂を聞きつけて、海を渡るよう命じられた家中の者たちが、五右衛門の店を覗くようになった。

「よいか。六造。」

五右衛門は、六造に策を授けた。

銭に不自由のない五右衛門は、かねてから六造がめぼしをつけておいた武将たちには、廉価《れんか》の信用売りを許した。その筆頭が、武勇を誇る肥後熊本の領主加藤清正だった。

「大切な征明出兵。銭はいくらあっても足りませぬでしょう。手付だけをいただければ、あとは、朝鮮、明で、大手柄をおたてになって凱旋《がいせん》なされた時で結構でございます。武勇の誉れ高い加藤さまのお役にたてますなら、わたくしども、それだけで満足でございます。」

六造は、心底から加藤清正を慕っているかの貌《かお》でそう答え、加藤家の用人を喜ばせた。

それが功を奏してか、朝鮮半島への出兵を命ぜられた他の大名たちも店を覗くようになり、「三河屋」は大繁盛し始めた。そして、商家としての信用の増大に並行して、武具と銭の無心に来る各家中の用人たちの口から、豊臣家の武将たちの動向の情報が、面白いように入ってきた。

夜になって店を閉めた後、その日知り得た噂話を語り終えた六造のかたわらで、

「なるほどな。これがそなたの狙いだったのか。」

正之が、感服の表情を見せて、五右衛門に言った。

「ちょっとした軍師だな。見事なものだ。」

正之の言葉には答えず、

「もう、細作《さいさく》（忍び）は大阪京都だけでよかろう。」

五右衛門は、各地に散らしていた山忍びのほとんどを、大阪に呼び戻すことに決めた。


大阪に呼び戻された山忍びたちは、京大阪での情報収集に精を出し始めた。武具商いに多忙な六造に代わって、妻木正之が山忍びたちの指揮を執った。

ある日。京都聚楽第界隈の聞き込みから戻ってきた正之が、ぼやくように五右衛門に報告した。

「神武の民というのは、実にいい加減だのう。京でも、朝鮮に送る兵が十万を優に超える数だとの噂に沸き返って、さすが太閤殿下だ、年内には朝鮮は豊臣のものになると、町の角々で秀吉を誉めそやしておった。

十万もの兵にあの大海を渡らせて、明や朝鮮を征伐するなど、秀吉は正気か？

あやつの考えることは、あまりにも馬鹿げていて、わしにはわからぬわ。」

「やつもあの石の毒で狂ったのよ。」

五右衛門が嗤《わら》った。

「秀長に続いて我が子まで正体のわからぬ病いで死なせたとなると、狂わぬ方がおかしいくらいだ。どんな頑強な石垣も、要の石が一つ外されたら呆気ないくらいに崩れていくもの。豊臣の滅びの地獄絵こそがわしらの悲願。どこまでも崩れ続ければよい。

ともかく、済州島の宗兵衛殿には、豊臣軍が海を渡って朝鮮に向かうことを知らせておかねばならぬ。」

少し思慮のある者から見れば、征明出兵など、愚挙以外の何ものでもない。結果は今から眼に見えている。秀吉の愚かが天下に曝《さら》され、滅亡が早まることは、復讐を生きてきた五右衛門にとっては、歓迎すべき事態だ。

「睨んだとおり、秀長がいなくなったあとの豊臣は、崩れの坂を転がり始めた。この征明出兵を大しくじりにしくじらせて、豊臣の息の根を止めてやる。」

五右衛門はそう言い切った。

「ところで、五右衛門殿。高山右近という男、あやつなかなかの曲者《くせもの》だな。」

正之が話題を変えた。

「高山右近？

明石郡六万石の、あの右近か？」

裏切りの限りを繰り返してきた高山右近に対しては、含むものがある。正之の言葉に五右衛門は眼を光らせた。

「そうだ。あの高山右近だ。

秀吉の禁教令で行き場をなくしたのかと思っていたが、やつは、今でも京に出入りができるのだな。」

「突然に高山右近の話など、どうしたのだ？」

「京の町を歩いている時に、礼拝所の前で、やつと出遭った。それがの、奇妙なことに、吉利支丹の連中は、やつだけ別格のように、恭《うやうや》しく頭を下げるのだよ。まるで、大名にそうする百姓のようにな。

ところが、民にふんぞり返る大名と違って、あの高山右近という男、その一人一人に、笑みを浮かべながら、丁重に返礼するのだ。その姿を見ていて、何やら厭《いや》な気持ちになった。」

その光景を思い出したのか、正之は顔をしかめた。

「厭な気持ち？」

「ああ、そうだ。

その丁重さが、わしには、わざとらしく見えてしようがなかった。絶やさぬ笑み、丁重な辞儀、整った衣服、胸に光るクロス…、何もかもができすぎておる。

わしはあの手の男は好かぬ。

思ったのだが、あやつは、吉利支丹という、今この国を襲っている猛烈な流行り病いを、うまく利用しようとしているのではないかな？」

「利用とは？」

正之の言わんとするところがわかりかねて、五右衛門がまた訊き返した。

「かつて石山本願寺の座主顕如《けんにょ》がそうであったように、大宗門の主《あるじ》には、時の天下人でさえ一目も二目も置かざるを得ない。

光秀の殿や信長公は、徹底した宗門弾圧で臨んだが、秀吉という男は、本来、懐柔《かいじゅう》と妥協で事をやり過ごす性質《たち》の男だ。吉利支丹の禁教令は出したものの、吉利支丹の後ろについている南蛮の国々を、おいそれとは無視できまい。

光秀の殿は南蛮の襲来を警戒していた、とおぬしが言っていたが、吉利支丹と南蛮、これをうまく利用すれば、高山右近は、もう一人の天下人になれるぞ。」

「なるほど。」

五右衛門は、正之の視線の鋭さに感心して、うなずいた。

「わしがひねくれ者のせいかはしらぬが、ことさらに敬虔《けいけん》を装っているあの男の姿を見ていると、逆に、高山右近は、吉利支丹の世界で宗徒たちから注目を浴び続け、かれらの上に立とうとしているような気がしてならぬ。」

「宗門の主の座か。」

「そうだ。

南蛮は遠い。デウスをあがめる吉利支丹といえども、この国だけの主は必要であろう。

高槻《たかつき》四万石と言えばいいのか、明石郡六万石と言えばいいのかわからぬが、あやつは、秀吉の禁教令に逆らって、大名の座を捨てた。

しかし、考えてみると、百姓町人から見れば、明石郡六万石でも立派な殿さまだが、あやつの眼から見れば、たったの六万石の小大名にすぎなかったのではないのか？

まあ、たしかに、六万石では大名のうちに入らぬ。徳川、前田といった百万石級の大大名とはもちろん比べ物にならぬとしても、おのれより若い豊臣子飼いの加藤清正、福島正則よりも数段も数十段も劣る石高《こくだか》だ。

しかも、山崎の合戦では、わが明智に赤恥をかかされ、丹波亀山では、父上たちの京都襲撃を阻止できなかったため、武将としてのあやつの名は、地に墜《お》ちた。気位の高いあやつには、さぞや耐えがたかったことだろう。」

「なるほどな。」

五右衛門は、山崎の戦さでの高山軍の狼狽《ろうばい》ぶりを思い出し、小さく笑いながら肯《うなず》いた。

「おぬし、この国に今どれほどの吉利支丹がおると思う？」

正之が五右衛門に訊いた。

「さて。」

「おそらく五十万に近い数だと、それがしは見ておる。

国中の吉利支丹を自分の支配下に置けば、実質何百万石の大名になることか。前田や徳川さえ凌駕《りょうが》する身となるは必定。やつは六万石を棄《す》てて、その道に賭けたのではないのか？」

「ふーむ。」

正之の洞察に、五右衛門も考え込んだ顔になった。

「あの男は、少しでも神の存在を信じているのだろうかの。」

「なーに、あやつにとっては、神も秀吉も、自分の野心を成就させるための道具に過ぎぬのよ。あやつのこれまでの裏切りは知っておろう。和田惟長殿を裏切って、敵将である荒木村重殿につき、その荒木殿を煽って信長公への謀反《むほん》を起こさせておきながら、土壇場で独り織田に寝返って、信長の嫡男の信忠に取り入った。そして、光秀の殿の寄騎《よりき》になると、光秀の殿に心服した振りをしながら、最後には羽柴に寝返った。しかも、裏切り方がえげつない。あれだけのえげつない裏切りを平気で繰り返すことのできる男が、神の存在など、信じられるわけがない。わしらとそれほど歳も変わらぬのに、老人のようなずる賢さを持った男よ。ただ、この国では、あれで結構生きてゆけるのだから、呆れ返るばかりだ。」

正之はあざ笑った。

（ふむ、）

五右衛門の脳裏に、お玉の顔が浮かんだ。

本能寺の異変の直後にあっさりと光秀を裏切って、摂津衆を羽柴方に奔《はし》らせるきっかけとなった高山親子に対しての五右衛門の憎悪は深い。その高山右近から眼を離すな、とお玉に言ったのは自分だ。

禁教令の出た今でも、ガラシャ（神の恵みの意）という洗礼名で通っているお玉は、それを忠実に実行している様子だが、目立ちすぎると、どんな災難が振りかかってくるかもしれない。

（あんなことを言わねばよかった。）

五右衛門は後悔した。

「何を考え込んでいる？」

正之が聞いた。

「いや、」

と答えて正之の顔を見ながら、正之が、死んだ光秀と義理の兄弟になること、お玉の叔父にあたることに、あらためて気がついた。

「ああ、そうだったのか。」

五右衛門は独りで笑った。

「何がおかしい。」

(そうか、俺は、この男の姪《めい》を想っているのか。)

そう思うと、抑えても抑えても笑いがこみ上げてきて、ついには止まらなくなった。

「妙な奴だ。」

正之が憮然《ぶぜん》とした顔をした。


「太郎よ。まさか豊臣軍が本当に海を渡るとは思わなかったな。」

「はい。征明出兵の話を聞いた時は、この太郎でさえ、正気の沙汰かと、太閤秀吉の頭を疑いました。」

「阿呆の考えることはわしらには理解ができぬが、われら吉利支丹にとっては、こんなにありがたいことはない。これで、吉利支丹への弾圧の手は少し緩むことだろうよ。

今回のことは、すべては小西行長の働きのおかげだぞ。あやつが、明や朝鮮が日本との交易にまったく応じる気がないことを、半年以上もかけて秀吉に吹き込み続けたから、秀吉のやつ、頭に来たのだろう。うん。行長のやつ、実によく働いてくれた。」

「これから後はどうなりましょうや。」

「これから数年間の大陸での戦さがどうなるのかは、今この時では、わしとても読みようがないが、大船を何百艘《そう》も造って海を渡り、十六万人もの兵が異国相手の戦さをやるのだ、これは、今までにない大戦さじゃ。こんな大掛かりな海外出兵を命ぜられた大名たちの兵と財が疲弊《ひへい》していくことだけは必定だ。

秀長と利休殿がルソンとの交易で蓄えた豊臣の財がいかに豊富だったとしても、戦さが長引けば、豊臣の財も間違いなく疲弊していく。財が疲弊していったら、ルソンとの交易を閉じ、当てにしていた明や朝鮮との交易が不可能になった秀吉は、必ず、大名たちの財を吐き出させるようになる。そうしたら、諸大名に不満が生じる。諸大名に不満が生じ出したら、国は乱れる。」

「確かにそうですな。」

「しかも、その戦さの数年の間に、秀吉は老いていくばかりじゃ。秀吉が死にでもしたら、誇るほどの武歴を持たぬ若い秀次では、百戦錬磨の大名たちを手なずけるのは難しかろう。これからのこの国は面白くなるぞ。」

「もう一度騒乱の世に戻りましょうか？」

「戻るかではなく、戻さねばならぬ。そうせねば、われらの望む世は来ぬ。」

「兄者はどう動くおつもりで。」

「わしは、これより、内々でルソンに渡ってくる。」

「ルソンに？」

「形見の品だと言って利休殿から届けられた袱紗包みの中の書状に、ルソンとの交易についてあれこれ認《したた》められておった。

利休殿がどのようなおつもりでわしにそれを届けたのか、今となっては知る由もないが、豊臣政権から弾き飛ばされた者同士の思いからだったやもしれぬ。折角《せっかく》もらった形見の品じゃ、われらのために使わせてもらうが、そのためには、どうしても、一度この足でルソンの地を踏んでこなくてはならぬ。」

「しかし、ルソンと軽く申しましても、海の彼方《かなた》でございまするぞ。」

「わかっておる。」

「先年禁教令が出てから、国外への渡航は難しくなっております。いったいどのような手立てで南海をお渡りになるおつもりで。」

「心配はいらぬ。すでに、行長に頼んで、博多の商船を手配してもらった。」

「行長殿はこのことをご存じで？」

「いや。あやつには何も教えておらぬ。追放令を受けてルソンに渡った信徒やパードレ(神父)たちの安否が心配なので、皆の様子を見に行く、と申してある。」

「何故《なにゆえ》、行長さまに内緒で…。

行長さまは兄者の一番の盟友ではございませぬか。」

「太郎よ。教えておいてやる。

秘密とは、な、二人以外の者が知った時には、もはや秘密ではなくなるのじゃ。わしとそなた、兄弟二人だけしか知らぬからこその秘密の価値だということを忘れるな。

それに、行長は、敬虔な信徒とは申しても、豊臣政権に片足を深く突っ込んでおって、そこから全身抜け出すことは無理じゃ。土壇場になれば、主イエスよりも秀吉を取る。」

「なるほど。」

「われらのような貧弱な土地から歩《ほ》を進めた者には、天下取りの途は長く険しい。よくよく考えて、一つ一つの手を確実に打ち続けねばならぬのだ。

そなたは、まだわしの遠謀を理解するには少し若い。いずれ詳しく話して聞かせる故、それまでは、わしの為《な》すことを黙って見ておるがよい。」

「はい。」

「一年ほどこの国を留守にするが、わしが不在でも、各地の大名たちの動向から眼を離すではないぞ。」

四の章　怪船桔梗丸《ききょうまる》

一

信長や光秀が駆け抜けた「天正」という元号が終わった。

秀次の関白就任を祝って「文禄《ぶんろく》」となった。関白の交代で元号が変えられるほどに、豊臣の天下は強大なものになっていたのだ。

その文禄元（一五九二）年四月初旬。文禄の元号に変わったのはその年の十二月だから、実際には、天正二十年と呼ぶのが正しいが、その年は、織田信長と明智光秀が謀殺されてから、丸十年が経った年だった。

太閤秀吉は、九州名護屋《なごや》の本陣に、すでに準備を終え渡海を待つだけになっている出征大名たちを呼び集めると、

「皆の者。いよいよ明《みん》征伐じゃ。寄り道の朝鮮など、年内に征伐してしまえ。明の地に豊臣の旗を掲げるまでは、帰ってくるな。」

強い口調でそう命じた。

「はっ。」

渡航組の大名たちは一斉に平伏し、かれらを代表して加藤清正が、

「太閤殿下。必ずや、年内に朝鮮を豊臣のものにしてみせまする。」

自信に満ちた宣言をした。

数日後。十六万人の豊臣軍将兵が、日本海に乗り出し、朝鮮半島に向かった。いわゆる「文禄の役」の始まりだ。

この瞬間から、この国の武将も、民も、その視線を日本海の彼方《かなた》にだけ向け、京にいて内政を司《つかさど》る関白豊臣秀次は、羽毛のごとき軽さに堕《お》ちた。つまり、征明出兵を打ち出したことによって、太閤秀吉は豊臣政権完全掌握に成功したのだ。

尖兵《せんぺい》となったのは、豊臣子飼いの武将加藤清正と、海外事情に明るい薬種問屋上がりの小西行長、そして、秀吉の軍師だった黒田如水《じょすい》の嫡男《ちゃくなん》黒田長政だった。みな、九州に領地を持つ大名ばかりだ。兵力を簡単に記すと、第一陣の小西行長は、自軍七千の他に、娘の夫で対馬を治める宗義智《そうよしとし》軍五千など計一万九千。第二軍の加藤清正軍は、自軍一万のほかに一万三千の合計二万三千、第三軍の黒田軍は総計で一万一千という兵数だった。

「十六万か。

これだけの兵数ならば、わが軍の勝利は間違いなしだ。」

先鋒《せんぽう》の三武将は、後ろから従う船団に自らの勝利を微塵《みじん》も疑わず、我こそ一番手柄と、朝鮮半島に突入した。

この豊臣軍の朝鮮上陸は、一種の「奇襲」だった。朝鮮を支配する李《り》氏王朝は、豊臣軍の攻撃など予想もしていなかったから、海も陸もまったく無防備だった。豊臣船団の行く手を遮《さえぎ》るものは何一つなく、豊臣軍は無傷で朝鮮半島に上陸できた。

早船便によって朝鮮上陸の報を受けた太閤秀吉は、

「そうか。」

あまり嬉しそうな表情も見せず、うなずいてみせただけだった。

「?」

秀吉の笑顔を期待していた石田三成は、部屋を辞し廊下を歩きながら、秀吉の態度に首をかしげた。

後世、歴史学者や研究家たちは、実際にあったかどうかもわからないような秀吉の貧弱な世界観に出兵理由を見出そうとしたが、それは見当違い以外の何ものでもない。

秀吉の朝鮮出兵の目的は、まったく別のところにあった。

独りの部屋で渡海組大名の名簿に眼をやりながら、

(秀長と交誼《よしみ》を結んできたこやつらは、いずれ、甥《おい》の秀次を御輿《みこし》に担ぎ上げてくるに決まっておる。

そんな者たちは、わしの豊臣にはいらぬ。こやつらは、あの半島で殺す。)

秀吉はそうつぶやいていた。

最前線に赴かせる大名は、秀吉が直々に決定した。かれらの多くは、秀吉から秀長寄りと判断された武将たちだ。主だった者の名前を挙げると、次のようになる。

豊臣秀勝、加藤清正、福島正則、細川忠興《ただおき》、島津義弘、長宗我部元親《ちょうそかべもとちか》、小早川隆景《たかかげ》、小西行長、黒田長政…。

豊臣秀勝は、秀長が可愛がった関白秀次の弟。福島正則、加藤清正は、共に秀長に養育された豊臣一族の末流。細川忠興は、長岡藤孝の息子で、殺された利休の茶の弟子。島津義弘、長宗我部元親、小早川隆景は、四国・九州征伐を契機に、秀吉よりも秀長と懇意になった武将だ。

つまり、かれらは、まがうことのない「親秀長派」ばかりだった。

親秀長派の武将の多くは、戦さに熟練した猛者ばかりだった。そのかれらに国内で騒動を起こさせるのはまずい。だが、朝鮮で死のうが、海の藻屑となろうが、死に方はどうでもいいが、とにかく、異国での戦さの最中に死んでくれさえすれば、口実をつけて、その領地を没収し、それを分け与えることで、親秀吉派の武将を増やすことができる。

(そのためにも、ぬしらは死ね！)

親秀長派の粛清《しゅくせい》というある種の狂気の中にいる秀吉は、朝鮮往きの船に乗り込む親秀長派の武将たちの後ろ姿を見送りながら、かれらの死を、心の底から望んだ。

豊臣軍十六万の突然の急襲を受けた李氏朝鮮は、十四代国王宣祖《ソンジョ》の代だった。

大陸の端っこにあって三方を海に囲まれた朝鮮は、常に海を意識してきたから、航海術に長《た》けていた。それに比べ、四方を海に囲まれた島国でありながら、海の外に出るという思想の持ち合わせのなかった日本の航海術は、数段劣っていた。

緒戦が海上であったならば、国王宣祖の信頼厚い李舜臣《イスンシン》率いる朝鮮水軍は、海戦に慣れない豊臣船団を翻弄することができただろう。しかし、豊臣軍は、かれらに海戦の機会も与えずに朝鮮本土に上陸した。これが朝鮮軍には痛恨の極みとなった。

陸戦においては、長い戦国の世で戦さ慣れしている豊臣軍にとって、朝鮮軍は、敵と呼ぶほどの相手ではなかった。赤子の手をひねるほどの軽さの相手でしかなかった。不意を衝《つ》いて四月に釜山浦《プサンホ》に上陸した豊臣軍十六万は、たちどころに釜山一帯を制圧し、加藤、黒田、小西の三軍に分かれて、北へと駆け上り、五月には王都漢城《ハンソン》（現在のソウル市）を陥落させた。

まさに破竹の勢いだった。抗しきれぬと悟った李氏王族は、王都漢城をあらかた焼き払って、平壌《ピョンヤン》に逃げた。

「まあ、ものの見事に焼き払ったものよな。人家まで一つ残らず焼き払っておる。」

王城の焼け落ちた漢城の町を検分しながら、黒田長政が呆れ声で言った。

「残した財宝や家をわれわれに渡したくなかったのでござろう。」

小西行長が苦笑いしながら答えた。

「人影がまったくない。これでは町づくりの人夫も調達できぬわい。日本から大工どもを呼ばねばならぬのう。」

加藤清正がそれに必要な日数を指を折って数えながら、

「ふた月ほどは野宿か。これから夏に向かうからいいものの、これが冬場だったら大ごとだったな。」

そうぼやいた。

「酒《ささ》でも酌《く》みまするか。」

「そうだな。」

先鋒を競い合った三人の将は、清正の陣に戻った。

大戦さの勝者の宴《うたげ》でありながら、女っ気のまったくない男だけの祝宴となった。

「朝鮮人というのは、実にだらしないやつらばかりじゃな。」

この調子ならば、太閤殿下にお約束した年内の朝鮮征圧は間違いないな。」

豊臣出征軍きっての武闘派である加藤清正は、満足そうな笑顔で言った。

「朝鮮は切り取り放題だとの殿下のお言葉じゃ。今から取り分も決めておかねばなあ。」

同じく勝ち戦さに気をよくしている黒田長政が冗談半分で応じた。

すると、

「釜山浦はそれがしがもらい受けたい。」

小西行長が、二人を見つめて言った。

「釜山浦がいただけるなら、その他の土地は、全部お二人にお渡ししてもよい。」

「何故《なにゆえ》じゃ？」

清正が不審そうな表情で尋ねた。

「実は、太閤殿下は、朝鮮に交易の拠点を欲しがっておられる。それがし、渡海の前に、それを命ぜられてきた。

殿下は、明、ルソン、琉球などとの大がかりな交易を考えておられて、それがしにそれを為《な》せとのことだった。釜山浦なら、太閤殿下のお望みの大がかりな交易の港として最適じゃ。あそこを堺に負けぬくらいの商都にしてみたい。」

「そうか。交易の港とな。

たしかに、大納言さまが亡くなられてからは、豊臣の交易が細って来たからのう。」

加藤清正も秀吉の欲するものがわかったらしく、

「それでよかろう。

さすがは太閤殿下。よく人を見抜いて役目をお与えになっておられる。小西殿は、戦さ仕事よりもそちらの方の術《すべ》に長けておる。事が成就した暁には、釜山浦の整備に専念するが一番じゃや。朝鮮の仕置きは、わしと黒田殿ですることにしよう。」

快く応じた。

「それにはなんの異存はござらぬが、そうなると、われわれ二人は、徳川殿に匹敵するくらいの大大名になりまするな。」

黒田長政が少し戸惑った顔をした。

「よいではないか。豊臣家は、われわれ豊臣家に所縁《ゆかり》のある者が守っていかねばならぬ。秀次公が関白職をお継ぎになられたとは言っても、なにぶんにも、まだお若い。十年ほどはわれらが補佐せねばなるまいて。われらが大きくなっておくことこそが、豊臣盤石《ばんじゃく》には必要だ。」

秀吉の真意を知らない加藤清正は、本心からの声で、黒田長政にそう教えた。

五月下旬。対馬海峡を、豊臣出征軍の船団が朝鮮半島に向かっている。その数、十艘《そう》。乗船しているのは、豊前《ぶぜん》中津十二万五千石黒田甲斐守長政の補給隊の将兵や人夫たちだった。

折角《せっかく》陥落させた王都漢城《ハンソン》が、李氏王族の手によってほとんど焼き払われていたため、太閤秀吉から朝鮮王の座のお墨付きをもらっている加藤清正と黒田長政は、漢城再建のために、大慌てで国元から大工や人夫を呼び寄せていた。

初夏の日本海は凪日和《なぎびより》で、外海の波もそれほどには荒くない。あと二日もすれば目的地釜山浦の港に着く安心感から、黒田家の将兵たちは、陽光を受けながら甲板でくつろいでいた。

「漢城には、われらが兵以外、人がおらぬらしいの。」

「朝鮮人たちは、わが豊臣軍の勢いに、皆、恐れをなして逃散《ちょうさん》したという話じゃ。」

「それは無理もない。わしじゃとて、あの清正公の髭《ひげ》だらけのいかつい顔で睨《にら》まれたら逃げ出しとうなるわ。」

「たしかに。鬼神も避くとは、まさにあの方のことじゃ。あのお方の軍に攻められては、朝鮮の軍兵もさぞかし震え上がったことだろうよ。」

「噂《うわさ》では、朝鮮を鎮圧し終えた暁には、加藤と黒田で朝鮮を二つに分けて治めるとのことだが、」

「その話は本当のことらしい。」

「異国の地とは言っても、わが殿も大身になられるのじゃな。」

「そうなると、わしらにも良い暮らしがあるのだろうが、当分は朝鮮暮らしになるのかな。」

「かもしれぬ。しかし、まあ、銭さえたんともらえれば、朝鮮の女を抱いて暮らすのも一興かもしれぬぞ。」

「それもそうじゃ。」

呆気ないくらいの李氏王族の敗走ぶりに、豊臣軍の誰もが、事実上は朝鮮を制圧し終えた、という余裕の中にあった。朝鮮の王の一人になるであろう自分たちの主君の前途におのが夢を重ねながら、将兵たちは長閑《のどか》な会話に興じている。

突然、

「船が向かってくるぞっ！」

水夫《かこ》の叫び声がした。

「何っ?!」

甲板で寛《くつろ》いでいた将兵たちが、あわてて立ち上がり、沖を見た。

たしかに、数隻の船影が、豊臣船団めがけて進んでくる。

「敵か？」

誰かが、狼狽《ろうばい》した声で水夫に訊《き》いた。

対馬海峡をおのが領海と思いこんでいる豊臣船団を攻撃してくる者があろうなど、豊臣軍の誰一人、想像したこともない。

この度の船団は、漢城にいる黒田長政の元に食料と人員を送るためのものだから、船を軽くするために武具は出来る限り削《けず》ってある。ここで襲われては、太刀打ちできない。

「それが、敵か味方かよくわからぬので……」

水夫が戸惑った声で答えた。

「いったい、いずこの船じゃ？」

将兵たちは目を凝《こ》らして向かって来る船を観察した。

船が近づいてきた。

全部で五隻。南蛮船に似た大船が、先頭を走っている。豊臣軍の船よりも二回りは大きい。

敵か、味方か、誰もがそれに注目した。

「おい。あの船の紋を見ろ。」

将の一人が指差した。

「あれは桔梗《ききょう》の紋だ。」

よく見ると、大船だけでなく、どの船の帆も、水色桔梗の紋が染め上げてある。

「たしかに。」

「ならば日本の商船か。

安心した。」

船内に安堵《あんど》の声があがった。

いったんは驚いて立ち上がった将たちも、再び甲板に腰を下ろした。

「しかし。水色桔梗といえば、たしか、織田信長公に謀反《むほん》をおこして太閤殿下に征伐された明智日向守《ひゅうがのかみ》光秀の家紋だぞ。」

腕組みをして記憶を探っていた軍歴の古い将がそう言った。

「そう言われればそうだな。」

隣にいた年輩の将がうなずいた。

「何故、あの船が水色桔梗の紋をつけているのだ？」

「わからぬ。」

「明智の残党なのか？」

黒田の将たちは、その不審に眼を合わせた。いまさら明智でもあるまい、と思いながら、何となく嫌な予感に襲われた。

古参の将が立ち上がって船べりに向かった。

「間違いなく水色桔梗の紋じゃ。この船に近づいてくるぞ。」

「われらに用でもあるのか？」

黒田の将兵たちがそんな会話をかわしている間にも、水色桔梗の帆をつけた大船は、豊臣船団の近くに迫ってくる。

大船は、先頭を行く黒田の船とすれ違う態勢をとり始めた。

水色桔梗と明智の関係を知っている黒田家の古参の将たちは、不審の眼で五艘の船を見つめていたが、そんな知識を持たない雑兵《ぞうひょう》たちの中には、日本の家紋を掲げている大船に向かって、親しげに手を振る者もあった。

「おいっ！」

大船を見つめていた将が、大船の後ろを行く船を指さし、大声を上げた。

その声に、

「何だ?!」

甲板の誰もが指先の示す方向を見た。

「あっ！」

まだ昼間だというのに、赤い無数の流星が、豊臣船団目がけて落ちて来ようとしているではないか。

「――?!」

誰もが、赤い流星群を見つめた。

「火矢だ！」

その叫び声に、甲板がどよめいた。

四方どこを見渡しても水平線しか見えない大海の真っ只中だ。船を燃やされ、大海に放り出されたら、絶対に助からぬ。黒田の将兵たちは激しく狼狽した。

「火を消せ！」

年配の将が叫んだ。甲板にいた将兵たちは、陣羽織を脱いで、突き刺さった火矢の火を消しに駆け回った。

しかし、火矢の雨は止まらない。いくつもの火矢が帆を裂いた。甲板に突き刺さった。矢羽が引っかかった部分からは煙が上がり始めた。

「帆が燃えたら大変だ！」

水夫が、火を消そうと、帆柱に駆け登った。

水色桔梗の大船は、さらに接近してきた。

銃声がした。

「鉄砲だ！」

大船の船べり付近の無数の小窓が開き、そこから銃身が覗《のぞ》いている。

「まさか…。」

古参の将は、事態が呑《の》み込めず、絶句した。

その五隻の船は、明らかに、戦闘船団だった。銃声が鳴り響いた。帆柱にしがみついていた水夫が撃たれて、甲板に落ちた。

「いったい、何が起きておるのだ。」

「あやつら何者だ?!」

しかし、黒田家の将兵たちの激しい狼狽を尻目に、火矢と銃弾が間断なく降り注ぐ。輸送船の帆が、赤く燃え始め、火は、大海の強い潮風にあおられて帆柱に燃え移り、やがて、赤い帆柱は音を立てて燃え崩れた。

兵たちの叫び声が響いた。

「海に逃げろ！」

熱さに耐え切れず海に飛びこむ者が続出した。

半刻《とき》もせぬ間に、豊臣軍の輸送船が二隻、燃えながら海に沈んだ。

二艘の荷駄《にだ》船が海に呑まれていく光景を横目に、水色桔梗の五艘の船団は豊臣船団から離れつつあった。

「海を知らぬ連中は、実に他愛ないのう。赤子の手をひねるよりもたやすい。」

水色桔梗の旗を掲げた大船で采配《さいはい》を振るっていた美保屋宗兵衛が、おっとり顔で隣にいる明智秀満に笑った。

「たしかに。

あれでは、海を渡っての異国との戦いには、いずれは敗ける。」

秀満も笑顔でうなずいた。

明智光秀と倭《わの》直道の死を受けて、宗兵衛と秀満が、生き残った若い倭《わ》の裔《すえ》たちを率いて日本を離れてから、もう、十年が経つ。当初は、済州島《さいしゅうとう》には仮の居を構えたつもりだったが、直道の遺言である豊臣殲滅《せんめつ》が長引き、次代の長《おさ》である五右衛門の来るのを待っている間に、十年の歳月が経ったのだ。その間に、秀満は、宗兵衛の娘の正姫《チョンヒ》と夫婦になった。今では、二人の子がいる。

海のかなたに視線をやっている、かつては故明智光秀の海での代理人だった宗兵衛の髪には、白いものが混じっている。

「これでまた、黒田家は、人夫や食料を調達しなければならぬ。二度手間をさせられて、銭がかかることよな。」

「五右衛門殿への借金が重なるばかりか。何も知らぬとは恐ろしいことよなあ。」

「加藤と黒田を借財で身動きできぬようにしようなど、五右衛門さまも面白いことを考えたものよ。」

「おかげで、済州島にいても、豊臣の動きが手に取るようにわかる。五右衛門殿は、なかなかの軍師じゃよ。」

二人が話しているとおり、肥後《ひご》加藤家と豊前の黒田家は、出兵費用の多くを六造の「三河屋」から融通してもらっていた。恩着せがましい態度もとらずに笑顔で融通する六造は、両家から絶大な信頼を得、「三河屋」を訪れる両家の者たちは、雑談ついでに、豊臣出征軍の状況を隠すことなく六造に語って聞かせた。

自分たちの船団が日本を離れる日まで教えてくれるのだから、こんなに簡単な手品はない。宗兵衛と秀満は、五右衛門から黒田軍の渡海の日取りについて知らせを受けとると、倭の裔による戦闘隊を組織して、船団を組み、済州島を出たのだった。

「予定どおり、二隻の荷駄船は沈めた。もう、用はない。追って来られると面倒だ。急いでやつらから離れろ。」

宗兵衛は水夫たちに叫んだ。

美保屋宗兵衛たちの行動は、大阪東横堀川にいる五右衛門たちにも知らせられた。

ただ、それを六造に知らせたのは、倭の裔たちではなく、襲われた側の黒田家の用人だった。

宗兵衛たちの黒田船団襲撃から十日も経たぬ日、

「いかなる理由からかはわからねど、朝鮮に向かっておった当家の船団が、突然に、水色桔梗の紋の帆を張った戦闘船五隻に襲われて、二隻の荷駄船が沈められ、積み荷が海の藻屑となりもうした。

　朝鮮の都、漢城の町は、敵が町を焼き払って北に逃げたため、焼け野原同然の上、民もことごとく逃散して、もぬけの殻だとか。

秋風が吹くまでには町づくりを終わらせねば冬が越せぬと、わが殿からは矢のような催促。そのような事情で今一たび朝鮮に荷や人夫を送らねばなりませぬが、六造殿もご存じのとおり、突然の大がかりな出兵命令で、当家の台所は火の車。毎度厚かましいお願いばかりで申し訳もござらぬが、今一度、金子《きんす》をお貸し願えれば。」

「三河屋」を訪れた黒田家大阪屋敷の用人は、平身低頭せんばかりに六造に頼んだ。

「ようござります。そのような御災難に遭遇いたしましたのならば、この『三河屋』六造、黒田さまのためにひと肌も二肌も脱がさせていただきまする。必要な額をお申し付けくださいませ。三日以内にご用意いたしましょう。」

　六造は心底から黒田家を案じている顔で応じた。

「かたじけのうござる。六造殿。そなたのその言葉は、必ずや、朝鮮におわす我が殿にもお伝え申し上げる。殿もさぞかしお喜びになられましょう。」

　用人は安堵を顔いっぱいに浮かべた。

「それにしても、襲って来たのは、いったい、どこの何者で？」

　六造が訊いた。

「それがじゃな。

　水色桔梗というのは、十年前に太閤殿下に滅ぼされた明智日向守の家紋なのだ。」

「ほお、あの明智の…。」

「そうじゃ。

　だが、あの一族は、丹後の細川忠興さまのご令室以外は、本能寺の異変の際にことごとく死したはず。血を引く者がおるなどとは聞いたことがない。」

「それではいったい、」

「どこぞの海賊が、あの紋が明智の紋であることを知らずに使っているのではないのかと、家中の者たちは申しておる。」

「なるほど。海賊でござりまするか。」

「それにしても、よりによって、わが黒田の船を襲わなくともよかろうものを。二隻もの渡海船と荷駄をうしなった当家は大迷惑じゃ。

　まあ、これは、六造殿だから申し上げる話での。武を誇ってきた黒田家の船が海賊に襲われて沈められたなど噂されると、いかにも人前が悪い。家中では緘口令《かんこうれい》が敷かれておる故、六造殿も、くれぐれも外には洩《も》らさぬようにお願いつかまつる」

「もちろんでございますとも。他に洩らすことは決して致しませぬ。どうかご安心を。あっ。お邪魔をとってしまいましたな。ご多忙な身でありましょうに、お許しくださりませ。では、三日後に。」

「三日後にな。」

そう念を押すと用人は立ち上がった。

「お気をつけて。」

店先まで見送りに出て、用人が角を曲がるのを見届けると、六造は急ぎ足で、帳場を素通りして奥の部屋に入った。

部屋には、五右衛門が独りで待っていた。

「その様子では、宗兵衛殿はうまくやったようだな。」

壁に背をもたせた五右衛門が言った。

「はい。予定どおり、黒田の荷駄船を二隻沈めたとのこと。宗兵衛殿や秀満さまも、十年ぶりの戦さで、さぞかし心が弾んだことでござりましょう。」

六造は、用人から聞いた話を細大洩らさず五右衛門に伝えた。

「そうか。漢城の町は焼け野原同然で人もおらぬか。

そうなると、この冬が勝負だな。雪や雹《ひょう》の恐ろしさを知らぬ九州の兵たちに、朝鮮の奥地の冬が耐えられるものかどうか。冬の朝鮮に出向いて、この眼で見てみたいものだ。なあ、六造。」

五右衛門は、意地悪い笑顔を見せながら、そう言った。

「たしかに。」

六造も笑みで応じた。

二

対馬の沖に豊臣軍を迎え撃つ水色桔梗の紋をつけた船団が出現したという報告は、すぐに、船奉行の石田三成を通じて、九州名護屋に陣取っている太閤秀吉の元に届けられた。

陣は三成の指示によって人が遠ざけられていた。

「何ごとじゃ、三成。人払いなど、大仰な。」

「はっ。折り入ってのご報告が。」

「申してみよ。」

三成は秀吉の床几《しょうぎ》に進み出ると、耳元に小声で報告した。

「何?! 水色桔梗?

水色桔梗と言えば、明智日向守光秀の家紋ではないか。」

秀吉は一瞬動揺し、

「その船団は、明智の残党なのか?」

三成を鋭く見つめて問うた。

秀吉は亡き秀長から山人族《やま》の話を聞いていた。明智光秀を背後で支えていた山人族が、光秀謀殺の直後、仇《あだ》を討たんと京の御所を襲撃して秀長に滅ぼされた話も聞かされていた。それゆえ、三成の報告してきた海賊船が、その山人族となんらかの関わり合いがあるのではないかと疑ったのだ。

「いえ。明智一門は、山崎の合戦の後の残党狩りで、主だった者は一人残らず探し出し、処刑いたしました。明智の息のかかった人間など、もはやこの世には存在いたしませぬ。おそらくは、明智とは無縁の朝鮮海賊どもで、水色桔梗の旗を掲げていたはただの偶然であろうと。」

「本当にそうか？」

秀吉は疑った眼で言った。

「はい。他の船に乗り合わせて襲撃を見ていた将たちにも残らず問いただしましたが、なりから見て、間違いなく朝鮮海賊であったと申しておりました。明智の残党などということは間違ってもあり得ませぬ。

それよりも、対馬沖を朝鮮海賊が出回るなど由々しき事態。捨て置けぬと思い、ご報告に参上した次第。」

当時はまだ駆け出しの小僧にすぎなかった石田三成は、信長や光秀が謀殺された過程を何一つ知らされていない。三成にとって、太閤秀吉は、一代で天下を手中に収めた稀代《きたい》の英雄であり、自分の生涯をかけて忠誠を尽くすに値する「偉大なる覇者」であった。

滅びてしまった明智の家紋のことなどよりも、船奉行として采配を振るっている渡海作業をと必死だった。

海賊に阻害された失態の方が、三成には心配の種だった。秀吉の心を朝鮮海賊の方に向けよう

「そうか。ただの朝鮮海賊か。」

秀吉は、自分の手で拾い育て上げた石田三成を、どの家臣よりも信じていた。三成は追従《ついしょう》を言うこともしなければ、嘘偽りを言うこともしない。事実を飾らずありていに報告して、分析や判断は秀吉に任せる。そんな男だった。

その三成の答えに、秀吉は平静さと笑みを取り戻した。そうだ。千年以上奥山で過ごしてきた民が、大海に出て海賊になることなど、あるはずがない。秀吉はそう思った。

「三成よ。たとえただの偶然であったとしても、逆臣明智の旗を掲げた海賊船ごときにわが豊臣の船が沈められるなどということは、絶対にあってはならぬ。どんな手を講じてでも、その船を探し出し、沈めよ。」

柔らかさの混じった声で命じた。

「もちろんでござりまする。不埒千万《ふらちせんばん》な朝鮮海賊風情《ふぜい》、今度現れましたら、必ずや討ちとってご覧にいれます。」

三成は固く誓った。

「じゃがの。三成。たかが朝鮮海賊とは申しても、何ゆえかはわからぬが、あの明智と同じ水色桔梗の紋を掲げた船。そのような海賊が存在すること自体が、出征兵たちの士気にかかわる。この噂が他の者どもの耳に入らぬようにせよ。」

そうつけ加えた。

秀吉の怒りがそれほどのものにならなかったことに、「仰せのとおりに」、恭《うやうや》しく頭を下げながら、石田三成は胸を撫《な》でおろしていた。

——しかし。水色桔梗の船団は、日本海沖に再び姿を現し、秀吉や三成の願いをあざ笑うかのように、渡海中の豊臣船団を襲った。

二番目の犠牲になったのは、黒田長政同様、漢城の町づくりに躍起になっている肥後熊本領主主加藤清正への荷駄を運ぶ船団だった。

同じ光景が繰り返された。

水色桔梗の船団から撃ち込まれる銃弾と、紅い流星にも似た火矢によって、黒田家同様大量の荷駄を海に沈められた加藤家は、再度の物資調達に走らなければならなかった。

「ごめん。」

加藤家大阪屋敷の用人は三河屋六造の元に走り、事細かく事情を説明し、

「六造殿。どうか。二千の武具と銭を。」

必死の形相《ぎょうそう》で、そう無心した。

それを聞き終えたあるじの六造は、

「それはご災難でござりましたな。よろしゅうござります。すぐに手当ていたしましょう。」

言われるままの武具と銭を融通した。

つまり、朝鮮出兵の尖兵部隊が六造の眼になり、現地情報をくまなく六造に知らせて来ると

いう、皮肉すぎる情報伝達構図ができ上がったのだ。

「いかさま阿呆な話じゃのう。」

大阪は東横堀川、三河屋の奥の部屋で、妻木《つまき》正之が五右衛門に笑った。

「フフ。秀長の消えた豊臣など、この程度のものなのよ。秀吉同様、先の見えぬ愚か者ばかりじゃ。罠《わな》とは知らず喰らいついてくる。」

「黒田と加藤か。あの二つの家は、もう、六造の手のうちだな。あやつもよくやる。」

「ああ、ようやった。

石見の奥山を駆けまわるしかなかったあの男が、今では大阪屈指の武具屋になりおった。」

「あの男、存外商いに向いておるのかもしれぬぞ。」

「死出の旅に誘《いざな》う商人にか？」

五右衛門が、珍しく軽口をたたいた。

「漢城への兵糧の到着を遅らせたら、あれだけの大人数じゃ、冬には餓鬼地獄をさまようことになろう。

何が『唐入り《からいり》』か。明にたどり着く前に、真冬の朝鮮の奥山で飢えて死ぬだけだ。」

「そのためには、宗兵衛殿や秀満殿にもうひと踏ん張りしてもらわねばのう。」

「宗兵衛殿なら大丈夫じゃ。あのお方は何十年も南海をわが庭のように動き回ってきた。あその水夫たちも大海に慣れておる。間違いなく俺たちの期待どおりに動いてくれるはずだ。」

「それにしても、豊臣相手の船戦さがやれる秀満殿がうらやましゅうてならぬ。知らせを耳にする度に血が騒いで困っておる。それがしも、このような商人の真似事をせずに、豊臣相手にひと暴れしたいものよ。」

正之が本心からの声でそうぼやいた。

「まあ、待て。

その思いは俺とて同じだ。いずれ俺たちにもそんな日が来る。その時までは辛抱だ。」

五右衛門がなだめた。

五右衛門が言ったとおり、大海に慣れた宗兵衛一団の航海術は、豊臣水軍のそれをはるかに凌《しの》いでいた。かれらは、闇や霧にまぎれて日本海を隠密裏に航行し、朝霧が晴れた頃を見はからって、豊臣水軍の目前に忽然《こつぜん》と現れ、船団に思い切り近づいて、無数の火矢と鉄砲玉を放った。頑強な倭の裔たちの用いる火矢は、通常の火矢よりは一回り大きい上に、厚手の布にたっぷりと油をしみこませたものだったので、消すことが難しく、豊臣水軍の船は短時間で火達磨になって海に沈んだ。

水色桔梗の船団は、動きも迅速だった。宗兵衛たちは、欲張った攻撃はせず、主艦である桔梗丸（豊臣軍は、宗兵衛の乗っている大船のことを、そう呼んだ）を前面に出し、豊臣軍の荷駄船数隻だけに的を絞って攻撃し、目的を果たすとすぐに姿を消した。

六月。船奉行石田三成の元に、桔梗丸一団に関する新しい知らせが届けられた。

釜山浦到着を目の前にして、今度は、出征軍の総大将である備中宇喜多家中の荷駄船が二隻、沈められたという。

「また桔梗丸か。しかも、毎回荷駄船二隻。まことにもって忌々《いまいま》しいやつらだ。」

報告を受けた石田三成は、憮然《ぶぜん》とした表情になった。

いったいこれで何度目の襲撃か。世に聞こえた朝鮮水軍に敗れたというなら、いくら秀吉から叱責《しっせき》を受けようとも、ありのままを報告するのだが、あれだけきつく秀吉から言われている謀反人明智光秀の紋を掲げた海賊船に、その後も頻繁《ひんぱん》に襲われているとは、口が裂けても言えない。「桔梗丸のことは、絶対に他言するでないぞ。」

三成は、報告に来た者たちに、強く口止めした。


夏の日本海を涼やかな風が走る。頭上にはどこまでも続く青空があり、それが水平線で遮断される。四方波のない海原の中に五隻の船が帆を緩め、甲板では男たちが寝っ転がって骨休みをしている。

「いい魚が捕れた。一献傾けようぞ。」

船の長《おさ》である美保屋宗兵衛は、甲板でまどろんでいる娘婿《むこ》の明智秀満に声をかけた。

「それはそれは。」

秀満が起き上がると、水夫たちもその周囲に集まって来て、ぶつ切りの魚肉を頰張りながら酒を呑み始めた。

「先だって六造から届けられた猪の乾肉もありますぞ。」

水夫が言った。

「おお。猪の肉は、やはり日本の山のものが旨《うま》い。皆で食おう。ここに持って来い。」

宗兵衛は笑顔で応じた。

かつての倭の裔たちは、今は、南海交易を中断して、「海の狩人」とでも呼べばいい獰猛《どうもう》な集団になっている。食料や武器を補給する時だけ済州島に戻り、後は、渡海する豊臣船団を求めて、対馬から朝鮮を回遊している。

「呑まっしゃれ。」

宗兵衛は瓶子《へいし》を傾けると、秀満の茶碗に溢れんばかりの酒を注いだ。

「宗兵衛殿。光秀の殿は、いつか南蛮の国が攻めてくるかも知れぬと心配して、あれこれと策を講じようとしておられましたが、まさか、あの羽柴秀吉が海を渡って異国を襲う日が来るなどとは、ゆめゆめ考えてもおられなかったでしょうな。」

秀満が言った。

「ああ。今頃、あの世とやらで苦笑いなさっておることであろうよ。阿呆に力を持たせるとろくな事はないという格好の手本だ。」

宗兵衛が顔をしかめて答え、

「しかし、さすがに徳川家康は賢いな。いくら五右衛門殿からいきさつを知らされておるとはいっても、このような下らぬ戦さには、一兵たりとも兵を出さぬ。兵を出しておるのは、秀吉の子飼いか、秀吉に臣従するのが遅かった者たちばかりだ。」

そうつけ足した。

秀吉の暗い思惑まではかれらにも理解できなかったから、出征大名は秀吉の信頼する子飼い大名たちのように見えるのだ。

「しかし、兵を出しておる大名は、大変ですぞ。今までと違って、勝っても戦利品の持ち帰れぬ戦さに大量の兵を狩り出され、銭は湯水のように出て行くばかり。その上、われらに襲われ、荷駄を失い、二重の戦費がかかる。銭が持ちますまい。」

「いや。信長がやったのと同じことをすれば、大名は銭には不足を言わぬ。」

「信長公と同じこと？」

「そうじゃ。大名たちには手柄に見合った褒賞《ほうしょう》を秀吉が渡せば済む。大阪城の蔵の中には、あり余るほどの銭があろう。」

「なるほど。

しかし、大名たちはそれでよいとしても、百姓は男手がなく稲刈りがはかどらなくとも、年貢は取り立てられる。今に民の不満が爆発いたしましょう。五右衛門殿からの便りにも、朝鮮に狩り出されるのを嫌って逃散する百姓がずいぶん増えておるとか。」

秀満が言った。

「それは違うな。」

宗兵衛が即座に否定した。

「秀満殿らしくもない言葉じゃ。

秀満殿。あの国の民は、逃散はしても、不満を爆発させたりはせぬよ。かれらは、なぶり殺しさえ甘受するほどに卑屈な心の持ち主ばかりだ。怒りを燃えあがらせて上と戦うなど、そんなことは、ただの一人も、するわけがない。それが神武の民の本性だということは、われらが一番知っておる。」

「そう言われれば…、」

秀満が苦笑いで頭を掻《か》いた。

「宗兵衛さま。五右衛門さまは今いずこに？」

水夫の一人が宗兵衛に尋ねた。

その言葉に、一同の眼が宗兵衛に注がれた。五右衛門はかれら倭の裔たちの長だ。離れていても、五右衛門がどうしているかについては大いに関心がある。

「伯耆《ほうき》の『死に石』を仕かけた秀長の死を見届けて大和郡山を出た後は、秀吉の建てた大阪城近くの東横堀川という土地に移った。そこで商家を構えておることは、もう知っておるよな。」

宗兵衛は水夫たちを見まわして言った。一同は無言でうなずいた。

「その東横堀川で、六造をあるじにして武具屋を営んで、豊臣の様子を探っておったのだが、面白いことに、この渡海騒動で武具の商いが大当たりに当たってな、『三河屋』と申すその店は、いま、大繁盛しておるそうな。」

「あの五右衛門さまが商人に？」

五右衛門の商人姿を想像できぬらしく、水夫たちが首をひねった。

「どんな商人姿なのやらのう。」

宗兵衛は小さく笑った。

「今度は何をするおつもりなので？」

「秀吉の首を狙うつもりなのだろう。」

「いよいよ。」

水夫たちの眼が期待に輝いた。

「それでだな。

秀吉の子飼いで肥後二十五万石の大名、加藤清正の大阪屋敷に武具を納めながら、清正に銭も貸しておるとか。近頃では、この間わしらが船を沈めた肥前《ひぜん》の黒田家、これは、秀吉の軍師をしておった黒田官兵衛の家じゃがの、そこにも銭を貸し始めたそうじゃ。

出征大名たちは費《つい》えが多く、どこの家中も銭の工面に四苦八苦しておるゆえな。」

「秀吉の忠臣相手に金貸しか。それはまた、五右衛門さまらしくて剛毅《ごうき》なことよ。」

「黒田も加藤も、わしらに船を襲われ荷駄を失い、また今ごろは、六造に無心の頭を下げておることだろう。何も知らぬとは、おそろしく憐れなことじゃ。」

宗兵衛の言葉に一同が爆笑した。

「秀吉はおなご狂いが過ぎて、体調よろしからずとの噂らしいが、五右衛門殿としては、秀吉の自然死を待つのではなく、自分たちの手で秀吉の命を奪って直道さまや光秀の殿の仇を討ちたいとの思いが強く、商人に化けてその機会をうかがっているわけだ。」

「徳川は助《す》けてくれぬので？」

「藤十郎たちが徳川のためにあれだけの金銀を掘り起こしてやっておるのだから、徳川の手を借りるのは簡単じゃ。だが、万一、五右衛門殿と徳川の関係が明るみに出たりすると、今の徳川には危険すぎる。

それよりも、秀吉と親戚筋にあたる加藤清正の屋敷と懇意にしておれば、秀吉に関する話が何かと入って来るからのう。

五右衛門殿もなかなかの策士になりおった。」

「しかし。何といっても、今の秀吉は天下人ですぞ。どこに出かけるにしても、警護は厳しすぎるほどに厳しかろう。五右衛門殿は倭の裔にとってはかけがえのない柱だ。無理をして危険な目に遭ってもらいたくはないがのう。」

秀満が本心からの声でそう言った。

水夫たちもその言葉に無言で深くうなずいた。

秀満は、日本を抜け出し済州島に渡ってきてから、もう日本のことなどどうでもよい、と思うようになっている。それよりも、早く五右衛門たちが日本を捨て南海に渡り、新天地作りに向かってほしいと念じている。日本に残って復讐《ふくしゅう》にこだわっている五右衛門たちには、この秀満の思いは理解されないだろうが、十年前に日本を棄《す》てた倭の裔たちの気持ちは秀満のそれに近い。

「五右衛門殿は、倭の裔の長として、直道さまのご遺言を、どうしても自分の手で果たしたいのじゃよ。

五右衛門殿の気持ちはわからぬでもない。なにせ、光秀さま、直道さまという、敬愛していたお二方をいっぺんになくされたのだからの。」

宗兵衛が悲しむように言った。

「たしかに、その気持ちもわからぬでもないが。」

秀満は心配そうに呟《つぶや》き、茶碗の酒を飲みほした。

五の章　お拾丸《ひろいまる》余話

一

海洋では朝鮮水軍や海賊船が時折姿を現し、豊臣船団を攪乱《かくらん》してみせたが、陸戦では、豊臣軍は圧倒的な強さで戦いを展開していた。特に、制圧後の朝鮮王の座を約束されている加藤清正と黒田長政の軍の働きは、向かうところ敵知らずの破竹の勢いであった。

敵《かな》わぬと悟った朝鮮勢は、抵抗をやめ、家を焼きはらい、ありったけの食糧を持って山に逃げた。

だから、両軍の後ろから無人地帯を進軍する豊臣の将兵にはまったく損失はなく、その行軍は物見遊山の趣《おもむき》さえ見せていた。もちろん、一人の将の死亡もなかった。

そのような優位な展開で半年が経ち、太閤秀吉が本陣を構える九州名護屋《なごや》にも、心地よい秋風が吹き始めた。

「太閤殿下。」

出兵軍の船奉行を務める石田三成が、秀吉の名護屋城を訪れた。

「三成か。

何ごとだ？」

「これが、先ほどの船で。」

三成は言葉短かに、朝鮮からの船便で届けられた秀吉宛の書状を差し出した。

「うん？　誰からじゃ？」

書状を受け取った秀吉は、裏返して、差出人に藤堂高虎の名を認めると、

「ふむ。」

無言で封を切った。

藤堂高虎は、ついこの間まで大和大納言秀長の大阪屋敷家老を務めていた。秀長の病死直後の大和郡山城検分の際に秀吉の眼に止まり、それからは、大和郡山の家老をしながら、伊賀の乱破《らっぱ》（忍者）を使った諜報の束ね役に就いた。いま現在は、秀長の養子である郡山中納言豊臣秀保《ひでやす》の名代として、朝鮮南岸に渡っている。秀保は関白秀次の末弟で、まだ十四歳だ。

「……。」

書状を無表情に読み終えた秀吉は、顔を暗くゆがめ、

「やっと一人か。

みな、なかなかにしぶとい者たちよな。」

そう呟《つぶや》くと、

「火を持ってきて、焼き捨てよ。」

三成に書状を戻した。

石田三成は秀吉の言葉を受けると、すぐに小者に小さな火鉢を持ってこさせると、その書状を赤い炎の中にくべた。

秀吉の内々の命のほとんどを処理するようになった石田三成は、頭のきれる能吏《のうり》だった。小西行長を窓口にしての明《みん》との交易話が暗礁に乗り上げるなりの突然の征明出兵、そして出征大名の選択、そうしたことを見聞きしているうちに、主君秀吉の考えていることが、うっすらながら理解できるようになっていた。だから、いま火にくべた書状が何を知らせる書状なのかもわかっていた。

秀吉の姉とも
の次男で、秀吉の養子になっていた美濃岐阜城主豊臣秀勝が、わずか二十四歳の若さで、朝鮮の巨済島《きょさいとう》で死んだ。将としては、文禄《ぶんろく》の役におけるたった一人の死者である。

秀勝の死因はわからずじまいに終わった。


その情報を五右衛門に持ち帰って来たのは、加藤屋敷に武具を納めに行った六造だった。

「五右衛門の長《おさ》。奇妙な話を聞いてまいりましたぞ。」

三河屋に帰ってくるなり、五右衛門の部屋に駆けこむと、六造はそう切り出した。

「六造らしくもない。そんなに勢い込んだ顔で、いったいどうした?」

寝そべっていた五右衛門は、いつもの人懐っこい笑顔を浮かべて起き上がった。

「加藤屋敷の小者たちの噂話《うわさ》でございますが、いま朝鮮に出征中の秀吉の甥《おい》、岐阜中納言秀勝が、巨済島で突然死をしたそうで。」

「豊臣の縁者が一人消えれば、それだけ俺たちの手間が省ける。

渡りに船のような話だと思うが、その死になんぞ不審なことでもあるのか？」

「はい。小者たちの話によりますと、豊臣秀勝は、二十四歳。病いなどとは無縁の、いたって壮健な男であったそうでございます。前の夜までは家来たちと酒を酌《く》み交わして談笑しておったそうですが、あくる朝には死体となって発見され、しかも、わずかな側近しかその死骸を見ることができないまま棺《ひつぎ》に封じられ、荼毘《だび》に付されたとか。」

「ふむ。」

「秀勝がどんな病いによる死かも将兵たちには告げられず、ただ、突然の死で黒田如水《じょすい》が後を受けるとの下知《げじ》があっただけとのこと。

あまりにも不自然なことが多すぎるため、加藤家の小者たちは、秀勝は誰ぞに暗殺されたに違いないと噂しておりました。」

「暗殺？」

五右衛門の眼が光った。

「はい。朝鮮の豊臣軍ではもっぱらの噂らしゅうございます。」

「仮にその暗殺が刺客の仕業だとしたのなら、朝鮮軍が放った刺客ではないのか？」

「そこいらまでは。

ただ。秀勝の本陣一帯は、豊臣軍に完全に制圧されていて、朝鮮刺客が入りこむのは絶対に無理であったはずゆえ、あれは秀勝の陣に自由に出入りできる者の仕業であろうと。」

六造は、加藤家で拾い集めてきた噂を詳細に語った。

「ということは、やったのは日本人ということか？」

「小者たちはそう申して、天下に野心のありそうな徳川とか島津とか奥州の伊達の名を挙げて、噂話に興じておりました。」

「そうか…。」

五右衛門は少し考え込んだ顔になった。

「奇妙とはお思いになりませぬか？」

「たしかにな。

しかし、六造。そうだとしたら、いったい、誰が、何の目的で、秀吉の甥の命を奪ったのだ？俺たち以外に秀吉の縁者をつけ狙う者の存在など、これまで一度も聞いたことがない。」

「もっと探らせましょうか。」

六造が訊《き》いた。

「そうだな。それだけの噂話ではどうにも解せぬ。ついでに、京の正之殿に、すぐ大阪に戻ってくるよう使いを出してくれ。」

「承知しました。」

六造は立ち上がった。

妻木《つまき》正之は京にいた。手代に扮《ふん》した山忍びを二人伴い、大店の主人を装って京の町をぶらつきながら、京人たちの噂話を集めるためだ。

京人は情報通である。いくら太閤秀吉が大阪を天下の中心地にしようとはかっても、京には神武一族がいるから、おしゃべり好きな公家たちから、各地の怪しげな情報が流れ出てくる。正之一行は、午後から、東山の建仁寺門前のお茶屋の席に腰かけて、風情《ふぜい》を楽しむふりをしながら周囲の声に耳を傾けている。

秋の陽は肌に心地よい。茶をすする正之に、

「やはり、京でも、唐入《からい》りの話ばかりですな。しかも、勇ましい話ばっかり。京人までもが、豊臣軍が朝鮮や明を制圧できるなどと、本気で信じておるのでしょうか？」

正之配下の山忍びを束ねる与五が首を小さくかしげながら訊いた。

「信じておるのだろうよ。先ごろ聴いた噂では、貧乏公家の中には、朝鮮制圧後のおこぼれにあずかろうと、豊臣の武将に娘を差し出す者も出てきたらしいぞ。秀吉の大法螺《おおぼら》に神武一族までたぶらかされておるのかと思うと、それはそれでまた一興だ。」

茶をすすり終えた正之が鼻先で嗤《わら》った。

「冬が勝負の分かれ目になる。いかに加藤清正あたりが檄《げき》を飛ばしたとて、はたして、南国九州で生まれ育った兵たちが朝鮮北部の酷寒に耐え抜けるかどうか。全てがそこにかかっておる。それに、明とて、いずれは朝鮮の加勢に出て来よう。国力が弱まっているといっても、明は

けた外れの大国だ。あの国が本気で豊臣と戦う気になったら、かなりの軍勢を朝鮮に送り出して来るだろう。勇猛が看板の豊臣軍とはいえ、今までのような勝ち戦さばかりを続けられるわけがない。きっとどこかで躓《つまず》く。」

「では、すべてはこの冬いかんということで。」

「わしはそう読んでおる。」

正之と与五がそんな会話をしているところに、境内で噂話を集めていた方一が帰って来て、正之に報告した。

「そこで願掛けをしている者がおりましてな。何の願掛けかと思いましたら、太閤秀吉の愛《あい》妾《しょう》の淀女《よどじょ》が懐妊したらしく、その安産の願掛けでござりました。」

「秀吉に子が？

あの歳でか？」

加藤家からも黒田家からも、秀吉の側室の淀の方が懐妊したとの話は流れて来ていない。正之は少し驚いた表情をした。

「はい。境内の者たちは、そう話しておりました。」

「信じられぬが、相手が淀女ならば、鶴松のこともあるから、まんざらあり得ぬ話でもない。それがもしも真実で、男児など産まれては、われわれは厄介をまた一つ背負いこまねばならぬ。その噂の真偽を探って来い。」

正之はそう命じた。

ここにも一人、子の母がいる。

大阪天王寺玉造にある大阪屋敷の一室で、その母は十歳の息子と対座していた。

「母上。父上は朝鮮で御武運を重ねていらっしゃるのでしょうか。」

そう無邪気に問うてきたのは、味土野《みどの》で産まれた次男の与五郎《よごろう》だった。

「さあ。どうでありましょうか。」

お玉は、関心なさそうに応じた。

夫の細川忠興《ただおき》が朝鮮半島に出征してから、お玉はやっと、少しばかり自由になれた。それまでの夫婦は、傍目《はため》には以前と同じような仲睦《なかむつ》まじい夫婦を装いながら、心のうちでは、血みどろの格闘の繰り返しだった。

「母上。」

「はい？」

「どうして父上は、与五郎をお嫌いなのでしょう？」

十歳の少年は素朴な疑問を口にした。

「そなたは父上に嫌われているのがおわかりか？」

お玉は訊き返した。

「はい。

聞けば、この度、与五郎は吉原山（現京丹後市）の叔父上のところに養子に出されるとか。

与五郎は、もう母上に会えぬのですか？」

悲しそうな眼で尋ねた。

「そんなことはありませぬ。また会えまするとも。」

優しい声で息子をなだめながら、お玉は部屋の外の人の気配をうかがった。

朝鮮出征で、細川家からも多くの将兵が出はらっている。いま屋敷内にいるのは、忠興から
お玉の監視役を言いつかっている砲術師の稲富祐直《いなどめすけなお》たち十数名だけで、しかも、稲富祐直は、
今日は所用があるとかで外出している。

廊下に人の気配がないのを確かめると、

「与五郎殿。こちらへ。」

と小さな声で息子を手招きした。

「何です？」

まだ十歳の与五郎は、母親の側に寄れるのが嬉しくて、急いで寄ってきた。

「どうしてもそなたに申しておきたいことがあります。

そなた。母との秘密の約束が守れますか？」

お玉は小声でそう言いながら、与五郎の眼を覗《のぞ》きこんだ。

「もちろんです。母上。与五郎は、母上が言ってならぬと言ったことは、絶対に他の者には洩《も》
らしませぬ。」

「たとえ忠興殿でも？」

お玉は、「忠興殿」という言い方をし続けていた。

「はい。たとえ父上でありましょうと、絶対に。」

与五郎は力強くうなずいた。

そんな息子の姿に、お玉は小さく微笑んだ。

「与五郎殿。今から母の申すことをよくお聴きなさい。

そなたは、いずれ、忠興殿によって殺されます。

それがいつのことになるのかは、この母にもわかりませぬが、間違いなくそなたは忠興殿に殺されます。」

「母上。それは――！」

「いまは、ただ黙って母の話をお聴きなさい。

よいですか。与五郎。いま申したとおり、忠興殿はそなたの命を狙っておいでじゃ。

あのお方の蛇のような執拗《しつよう》さは、母が一番存じております。このままでいけば、忠興殿は必ずそなたを亡き者にするでしょう。母もなんとかそなたの身を守ってあげたいのですが、それにも限度があります。

しかし、そなたは絶対に殺されてはなりませぬ。何としてでも生き延びるのです。」

「母上。何故《なにゆえ》父上はそれほどまでに、この与五郎を、」

与五郎は当然の疑問を口にした。

その疑問に、お玉は昂然《こうぜん》とした表情で答えた。

「それは、そなたが忠興殿の子ではないからです。」

その一言に、罪の匂いは微塵《みじん》も感じられなかった。むしろ誇らしげな口調だった。

「ええっ?!」

訊いた与五郎は驚愕《きょうがく》の表情を浮かべたが、
お玉は平然と、

「そなたの父なる人の名は、今は知らなくてよいのです。」

そう言い放った。

「やがて、父なる人が、大願成就の暁に、そなたの前に姿を現すことでしょう。その時まで待つのです。

今は、ただひたすら、そなた自身が生き延びることだけをお考えなさい。そなたはどうしても生き延びねばなりませぬ。それは、そなたに与えられた宿命です。ですから、生き延びるためには、忠興殿に対しては、親を思う子を演じ続けなさい。

そして…。そして、それもかなわず、もしも、わが身に危険を感じた時は、その時は、何も考えずにお逃げなさい。ためらわずにお逃げなさい。」

お玉は、真剣な顔で、与五郎にそう言った。

「はっ、はい。」

与五郎は、驚愕の中でそう答えた。

「そなたの命を奪おうとする者など、父ではありませぬ。そなたの敵です。

そなたは、この世にただ一人だけの明智の子にして山の子。そして、細川こそはわが明智と山の民たちの仇《かたき》。細川の家を憎みなさい。忠興殿を心底から憎みなされ。憎めば生き延びる知恵が湧いて来るやもしれませぬ。」

「細川は明智の仇…。」

「母の今の話は、誰にも洩らしてはなりませぬよ。誰かに知られたら、その場で斬《き》り殺されるとお思いなさい。」

「承知いたしました。」

わずか十歳でありながら命を狙われている身であることを知った与五郎は、居住まいを正して、母に深くうなずいた。

「そなたがこれ以上ここにいては、家中の者に怪しまれます。お行きなされ。」

お玉は息子を部屋から出した。


晩秋になり、日本海にも荒い波が立ち始めた。

うねりのある大海原を進む怪船桔《き》梗《きょう》丸の甲板では、船団の長《おさ》たちを集めてのささやかな宴《うたげ》が催されている。数刻前に豊臣船団を襲い、南下して追手をまいての海上酒宴だ。

「今日も二隻の荷駄《にだ》船を沈めたが、豊臣のやつらと来た日には、いくら沈めても、性懲《しょうこ》りも無く渡海してくる。あれはあれで見上げたものだな。」

豊臣渡海軍から海賊桔梗丸と呼ばれて恐怖されるようになった宗兵衛の五艘《そう》の船団は、自らはただの一度も破損を蒙《こうむ》ることなく、豊臣船団を襲い続けている。

船蔵から運ばれてきた干しアワビをかじりながら、宗兵衛が娘婿《むこ》の明智秀満に笑った。

「たしかに。明が仲に入っての休戦だというのに、お構いなしに兵糧や兵を送り続けております。送り込んできた兵の数も相当な数ですし、渡海にかかる費《つい》えも莫大なものでありましょうに、一向に攻めの手を緩めませぬ。昔から、羽柴軍の金に飽かせた兵糧攻めは有名でありましたが、まさか、大国明を戴いた朝鮮全土を兵糧攻めするわけにはゆきませぬでしょう。いったい、羽柴秀吉という男は何を考えておるのでしょうな。」

秀満も、秀吉のことを、豊臣秀吉とは言わない。十年前と同じように、羽柴秀吉、と呼ぶ。五右衛門に対しては一日も早く本能寺の異変を忘れて棄国するように望みながら、そう願う秀満自身の心もまた、十年前から一歩も動いていないのだ。

「本気で明を制圧する気なのでしょうか?」

「本気で制圧できると思っているとしたら、秀吉は大たわけよ。」

宗兵衛は鼻先で嗤った。

「朝鮮は、これまでに何度も中国の侵略を受け、国土と民を蹂躙《じゅうりん》されてきた国じゃ。島国であったおかげで他国からの侵略なしで今日まで来た日本とは違う。

秀満殿よ。他国に侵略されたことのある国の民の靭《つよ》さとは、例えて言うならば、男どもになぶられて生きておる女郎の靭さだ。弱々しそうなふりをしておるが、芯《しん》は逞《たくま》しくしたたかじゃ。死ぬまで音をあげぬ。そのような国の民を甘く見てかかると、どこかでとんでもないしっぺ返しを喰う。」

「なるほど。」

「わしの本心を言うなら、われらがこのような手助けをせずとも、朝鮮は絶対に陥《お》ちぬよ。いまに、侵略の歴史の記憶からの知恵が朝鮮の民たちの脳裏によみがえり、その知恵を駆使して、森を武器にし、川を武器にし、風雪さえをも武器にして、かれらは豊臣軍に抵抗し続けるだろう。真冬になったら鬼神の如く荒れ狂う海原を越えての戦さが、冬の荒海の恐ろしさを知らぬ神武一族に、何年にもわたって続けられるわけがない。海は、今の神武一族にとっては、外敵から守ってくれる存在ではあっても、外に攻める際の手助けにはならぬ。むしろ、歯がゆいほどの桎梏《しっこく》じゃ。誰よりも海に通じておるわしが言うのだから、間違いない。」

明智光秀の名代として海原を生き、琉球から南海各国までをつぶさに見聞してきた美保屋宗兵衛は、語気強くそう断言した。

「……。」

秀満は、無言で、宗兵衛の次の言葉を待った。

「朝鮮奥地での戦さが長引いたならば、いまに、まず、戦地の将兵たちに厭戦《えんせん》の思いが生じて来る。国内で戦うて死ぬなら諦《あきら》めもつこうが、見知らぬ朝鮮の地で死ぬことなど誰も望まぬ。一度目の冬なら、まだ我慢できよう。二度目の冬も耐えられるやもしれぬ。しかし、戦いが長引いて、三度目四度目の冬を迎えたなら、その思いは抑えきれぬほど強くなること必定だ。秀吉がいくら銭をつぎ込んで叱咤激励《しったげきれい》したところが、将兵がやる気をなくしたら、もはや、戦さは戦さでなくなる。何年か後には間違いなくそのような日が訪れ、秀吉の野望は潰《つい》える。」

「その時が、五右衛門殿の悲願成就の日でございますか。」

「いや。五右衛門殿は、そんな、時を待つことで事を成し遂げようとする男ではない。今ごろ大阪で、なんぞ手を講じていることだろう。」

宗兵衛はそう答えると、水夫《かこ》たちをふり返り、

「一同。船の上ばかりも、いささか厭《あ》いた。草木の匂いが恋しゅうなった。これから、済州島《さいしゅうとう》に帰るぞ。皆に伝えよ。」

そう叫んだ。

「おおっ！」

甲板に歓声が上がった。

二

明からの援軍が朝鮮に押し寄せ、朝鮮半島の北端の国境付近に陣取ったことによって、膠《こう》着《ちゃく》状態のまま文禄元年は終わった。

しかし。民の視線が朝鮮半島に注がれているその裏側で、豊臣家内部は激しく流動していた。引き金になったのは、太閤秀吉の愛妾淀の方の二度目の懐妊だった。

「茶々《ちゃちゃ》がまた予の子を孕《はら》んだのか。」

肥前《ひぜん》名護屋城でその知らせを受け取った秀吉は、思わず相好《そうごう》を崩した。

誰かれかまわず手をつけるのに、他の女たちは誰も秀吉の子を身ごもらない。淀の方だけが秀吉の子を孕む。

「予と茶々はよほど體《からだ》の相性が良いのだろうな。」

若い淀の方の閨《ねや》での嬌態《きょうたい》を思い出しながら、秀吉は眼尻を垂《た》らしてそうつぶやいた。

秀吉にとって、信長の姪《めい》である淀の方は、かけがえのない至宝だった。彼は、生まれもっての気品と若い肢体を持つ淀の方を心底から愛し、淀の方の心が自分から離れることを恐怖し、淀の方の好む男であり続けようと念じてきた。

しかも、その思いは、秀吉にとっては、単なる男と女の情愛というものだけではなかった。

「信長さま…。」

秀吉の心の奥底には、天下人となったいま現在でも、卑しい小者にすぎなかった自分を破格の厚情で引きたててくれた主君織田信長、その主君を謀殺したという「主殺し」の負い目が、常にあった。

そして、淀の方が自分にとってかけがえのない存在になっていくに従って、秀吉の心に、この十年間、忘れ去ろうと努めてきた信長謀殺の記憶が頻繁《ひんぱん》によみがえった。好いた女を抱く度に、自分が殺したその女の伯父の顔が鮮やかに浮かんでくる。それも、ただの伯父ではない。天下人織田信長だ。

これが、秀吉の苦悩となった。その負い目は、絶対に誰にも語られぬものであったが故に、秀吉の心の奥底深くに沈殿しつづけた。

秀吉は「主殺し」の負い目から解放されたかった。そのために、兄秀長の死を機に、信長謀殺の事実を思い出させる「天正」という元号を廃し、「文禄」に変えさせた。

たしかに、かれらの集団が謀《はか》りに謀って覇者信長を謀殺したのは事実であったが、

「だが、わしは、信長公を殺そうなどという大それた謀事《たばかりごと》に、好んで参加したわけではない。わしは信長公を愛しておった。

何もかにも、あの兄のせいじゃ。兄者さえおらなんだらこんなことにはなっておらなかった。それに、あの憎っくき利休。あの男が南海交易の利を説いて兄者をたぶらかさなんだら、わしらは、あんなだいそれた謀事など思いつきもしなかった。」

謀事に加わった誰かれに責任をなすりつけて、秀吉は、必死になって、自己弁護の根拠をつくろうとした。千利休を切腹させたのも、あの秘事を知っている者をこの世から抹殺したいという秘めたる願望もあったからだった。

そんな彼にとって、かつての主君信長の血を引く淀の方との間に産まれる子を主とする政権は、豊臣政権は信長から自分に引き継がれた真っ当な政権であるという正統性の証明になる、と思えた。

淀の方の二度目の懐妊を聞いてからの秀吉は、それまでの、甥の秀次に象徴される秀長派からの政権奪取という単純な目的の上に、自分と信長の血を引く者による「豊臣政権の永続化」という更なる目的を付加した。

この着想は、秀吉自身の心をなだめた。秀吉は、自分が信長の認可を得た後継者になったような安楽さを得た。

だから、いまの秀吉はひとつも焦《あせ》ってはいない。自分の血を引いた存在は、まだ淀の方の腹の中だ。自分が健在でさえあれば、その子が成長するまで、時は駆けて過ぎた方が、むしろよい。

産まれ出てくる子が、男であろうと女であろうと、そんなことは秀吉にはどうでもよかった。自分と信長の血を引いた子が主《あるじ》の政権をつくること、それだけが肝要だった。

「産まれて来た子が女ならば、家康の孫でも利家の孫でも婿にして、その間に産まれた男が元服するまで待てばよいだけの話よ。」

そうした政権構想の上に、自分の言には絶対服従の寵臣《ちょうしん》石田三成や猶子《ゆうし》の宇喜多秀家を長とする、淀の方の子のための家臣団の組成に腐心している。

従順な寵臣を多く育てるためには、あてがう領地が必要だ。しかも、京大阪に近い土地が良い。あるいは、肥沃な土地の国がいい。

秀吉はその条件に適《かな》った土地を治めている大名たちを選んで出征させた。出征大名たちの数多くの戦死を願ってだけの出征命令だった

とりあえずの朝鮮での勝ち負けなど、いまの秀吉には二の次のことだった。

剛の者とはいっても、徳川や上杉などは別として、一代でのし上がってきた大名たちは、国をまとめるのがやっとで、自分の死後のことまでは配慮が出来ていない。戦死と同時に小国へ

の国替えを命じたとしても、秀吉に武力で刃向かってくる者など、いまの日本にはいない。

「休戦の約束など反故《ほご》にして、明軍に突進して、ことごとく、見事戦死して見せよ。」

秀吉は名護屋城に陣取りながら、自軍の将たちの戦死の報だけを待っていた。

だが…。今日も、総奉行として朝鮮に渡らせている寵臣石田三成からの戦況報告の書状を読み終えた秀吉は、

「まだ、ただの一人も死なぬのか。

豊臣家のために早く死ねばよいものを、どいつもこいつもしぶといやつらよな。」

苦笑いさせられただけだった。


肥前名護屋から江戸にもどってきた徳川家康は、病床の相模国小田原六万石領主大久保忠世《ただよ》を、江戸屋敷に見舞っていた。

「これはこれは。殿直々のお見舞いとは、かたじけない限り。」

家来に手伝ってもらって床から上半身を起こし、脇息《きょうそく》で身を支えると、忠世は家来を下がらせた。

「殿の天下取りの日を見るまでは、と思っておりましたが、どうやらそれもおぼつかなくなってまいりましたな。この頃は、食が細って、重湯《おもゆ》の世話になる始末。」

忠世は頬のそげた顔で苦笑した。

「何を気弱なことを申しておる。それくらいの病いが何ほどのものか。早う元気を取り戻して、

わしを助《す》けてくれ。」

家康はそう言って長年の盟友である忠世を励ました。

しかし、死を覚悟している忠世は、そんなありきたりの慰めの言葉など歯牙《しが》にもかけぬ顔で、

「殿。淀城の女が太閤の子を身ごもったとか。」

家康に訊いた。

「ほう。忠世は病いの床にあってもなかなかの早耳じゃの。

そうじゃ。確かな話だ。お産まれになるのは夏らしい。その知らせを受けた太閤殿は手放しの喜びようじゃ。もう、産まれてくる子の名前まで考えておられる。」

家康は笑いを浮かべて答えた。

「あの男、あれだけ淫の限りをつくしたというのに、まだ子種が残っておったのですか？」

五右衛門からこれまでのことを聞かされてきた大久保忠世には、秀吉への敬意などない。「あの男」と言い放った。

「そうらしいのう。何ごとにも人並み外れたお方じゃ。」

家康は笑みを消さずに応じた。

「殿。淀の女を母親に持つ子というのは、ちょっと厄介ですぞ。他の女どもは、吹けば飛ぶような羽毛のごとき者どもばかりですが、秀忠公のご正室お江の方さまの姉君にして信長公の姪《めい》御《ご》、ということになると、もし男児でも産まれたら…、」

「信長公の血を引く豊家、ということになるな。

そうなると、自分を引き立ててくれた信長公に恩義を感じている畿内の大名たちは、豊臣に一層の忠誠を誓う。豊臣は盤石《ばんじゃく》だな。」

「しかし、信長公を滅し奉ったのは、その秀吉本人でござるぞ。」

「そうは言っても、わしら以外誰も真実を知らぬ。秀長が死に、利休が殺され、何一つ証拠が残っていない以上、それを天下に知らしめることも不可能だ。」

「それはそうでございましょうが…」、忠世は歯ぎしりをした、「なんぞ手を打ちませぬと。」

「そう無理を言われても、今のわしには手の打ちようもない。」

武骨な自分とは違って、手八丁口八丁の人たらしぶりを得意とし、多くの大名を味方につけてきた秀吉に、現状では勝てないことを、家康は知っている。

「男が産まれて来るのか、それとも女か、見定めるよりしか方途《ほうと》があるまい。それを見てからまた策を考えよう。」

あっさりした口調でそう言った。

「あのご仁たち…。」

忠世が家康を見た。

「ふむ。」

家康は浮かぬ顔で忠世を見返し、曖昧《あいまい》な返事をした。

「五右衛門殿なら、何とか手だてを考えるやもしれませぬぞ。

秀長、鶴松と、常人ではとても手の出せぬ二人までも人知れず始末して来たのですから、五右衛門殿にとっても、ここまで来て太閤に世継ぎが出来ることなど許せぬはず。五右衛門殿につなぎをとりましょう。」

「しかしのう…。」

家康は意外に消極的だった。

「五右衛門殿には、秀長、鶴松と始末をしてもらった。加えて、長安《ながやす》には関東八州のここかしこで金銀を掘ってもらっておる。これ以上の頼み事は、さすがに気が引ける。」

長安とは、倭《わ》の裔《すえ》の鉱山《かなぼ》掘り藤十郎のことだ。京の御所襲撃で死んだ直道の遺命として、五右衛門から家康に貸し出され、いまは大久保忠世の下で大久保姓を名乗って土肥《とい》で金発掘に精力的に取り組んでおり、長安の天才的な発掘能力のおかげで、家康は、征明出兵の留守部隊にかかる多額の出費も苦ではなくなっている。

「しかし、殿。これを放っておくと、豊臣の天下は盤石となってしまいまするぞ。あの男にこれ以上の愚挙を許したならば、いずれわが徳川の軍勢も朝鮮に出兵させられ、くだらぬ戦さで貴重な将兵を失ってしまうのは眼に見えておりまする。それに、豊臣の天下は一日も早く終わらせるのが民にとっても幸福。ここは是非とも策を講じるべきです。」

「わかっておるのだがな。」

家康は苦虫を噛《か》み潰《つぶ》したような表情で答えた。

忠世にもそれを言ったことはないが、家康は、倭五《わの》右衛門という青年を好いていた。少年時代今川家での長い人質《ひとじち》生活を余儀なくされた自分が、心の奥底に隠し温めた無念と熱情を、倭一族と明智光秀の無念を背負って生きる五右衛門のぶっきら棒な物言いの奥に見た気がした。その五右衛門にこれ以上の危険は冒させたくなかった。

「それがしにお任せください。殿の天下取りこそがこの忠世の悲願。ご覧のとおり、この命もあとわずか。殿のためでございましたら、最後のご奉公と思って何でもやってみせまする。」

そんな家康の心中を知らぬ大久保忠世が語気強く言いつのった。

「ふ〜む。」

「殿にご迷惑はおかけもうさぬ。五右衛門殿には、すべてそれがしの一存ということで持ちかけまする。どうか、この一件、それがしにお任せ下され。」

「お前がそれほどまでの気持ちなら…。」

食い下がる忠世に、家康は曖昧にうなずいた。

それから間もない文禄二年の春五月。深夜、同じ大久保忠世の江戸屋敷で、頰のこけきった忠世が五右衛門と妻木正之の二人と向かい合っていた。

忠世の配下が客を装って三河屋に持ってきた忠世からの長い書状を読んだ二人が、

「病床の忠世殿をこの上方まで来させるわけにはいかぬ。われらが江戸に出むこう。」

そう言って、江戸にまで下ってきたのだ。

忠世の隣に男が一人付き添っている。忠世の嫡男《ちゃくなん》大久保忠隣《ただちか》だ。忠隣はこの時四十一歳で、家康の嗣子《しし》秀忠付きの家老を務めている。鉱山《かなぼ》掘りの藤十郎一団は、この忠隣の預かりとなっていて、そうした事情から、藤十郎は今は大久保長安と名乗って大久保一族に組み入れられている。つまり、この大久保忠隣が徳川家の財力づくりの指揮者だ。

忠世は苦しげな息を吐《は》きながら、それでも姿勢を正して五右衛門に語りかけた。

「それがしはもう間もなく迎えが来もうす。そこもとたちとも、二度とお会いすることは叶わぬでありましょう。

ご覧のとおりのあり様のわが身でありますので、今後は、そこもとたちと家康の殿とのつなぎは、ここにおりますわが息子忠隣として頂きたい。忠隣には細大洩らさず教えてございますから、それがしの時と同じように、遠慮なくせがれに言って下され。」

丁重な口調でそう言うと、深く頭を垂れた。

「わかった。それでよい。

それよりも、横になって話されよ。」

五右衛門はそう奨《すす》めた。

しかし、忠世は、「いや、大丈夫でござる」、姿勢を崩さずに、「五右衛門殿。この大久保忠世の最初で最後のお願いを是非お聞き届け願いたい」、と口火を切った。

五右衛門の眼にも、大久保忠世がもう余命いくばくもない躰《からだ》であることは、一目でわかったから、その忠世が命がけで切々と訴える言葉に、虚心《きょしん》に耳を傾けた。

忠世が語る豊臣政権の現状を聴き終えると、

「事情は大方わかったが、それで、俺たちに何をしろと言うのだ。」

五右衛門が訊いた。

「これは家康の殿のお考えではござらぬ。殿は、もうこれ以上のことは五右衛門殿には頼めぬと、首を縦には振らなんだ。

したがいまして、これから申し上げる願いごとは、織田信長公がお斃《たお》れなさってから、家康の殿の天下取りを悲願としてきたそれがし一人《いちにん》が思いあぐねてのお願い、と思《おぼ》し召しくだされ。」

「わかった。」

五右衛門は先をうながした。

「五右衛門殿。妻木殿。

もし、万が一、淀の女の腹から産まれて来る子が男児であったならば、なんとしてもその子を始末していただきたいのでござる。これができるのは、そこもとたちだけしかおり申さぬ。頼みまする。このとおりじゃ。」

忠世はそう言うと、自分よりも二十歳も若いであろう二人に、深々と頭を下げた。忠世の隣に侍《はべ》っている息子の忠隣も、父親にならって深く頭を下げた。

「五右衛門殿。」

顔を起こすと、忠世はつづけた。

「信長公と秀吉、二人の血を引くことになるその赤子は、家康の殿の天下取りには最大の障害になりまする。

いま、秀吉が朝鮮で無益な戦さを続け、その財を浪費しておるとは申せ、佐渡の金山も生野《いくの》の銀山も、いまだ上杉と秀吉のもの。戦さが財の競い合いによって決するものとしたならば、いかに長安の発掘能力が卓越したものであったとしても、今の徳川では豊臣の財力には太刀打ちできませぬ。今しばらくの時が必要でござる。

秀吉に跡取りがなく、当方に豊臣に匹敵する財が貯えられた後ならば勝負は互角になりまするが、あそこまで強固な天下づくりをなした秀吉に跡取りが出来たならば、それはもはや不可能。

それに、その子が成長してしまえば、そこもとたちの豊臣への復讐《ふくしゅう》も果たすのが難しくなるはず。早いうちに産まれてくる子を亡き者にしておかねば、お互いにとってよからぬ事態になるのは必定。」

「それはわかるが、殺すと一口に言っても、秀吉の一粒種ともなれば、警護は相当に厳重であろう。その赤子をどこぞに誘い出すことができるのか？」

「できませぬ。

虫のいい話とお怒りになろうかとは思いますが、この一件に関しては、徳川は何一つ手助けができませぬ。それどころか、万が一、徳川の眼の前で事が起こった場合には、徳川はそこもとたちを討つ事態ともなりかねません。」

「それではどうしようもないではないか。」

「だからこうして、伏して頼んでおりまする。」

忠世が五右衛門を強く見つめた。その忠世の切々たる視線を五右衛門が受け止めた。

「大阪城に忍び込んででもやれと言うのか。」

「そのとおり。

他に手立てが考えられぬのなら、それをやってでも始末していただきたいのです。そこもとたちのこれまでを拝見してきた限りでは、そこもとたちならばそれも出来ぬことではないように思えましたので。」

「ふむ。」

思ってもみなかった忠世の依頼に、五右衛門と正之は顔を見合わせた。


「無事ご帰国。祝着至極《しゅうちゃくしごく》で。」

「ああ。一年だけのつもりがちと長居をしてしもうたわ。許せ。」

「いかがでございましたか。」

「上首尾であった。

利休殿はよい形見の品をくだされた。感謝することしきりのルソン暮らしであったぞ。」

「それはようございましたな。」

「ルソンにも豊臣軍の朝鮮進軍の報は入っておってな。イスパニアの連中は、いずれルソンにも攻めて来るのではなかろうかと噂しておった。」

「たしか、太閤秀吉はルソンにも臣従を迫る書面を送ったとか。」

「そのような大ぼら吹きの書面、ルソンでは誰もまともに相手にはしておらぬわ。ルソンに渡ってこの眼で見てわかったが、イスパニアの軍船は日本のものとは桁《けた》が違う。一番は船に備えつけておる大筒の威力の違いじゃ。秀吉がいくら大軍でルソンに押しかけても、あっという間に木っ端みじんにされるのが落ちじゃ。」

「それほどに。」

「桁違いじゃ。ルソンを攻めるどころか、南蛮人がこの日本に本気で攻めてきたら、一挙に踏みつぶされよう。

南蛮人が襲って来ぬのは、この国に襲うだけの価値がないからだ。この国のたった一つの価値であったしろがねは、秀長と利休殿が湯水のごとく南海に流し、今のしろがねは昔日《せきじつ》の価値を失っておった。」

「そうでござったか。」

「太郎よ。今回の渡海で、わしはさまざまなことを学んだぞ。わしがこれから進むべき道も教えられた。

いま申したとおり、豊臣がしろがねをあらん限り放出したために、南海でしろがねの価値が大幅に下落した。そして、しろがねの下落が南蛮の国々にまで影響を与えておる。

しろがねは豊臣の武器でもあったが、イスパニアの武器でもあった。海の向こうに大量のしろがねの鉱山《やま》を持っておるイスパニアは、しろがねの威力で南海交易のさきがけとなれた。やつらは、南海に放出するしろがねの量を統制して、価値が下落せぬようにしながら交易をし、南海の産物を安く買い漁《あさ》っておった。ところが、思いもかけなかった日本の大量放出が始まり、しろがねの価値が大幅に下落し、南海でのイスパニアの力は急速に低下してきた。あの国は早晩南海の覇者ではなくなるぞ。ルソンの繁栄もいずれ終わる。」

「では、どこの国が。」

「イングランドと申す国じゃ。

イングランド国は、日本と同じく、海の向こうの小さな島国でな。エリザベスとか申す女王の下で海軍の力をつけ、イエズス会の宣教師たちはわれらに内密にしておるが、先年は、アルマダなる海戦で、自国を攻めて来たイスパニアの無敵艦隊を打ち破ったらしい。

それから後は破竹の勢いで、イスパニアを追い上げ、天竺《てんじく》あたりにまで勢力を伸ばしてきておるとのことじゃ。いまにイスパニアを追い払って、南海の王者になるに違いない。」

「イングランド国ですか。太郎は初めて耳にする名でございます。」

「知らぬのも当たり前だ。宣教師たちがわしらに知らさぬようにしてきたのだからな。

イングランド人たちの話を聞いて、わしも初めて知ったのだが、耶蘇《やそ》教にも二派あってな。イスパニアやポルトガルはカトリックという一派で、イングランド国はイングランド国教会という一派。お互いが忌み嫌っておるそうな。

日本で宣教をしてきたのはカトリック一派の宣教師たちだった。それがあって、日本を訪れたカトリック派の宣教師たちは、イングランド国の存在をわれら日本人には隠したのだ。」

「なるほど。」

「イングランド国の商人たちは、イスパニアの領地であるルソン島の内では目立たぬようにしておるが、南海の小島の入り江に大船を浮かべておってな、軍船に守られた商船の中は、それは豪勢なものであった。

利休殿は、そのイングランド国と交易をしておられた。かなり懇意にしておられたようで、利休殿の書きつけを持参したわしは、かれらの歓待を受けた。いろいろと語らってもきた。」

「豊臣の富の源はイングランド国だったのですか。」

「納屋《なや》助左衛門殿が若い頃につくった手づるらしい。秀吉のやつ、それを知らずに、利休殿に対する怒りに任せて、富の源《みなもと》を断ち切ってしまったのよ。

助左衛門殿は、豊臣に日本を追放されても、それまで蓄えた富を使って南海で交易を続けておってな。助左衛門殿にも、わしは会って来た。」

「それはそれは。」

「イングランド語が得意での。助左衛門殿が通訳をしてくれたお陰で、イングランド人たちとも話が通じたし、おかげで、わしもイングランド語を少しばかりは話せるようになったわ。」

「兄者がイングランド語をですか。それでは、太郎も教えてもらわねば。」

「そのうちにな。」

初夏。京都から若狭に向かう鯖《さば》街道を、数人の護衛武士に囲まれた駕籠《かご》が進んでいた。

陽が山の端にかかり始め、鯖街道を左に曲がって山道に向かった駕籠が木立の陰にさしかかった時、

「曲者《くせもの》だ！」

駕籠の外で護衛の武士たちの叫び声がした。

「?!」

駕籠の中にいた少年は、その声に思わず身を縮め、腰を浮かせた。

「若殿。闇討ちです。数が多うござる。われわれが防いでいる間に、いま来た道をお引き返し下され。鯖街道には行きかう者が大勢おります。そこまで逃げたならば安全なはず。」

護衛武士の長が少年に声をかけた。

「早く！」

まだ十歳の少年は、あわてて駕籠から出た。

見ると、たしかに、十人ほどの顔を布で覆った武士が、太刀を振りかざして前方の木陰からこちらに向かって走って来る。

「若殿。早く。」

護衛武士は、若殿と呼んだ少年の背を押すようにして促した。

少年は駆けだした。後を振り向くこともせず、必死で駆けた。

息が切れそうだったが、とにかくひたすらに走り続けた。そこで立ち止まれば間違いなく殺

されるという確信のようなものがあって、それが少年をひたすらに走らせた。

必死になって走る少年の前で、道が左右に分かれた。

「！」

どちらに行けばいいのか、その辺りの地形を知らぬ少年は迷った。

その時、

「ここにおいでなされ。」

左手の草むらから男の声がした。

「誰じゃ。」

突然の声に驚き、少年は立ち止まって身構えた。

「敵ではない。守ってしんぜよう。早うこちらへ。」

行商人風の男が草むらから立ち上がって姿を現し、少年に手招きをした。

少年は、一瞬ためらいの表情を浮かべたが、背後をふり返って、まだ追手の姿がないのを確認すると、意を決して、手招きの草むらに走った。

「ここに身を潜めなされ。」

男は、表面に土や草を張りつけた茶色い布の中に少年を招き、

「決して声を出してはなりませぬぞ。」

頭からそれをかぶると、少年を抱きしめて身を伏せた。

やがて、人の足音が聞こえてきた。

「どこに逃げた！

探せ！」

誰かの大声がした。

「子供の脚だ。そんなに遠くまで逃げられるはずがない。ぬしらは左手に行け。わしらは右の道を行く。

街道に戻るまでに見つけ出して、必ず始末しろ。しくじりは絶対に許されぬぞ。」

少年は、その声が、時折耳にする男の声であることに気づいた。

（あれは、稲富祐直の声ではないか。）

それは、驚きだった。砲術師の稲富祐直は、今は朝鮮に出征している父親の信頼を得て、大阪屋敷の警護に当たっている。その男が自分の命を奪いに来た。何故？

少年の脳裏に、母親の言葉がよみがえった。

「もしも、わが身に危険を感じた時は、その時は、何も考えずにお逃げなさい。ためらわずにお逃げなさい。死んではなりませぬ。生き延びるのです。」

あの日、彼の母は確かにそう言った。

男たちの足音が遠ざかった。

「まだ動いてはならぬ。」

少年を抱きしめていた男が耳元でささやいた。

「そなた。細川の縁者か。」

男は小声で訊いた。

「はい。」

「名は？」

「与五郎。」

「親御の名は？」

「母は、玉。明智の玉。」

少年は、父親の名は言わず、そう答えた。

「何？

そなたは、お玉さまのお子か。」

男が軽い驚きの声を発した。

「はい。」

「そうか。お玉さまのお子であったか。

しかし、そのお玉さまのお子が、何故命を狙われる。」

「父上の命《めい》でございましょう。」

「そなたの父がわが子を殺す？

なにゆえに。」

「父上はわたくしが憎いのです。

わたくしは父上の子ではありませぬから。」

「何？　そなたは細川忠興の子ではないのか。」

「はい。母上がそう申しておりました。」

「なんと！」

男は、低いながらも驚きに満ちた声を上げた。

「母上は、以前から、いつかこのような日が来るであろうと申しておりました。その時にはひたすら逃げろ。死んではならぬと。」

「待て。」

男は光を遮《さえぎ》った布の下で少年の顔を両手でつかむと、真剣な眼で少年の顔を見つめた。

「……。」

そうやって、数秒間、少年の顔を凝視した後、

「そうか。そうだったのか…。」

男は何やら得心がいった様子で独りうなずき、

「そういうことならば、わしが必ずそなたさまを守ってしんぜよう。何の心配も無用じゃ。ご安心なされ。」

少年を優しく抱きしめて、そう言った。

「あなたさまは？」

「わしか。

わしは竹蔵。そなたさまの本当のお父上の家来じゃ。」

「本当の父上の?!」

今度は少年の方が驚きの声をあげた。

「しっ。静かになされ。まだ危険じゃ。」

男は、少年の口を柔らかくふさいだ。

——お玉は、京にいた。

間もなく夫忠興が一時帰国するかもしれぬとの報があって、その前にと、人目を忍んで礼拝堂に来たのだった。

お玉の周囲には、常に、夫の意を受けた稲富祐直配下の家臣が厳しく監視していて、家中の者以外と口を利くことは許されなかった。きっと、遠く異国に離れていることが、余計に忠興の猜疑心《さいぎしん》を煽《あお》るのだろう。

しかし、さすがの忠興にもお玉の礼拝所通いだけは止められず、渋々黙認した。その代わり、お玉の警護は大阪屋敷でも名の知れた剣達者たちが選ばれて、不審な者と口を利こうものなら、その者を屋敷に連れ帰って、身元の確認できぬ不審者は容赦なく斬って棄《す》てた。

その日、お玉は憂いの中にあった。

来年吉原山城の細川興元《おきもと》の養子となる次男の与五郎興秋《おきあき》が、その準備に丹後に向かったものの、護衛の一行ともども鯖街道あたりで姿を消し、行方知れずになったとの報を受けたからだ。

細川興元は忠興の弟で、丹波郡一万五千石の所領を得、吉原山城下に嶺山なる町を興して栄えていた。ただ、兄の忠興とは不仲であった。兄よりも家中の家来たちに慕われる興元に対する忠興の偏執《へんしゅう》的な悋気《りんき》が二人をそんな関係にしたのだが、興元は弟の分を守り、兄に逆らうことなく今日に至っている。今回の興秋の養子縁組も、兄の強引を黙って受けたものだった。

（興秋…。）

誰が実行したのかは知らないけれど、興秋の突然の行方知れずが忠興の内命によるものであることは、お玉にはすぐに理解できた。いつか来る事態と予想はしていたので、諦めはしたが、それでも、興秋の死体がいまだ確認されていないことに一縷《いちる》の望みを抱いていた。

憂いを発散させんがための黙禱《もくとう》の時が流れ過ぎ、席を立ち上がって出口に向かったお玉に、

「ごめんやっしゃ。」

急ぎ足で出口に向かっていた商家風の女がぶつかって、お玉は軽くよろめいた。

「あれえ。堪忍《かんにん》どすえ。」

ぶつかった女の方が狼狽《ろうばい》して、よろめくお玉の手を取った。

「急いでいたもので、粗相《そそう》をいたしました。どなたかは存じませぬが、どうか、堪忍どすえ。」

その女はよろけかけたお玉の手を握ってひたすら詫《わ》びながら、しかし、一瞬、すっと、お玉の掌に、何かを握らせた。

「？」

お玉は、その女の顔を凝視したが、見覚えのない顔だった。

「ごめんやっしゃ。本当に堪忍どすえ。」

女は恐縮しきった顔で何度も頭を下げてお玉に詫びると、足早に去っていった。

お玉の掌に紙片の感触が残った。

「大丈夫でござりまするか？」

心配顔の侍女《じじょ》に、

「なにほどのこともありませぬ。あのように大仰な声をあげて、よほど粗忽《そこつ》なお人らしい。」

お玉は微笑み、掌を固く握りしめたまま駕籠に乗った。

駕籠に乗って、周囲から見る者が誰もいないのを確認すると、お玉は、掌を開き、先ほどの女に渡された紙切れを見た。

そこには、見慣れた愛息与五郎興秋の字で、

「ご安堵《あんど》。与五郎。」

と短く書かれていた。

「！」

お玉はその紙片を凝視した。

紛れもなく与五郎本人の字であった。

（無事であったのか。）

お玉は、肩から力が抜けたような深い安堵感を覚えて、大きく息を吐いた。

と同時に、何の根拠もないけれど、与五郎を忠興の魔手から救ったのは五右衛門の手の者に違いない、と思った。

（あの方は私を守ってくれている。）

そう思うと、先ほどまでの感情とは真逆の、勇気のようなものが湧いてくるのを感じた。

与五郎興秋は、健脚の竹蔵に手を引かれ、時には背負われて、越前と飛騨《ひだ》の国境《くにざかい》の奥山を抜け、飛騨と信濃《しなの》をまたぐ乗鞍岳の剣ヶ峰にたどり着いていた。

倭直道が帝都襲撃に敗れた後も、北への移動を潔しとせず、それまでの高山を棲家にしつづけているマタギたちもおり、その中でも乗鞍連峰のマタギたちは存在感を放っていて、乗鞍連峰はこの十年ほど、五右衛門に率いられた山忍びの子供たちの鍛錬場所となっていた。

竹蔵は、乗鞍マタギの長《おさ》である権左《ごんざ》に、

「このお子は、われらが長である五右衛門さまのお子で、倭の大王の血を引くたった一人のお子じゃ。そして、あの光秀の殿の血を引いたお子でもある。

てててごの五右衛門の長は、いま、豊臣一族への復讐に手いっぱいで、このお子を鍛えている暇《いとま》がない。どうか、このお子が後々倭の裔の長としての器量となるように、二年間、お前さまが鍛え抜いてはくれまいか。」

そう頼んだ。

「倭の大王の血を引くお子の守《も》りが、このわしでよいのか？」

権左は意外そうに訊いた。

「ああ。お前さまを見込んでのことだ。

このお子は、事情があって命を狙われておる。命を狙われてはおるが、どうしても、できるだけ早く平《ひら》に戻さねばならぬ。二年後に平に下りてもわが身をおのが力で守れるように、鍛え上げてもらいたいのじゃ。」

十余年前の若い日、西方の山脈から下ってきた直道一行を行者山に迎え、亀山城に導き、帝都襲撃以後は五右衛門と行動を共にしてきた竹蔵は、熱い口調で権左に頼んだ。

「わかった。

そういうことなら、五右衛門さまに劣らぬほどの男になるよう、わしたち乗鞍マタギがこのお子を鍛えてみせよう。安心しろ。」

権左は豪快に胸を叩き、与五郎興秋に視線を向け、

「その代わり、乗鞍マタギの鍛え方は他のマタギ衆とは比べものにならぬほどに荒っぽいぞ。つらさに泣くなよ。」

そうからかった。

「かまいませぬ。どんなことでも我慢してみせますから、与五郎を強くしてください。」

忠興が派遣した刺客たちの恐怖を体験した与五郎は、必死の面持ちで権左に頭を下げた。

「その与五郎という名だが、ここでは似合わぬし、ここまでは追って来ぬとは思うが、かつて西の山に設けたわれらの隠れ小屋を探り当てた細川の忍びたちだ。油断はできぬ。

権左殿。なんぞいい名をつけてくれぬか。できるだけありふれた名がよい。」

「そうか。そうだな。

では、高丸でどうだ。ありふれた名であろう。」

「それで決まりだ。」

「だが、大王の血を引くお子の名をそんなに簡単につけてよいものかのう。」

「かまわぬ。しばらくの間はこのお子のことはわしらにまかせてくれと、五右衛門さまに人を送っておいた。これからのことは、権左殿にすべてお任せする。」

そう言い切ると、竹蔵は視線を与五郎に転じ、

「与五郎さま。今日からはそなたさまの名は高丸だ。よろしいな。

権左殿を師と思って教わりなされ。おのが命をおのれで守ることのできる男になること。それ以外にそなたが生き延びる途はない。」

そう念を押した。


明から李氏朝鮮に向けて援軍が送られたこともあって、朝鮮出兵は交戦一年で休戦状態に入り、文禄二（一五九三）年は、一進一退の沈滞の中で時だけが徒《いたずら》に流れ過ぎている。

しかし、その一年ほどの間に、太閤秀吉は、船奉行の石田三成を指揮官にし、豊臣船団の総力を挙げて朝鮮半島南部での戦利品を日本に輸送させていた。交易などとはかけ離れた、「強奪」と呼ぶに近い荒々しい所業だったが、朝鮮半島から輸送されて来た品々で、秀吉の財は確実に膨《ふく》らんでいった。

名護屋城に運びこまれる荷駄隊の列を眺《なが》めながら、

「諸大名たちは膨大な費《つい》えで苦しんでおるというのに、豊家だけは益々肥えて盤石になるのう。これでは、豊臣から天下を奪うなど、夢のまた夢になってしまう。」

徳川家康は、病床の大久保忠世に代わって側に置くようになった本多正信に苦笑いした。

「そうなりますと、忠世殿が講じたあの策に望みをつなぐ他なくなりまするな。」

正信が神妙な面持ちで答えた。

「その後、大阪からなんぞ知らせはあるのか?」

「大阪については忠隣殿に任せてありますので。」

本多正信は、家康の鷹匠から身をおこしながら三河一向一揆の際に家康に叛《そむ》き、一揆が敗れて諸国を放浪した果てに、大久保忠世の取りなしで家康に帰参が叶った男だった。大久保家には恩がある。正信は遠慮がちにそう答えた。

「忠隣が何も言って来ぬところを見ると、機会をうかがっているのであろうな。」

「おそらく。」

「しかし、あの大阪城にどうやって忍び込むのかのう。」

「さあ。それがしには想像もつきかねます。」

「待つしかあるまい。」

家康は自分に言い聞かすように、そう言った。


その太閤秀吉は、間もなく産まれてくるであろう子のための夢を見続けている。今日は、朝鮮から呼び返した征明総奉行の石田三成に、これからについての下知を与えていた。

「かつて信長公が考えたとおり、明や朝鮮の征伐、また、その後の西域の国々との大がかりな交易を考えるなら、西国・九州の統治こそが何よりも肝要じゃ。

豊臣末代までの弥栄《いやさか》のためには、いま西国・九州を治めておる大名たちを残らず追い払わねばならぬ。やつらを一人残らず領地から追い払って、豊臣一族に治めさせる。」

「日本の西半分全域を?!」

それまでに聞いたこともない秀吉の大がかりな構想に、石田三成は驚きの声を発した。

「ふん。」

そんな三成の驚きを無視して、秀吉は言葉をつづけた。

「まず、毛利を中国から追い払わねばならぬ。山陰道と山陽道を豊臣のものにしてしまわねば、西国制覇は無理じゃ。

輝元には、出征前に、朝鮮に今の十倍の領地をやると申したのだが、輝元のやつ、朝鮮は広すぎて自分には手に負えぬと断りおった。」

「はあっ?」

その話もまた三成には初耳だった。

「太閤殿下。朝鮮は、加藤主計頭《かずえのかみ》殿と黒田長政殿の切り取り放題ということでは…、」

思わず訊き返した。

そんな三成に秀吉は言ってのけた。

「何を阿呆な。主計頭など使い捨ての駒《こま》よ。明までの戦路を先頭きって切り拓《ひら》くのがあの者の役目。何が悲しゅうて、清正や黒田の小倅《こせがれ》に朝鮮を与えねばならぬのか。清正や黒田の小倅や島津など、斬り死にするまで戦わせればよい。さすれば、九州の土地が空く。」

「――――！」

自分の思い描いていた朝鮮出兵の画《え》とまるで異なった秀吉の言葉に、三成は喉《のど》を鳴らした。

そんな三成を嗤うかのように、太閤秀吉はさらに続けた。

「三成よ。この度の出征大名たちの中でわしが必要なのは、小西行長だけじゃ。以前にも話して聞かせた通り、朝鮮征伐が見事成就した暁には、釜山浦《プサンホ》を堺をしのぐ豪華絢爛《けんらん》たる商都にして、あの男に交易の束ねをやらせ、秀長のルソン交易の数倍もの富を手に入れるのだ。」

「はい。」

「明から和平の話が出てきたそうじゃな。」

「はい。」

「それに乗ったふりをして、明と朝鮮を揺さぶってみよ。法外な要求を突きつけて、どう出て来るか様子を見るのだ。

まず最初に、朝鮮の南半分を寄越せと言え。これが今度の和平交渉の一番の眼目だ。これを出し、それをやつらが認めたならば、和平交渉に応じよ。ただし、最後は、必ず交渉が先にゆかぬようにせよ。そこでもう一度、西国や九州の大名たちだけに朝鮮出征を命じ、あやつらを一人残らず死に至らしめるのじゃ。

そして、死した大名の領地は没収とし、そこにそなたたちが入るのだ。

そなたは、京から長州までの中国全域を仕切るのじゃ。毛利領だけではない。丹波も播磨《はりま》も安芸《あき》も、すべてそなたの領国とする。さすれば、朝鮮から大阪までが豊臣の一本道となる。」

それは、偶然とはいえ、かつて明智光秀と織田信長が描いた日本統治の画と同じものだった。

その根底にある思いは光秀や信長のそれとはまったく異なっていたが、表面上はまったく同じものだった。あの時光秀が演じようとした役を、秀吉は三成に演じさせようとしていた。

「それがしが？」

自分自身でも、若い日から、秀吉一番の寵臣という自覚はあったが、そんな大国の領主の座など微塵も想像もしていなかった小国近江水口四万石城主石田三成は、望外の大役を命じられて、驚き返った。

「そうじゃ。

そなたはわしが手塩にかけて育ててきた材だ。官兵衛でも利家でもない。お前こそが豊臣弥栄の鍵を握っておる。そのためには、そなたが小国の主《あるじ》では駄目なのじゃ。そなたは東国の徳川に匹敵する大国の主とならねばならぬ。朝鮮の戦さに決着がつく頃までには、予がそれを現実のものにしておく故、安心しておれ。」

「は、はい！」

「秀長に尻尾を振ってきた清正や正則など、殺せばいい。主計頭が死ねば、その後は小西行長に肥後《ひご》熊本をくれてやる。さすれば、行長は肥後全土を得、島津に敗けぬ九州一の大名になって、安心して西方との交易に取り組める。

予は存じておる。豊臣の家中で、予に赤心の忠誠を示しておるのは、そなたと秀家と行長の三人だけだ。他の者たちは、予よりも秀長に世辞をつかってきた者たちばかりじゃ。あんなやつらは信用できぬ。

産まれ出てくる我が子が成長するまでは、そなたたち三人が豊臣を支えるのじゃ。そなたが中国を。行長が九州を。四国は秀家が。それができ上がったら、豊臣は盤石になる。この度の朝鮮征伐はそのためのものだ。

通常なら、このような大鉈《おおなた》を振るうと天下が乱れるが、戦さで死んだ後のことなら、領地替えも改易も、誰も文句は言わぬだろう。朝鮮の南半分だけでも豊臣のものとなれば、朝鮮の土地を餌《えさ》に領地替えを命ずることもできる。

そなたのためではないぞ。豊臣のためだ。お茶々の腹から産まれてくる我が子のためじゃ。そなたと秀家が武家を抑え、行長は交易を押さえ、豊臣の世を盤石にする。これから先は、そなたたち三人が豊臣を守る堤となれ。それによって、わが子の代まで弥栄は続く。よいか。そのことゆめゆめ忘れるでないぞ。」

秀吉はそう言い切った。

「ははっ。」

東国の雄徳川家康の抑えに目されるほどに自分が秀吉に高く評価されている事実を知って、

石田三成治部少輔《じぶしょうゆう》は、感激の思いで深く深く頭を垂れた。

それからまもなく、三国間和平交渉が始まった。日本側の交渉役は、もちろん、石田三成と小西行長だった。

三

文禄二年八月。大阪淀城の一室に、威勢のいい産声が響いた。

父、太閤秀吉。母、側室淀の方。その間に生まれた子。その子は、男子だった。

「そうか。男か。男が産まれたか。」

五十七歳で再び男子の父親になった豊臣秀吉は、大阪からの早馬でその知らせを受けた瞬間、九州の夏空のそこかしこから、眼の眩《くら》むような陽光が降り注いでくるのを感じた。

贅《ぜい》を凝《こ》らしたきらびやかな王宮で、若き王が、家臣たちだけではなく、明や朝鮮の者たちをも傅《かしず》かせている、そんな覇者の絢爛たる光景が、脳裏に描かれた。

「おなごであっても、無事に産まれさえすればよいと思うておったのに、男とは。」

秀吉はこぼれ続ける笑みの中で、その赤子に、拾丸《ひろいまる》という名を与えた。

(もう授からぬかと思っていたのに、また、嗣子を授かったぞ。しかも、信長公とわしの血を引く跡取りだ。

何が秀次だ。兄者が強引にわしの養子にしたが、水呑《みずのみ》百姓の弥助ごときの卑しい血を引いた者がわしのつくった天下の跡を継ぐなど、絶対に許せぬ。

わしの創った天下をわしの子に継がせる。それのどこが悪い。幼くて心もとないというのであれば、三成や秀家に補佐させれば済む。逆らう者があれば、そんなふとどき者は一人残らず殺せばよい。）

大名たちの視線は朝鮮に向けられていて、国内への関心は薄い。秀吉は、生まれたばかりの拾丸への政権移譲に向けて走り出した。


秀吉に男子誕生の報は、大阪東横堀川の三河屋にもすぐにもたらされた。

「男だったそうだな。」

妻木正之が言った。

「そうらしいな。」

五右衛門が答えた。

「男か…。

こうなった以上は…。」

「やるしかなかろう。」

それだけの短い会話だった。


日本海では、相変わらず、怪船桔梗《ききょう》丸一団が豊臣船団を攪乱《かくらん》していた。

かれらは最初からずっと五艘のままだ。数を増やすと統制に乱れが出るからだ。その代わり、日本から持ち出してきたしろがねの財を取り崩して、銃砲を高度にし、船の腹には火矢の襲撃が効かぬように薄い鉄板を貼り付けて、頑強さを増した。「海の城」とでも呼べばいいような船体にした上、小回りのきく急襲を得意とする桔梗丸船団は、一度も自らには破損を受けることなく、今日まで来ている。

海上生活に明け暮れているが、大阪にいる五右衛門との連絡には困らない。日本海に浮かぶ隠岐島《おきのしま》の入江につなぎ小屋を設けていて、伯耆《ほうき》に残してある美保屋の者がそこに知らせを運び、それをまた船で運んで来るのだ。

「秀満殿よ。」

さっき届けられたばかりの書状を手にした美保屋宗兵衛が、娘婿の明智秀満を呼んだ。

「どうなされた。」

凪の穏やかな真夏の海を眺めていた秀満が、舅《しゅうと》の声に振り向いて近づいた。

「なんぞ異変でもござりましたか？」

「うむ。日本で何ごとか起こりそうな気配だ。」

「一体何が？」

「秀吉に跡取りが産まれたらしい。」

「ほう。それはそれは。」

「しかも、産んだのは、信長の妹で、北ノ庄で自害したお市の方の娘じゃそうだ。」

「……。」

「五右衛門殿も徳川家康も、その子に危惧《きぐ》を抱いておって、何ごとか仕かけるつもりでいる様子じゃ。」

「何ごとか、とは？」

「それが、詳しくはしたためられてないのだが、秀長や鶴松同様に、命を奪うつもりやも。」

「それは無謀な。」

秀満は顔色を変え、

「宗兵衛殿。もう、日本のことなどどうでもよろしいではないですか。

秀吉の子の命を奪うとなると、五右衛門殿たちも少なくない命を失うのは必定。もはや、秀吉ごときのために仲間の血を失うのは、無益な死というものでござりましょう。もし、万が一、五右衛門殿の身になんぞあったりしたら、そちらの方こそわれらにとっては一大事。

五右衛門殿に、軽はずみなことはせぬよう御忠告して下され。宗兵衛殿の言葉なら五右衛門殿も耳を傾けましょう。」

「それはそうだが、なにせ、豊臣を根絶やしにせよというのは、直道さまの遺命だからのう。」

「それはそうでしょうが、」

「それにな。

わしたち倭の裔の誰もが、それを期待しておるということもあるのだよ。われらは千年前からの怨の一族じゃ。長が一族の怨を晴らすことには、誰も反対はせぬ。」

「……。」

「まあ、そなたの言うとおり、五右衛門殿には、軽挙は慎むようにわしから一筆したためておく。」

「それよりな、」

「お願いもうす。」

と、宗兵衛が微笑んで、秀満の耳元にささやいた。

「秀吉だけでなく、五右衛門殿にも子ができたそうじゃぞ。」

「えっ。五右衛門殿にお子が?!

それはめでたい。」

秀満も笑顔を取り戻した。

「五右衛門殿からは何も言っては来ぬが、下の者たちの内緒話じゃ。

それでな。子の母親のことじゃが、おぬし、誰だと思う？」

「そんなことを訊かれても、五右衛門殿の想い人など、それがしには皆目見当もつきませぬ。」

「フフフ。そうじゃよな。聞いた時にはこのわしも驚いた。

そなたも驚くぞ。」

宗兵衛が、彼には珍しく、勿体《もったい》をつけた言い方をした。

「そんな子供の意地悪みたいなことをせずに教えて下され。」

「ハハハ。済まぬ。済まぬ。つい愉快になってしもうてな。

その子の母親はな、秀満殿。なんと、そなたの前の奥方の妹君よ。」

「倫子《みちこ》の妹？

しかし、宗兵衛殿、倫子の妹というのは…、」

秀満は当惑顔になった。

「フフフ。」

宗兵衛がいたずらっぽい眼で笑った。

「まさか、細川忠興に嫁いでいるお玉さまが？」

信じられぬという顔で、秀満は訊き返した。

「そうらしい。

そのお子が鯖街道で忠興の刺客に襲われて殺されそうになったところを、細川を見張っておった五右衛門殿の配下の竹蔵が救って、それでわかったとのことだ。

ずっと忠興の子として育てられていたらしい。」

「それにしても、どのようないきさつで、五右衛門殿とお玉殿が…。」

「今にして思うと、わしには腑《ふ》に落ちるものがないでもない。

幼いお玉さまが一時石見の奥山に住んでおった頃、五右衛門殿が兄のようにかいがいしく世話をする姿を何度か見かけた。」

「そうでしたか。」

「うん。しかもな、そのお子の歳が十歳だという。」

「ということは、」

「そうだ。あの年に授かったのじゃ。」

「なるほど」、往時を思い出して秀満もうなずいた、「そうだとしたら、なおさらに、五右衛門殿には身を大切にしてもらわねば。」

「わかっておる。すぐに、言われたとおりに書く。それにしても、倭の末裔の長と光秀の殿の血を引く子ができるなんぞ、吉兆じゃ。まさに吉兆じゃ。ハハハ。吉兆じゃぞ。」

美保屋宗兵衛は心から嬉しそうだった。


男子を得た太閤秀吉は、自分の隠居用にと、文禄元年から伏見指月《しづき》に建築中だった城の改修を急がせていた。

秀吉は決して愚かではない。京と大阪の中間に位置する伏見は、政庁を置くには格好の土地であり、京の聚楽第《じゅらくだい》で政務を司る甥秀次を疎外するには、伏見を京以上の町にするのが一番効果的であることを知っていたし、伏見城普請《ふしん》や町づくりによって、朝鮮に出兵していない有力大名たちの財を浪費させることも知っていた。

伏見城建築の総指揮を命じた加賀の前田利家に、

「利家よ。もう、伏見城は、予の隠居のための城ではない。あの城はお拾のための城じゃ。いずれお拾が天下を束ねるための城じゃ。

伏見こそが帝都にふさわしい町だ。大阪や京をしのぐ大賑わいの町にして、いずれ、御所も伏見に移す。お拾の城の下に御所を置くのじゃ。それで豊臣の威信は天下万民にゆきわたる。急ぎ町を整え、商人たちを伏見城下に呼び集めよ。銭はいくらかかってもかまわぬ。豊臣の跡取りが天下を仕置きするにふさわしい、贅の限りをこらした豪奢《ごうしゃ》な城にせよ。」

関白秀次の存在など忘れたかのように、そう言い放った。

御所をいずれ伏見に移すという話に、前田利家は、

（なんという畏《おそ》れ多いことを。）

と内心思いながらも、そのような素振りは一切見せず、湯水のごとく出ていく費《つい》えにも不満を言わず、琵琶湖から京に流れ出る宇治川の水路を利用して、巨椋池《おぐらいけ》に堤防を築いて伏見城の外濠とし、さらには、そこに港を設置して伏見城と大阪城を水路で結ぶという一大事業に邁進《まいしん》した。

そうした秀吉の声が、政庁聚楽第で政務を執《と》る関白秀次陣営に伝わらないわけがない。

「殿。なにやら奇妙な気配がしますぞ。太閤殿下におかれては、殿を廃し、お拾丸殿に関白職を譲るおつもりやもしれませぬ。お気をつけあそばれよ。」

家老の白江成定《しらえなりさだ》が不安そうな表情で秀次に忠告した。

そんな成定の言を、

「しかし、成定よ。いかにわが子が可愛いとはいえ、関白職を譲るやもと言われておる相手は、まだ生まれたばかりの赤子ぞ。

人目というものがあろう。そんな赤子を関白職に就けたりしたら、諸国の大名たちの笑いものになるではないか。叔父上はそんな愚かな方ではない。」

秀次は一笑に付した。

それを聞いていた母親のともが口をはさんだ。

「秀次殿。子の可愛くない親はおりませぬ。ましてや五十も半ば過ぎてできた子となれば、その可愛さは格別でありましょう。成定の不安ももっとも至極。気を緩めてはなりませぬぞ。」

強い口調だった。

秀長が実は秀吉の兄であるという事実は、兄弟姉妹だけの秘事となっていて、ともはわが子秀次にも明かしてはいない。

世間では、自分と秀吉が父親を同じくする姉弟と思われているが、実は、秀吉と妹のあさひが同じ父親で、自分と秀長は父親が違う。これは兄弟姉妹間の心理の障壁になっていて、秀長が死んでから、秀吉が自分に対して次第に冷淡になってきているのを、ともは感じ始めていた。

三人の男子を産んだともは、その子らの養育を、父親を同じくする秀長にゆだねた。その時はそれでよかったが、頼りにしていた秀長が死んでからは、それが裏目に出てきているような気がしてならないのだ。

「母上までもがそのようなことをおっしゃるとは。

母上。わたくしの関白就任は、秀長叔父と太閤殿下が、豊臣家の弥栄のために熟慮の上お決めになられたこと。わたくしは、秀長叔父がやり残した政《まつりごと》を見事成し遂げて、豊臣家を安泰《あんたい》にせしむることこそがおのれの役目、と言い聞かせておりまする故、お拾丸殿が成人したなら、その時は、喜んで関白職をお拾丸殿に譲りまする。

しかし、それまでは、まだ二十年もありましょう。その間は、わたくしが頑張らねば豊臣の家がもちませぬ。そんなことは一族の誰もが承知のこと。」

秀次は母の言葉をしりぞけた。

秀次の言葉は、たしかにまっとうな回答であった。産まれ落ちたばかりの赤子可愛さで家を傾かせる天下人がいようなどとは、誰も想像もしていない。

「秀長殿が存命であるなら、母もそんな心配は致しませぬ。

しかし、その秀長殿は死んでしもうたのです。大政所《おおまんどころ》さまも身罷《みまか》りました。今の豊臣で秀吉殿を止められる人間は、誰もおりませぬ。私はそれが不安なのです。」

「母上の取り越し苦労ですよ。母上と叔父上は、同じふた親を持つこの世で二人っきりの姉弟ではございませぬか。そんな母上の子である秀次を、叔父上が粗末に扱うはずがございませぬ。

叔父上ももうお歳です。叔父上亡き後の政を過《あやま》てば、豊臣は傾いてしまいまする。秀次は、それをご懸念なさりながら亡くなられた秀長叔父の遺命を守って、豊臣一族弥栄のために政に精進していくだけでございまする。」

悪徳の一族に咲いた一輪の蓮華草のように、豊臣安泰の切り札として秀長が手塩にかけて養育した秀次は、誠実あふれる答えを口にした。

「それならよいのですが…。」

「大丈夫です。」

秀次は、もう一度断言して、その話題を封じようとした。

秀吉や秀長の精神の暗部を聞かされたことのない若い秀次は、自分と秀吉の関係を、自分に薫陶《くんとう》を与えた秀長との叔父甥の関係と同じように信じきっていた。叔父と甥の血よりも父と子の血の方が濃いことに、あるいはまた、自分のその誠実さに人が寄って来ることをこそ叔父秀吉に憎悪されていることに気づかずに。

「しかし、殿。大納言さまご逝去後、太閤殿下はお変わりになられましたぞ。この度の征明出兵といい、銭に糸目をつけぬ伏見城づくりといい、それがしなどは、少し得体のしれないものを感じるようになっております。」

白江成定が控え目に言った。

「ほんに、秀長殿さえ存命であったなら、秀勝が朝鮮で命を失うこともなかったのに。秀長殿の早すぎる死が悔やまれてならぬわ。」

昨年次男秀勝を失ったばかりのともも、細いため息をついた。

文禄三（一五九四）年になった。年の改まるのを待って、秀吉は、拾丸とその母の淀の方を、それまでの淀城から伏見城に移した。

伏見城下にはすでに五万を超える職人や町人が居住して、徳川家康や前田利家たちの大名屋敷も次々と建てられ、商いは大いに栄え、一大城下町となっている。関白秀次の住む聚楽第界隈など霞みに霞んで、太閤秀吉は得意満々だった。

「どうじゃ。豪奢であろう。この城の瓦はすべて、利家の加賀の国の職人たちがこしらえた金《きん》箔瓦《ぱくかわら》じゃ。瓦の上に漆を塗って、その上に金箔を貼りつけた瓦じゃ。このような豪勢な城は他にはないぞ。」

得意の絶頂にいる秀吉は、自ら淀の方に城内を案内し、瓦や調度品や襖《ふすま》や廊下の材の高級さを、得々と自慢した。

「ほんに、淀の城とは比べものにはならぬほどの贅を凝らしたお城ですこと。」

淀の方は満足そうだった。

「これからはこの伏見城がそなたらの城だ。お前が悋気を起こしても逃げ帰れぬように、淀城はすぐに打ち壊す。」

「嬉しゅうございます。」

秀吉の愚にもつかぬ冗談に、淀の方は心底からの笑顔で応じた。

この伏見城には秀吉の正室の北政所《きたのまんどころ》は来ない。彼女は大阪城に暮らしている。したがって、この伏見城は淀の方とその愛息拾丸のための城だ。自分たちにこのような豪奢の極みのような城があてがわれたことは、少なくない数の女同士の戦いの勝者になった証左でもある。若い淀の方は満足していた。

拾丸の伏見城入城の知らせは、大久保忠隣の手の者によって、大阪東横堀川の三河屋にもすぐに伝えられた。

「年明け早々とは、やけに急いだ母子の入城だな。」

忠隣からの書状を読み終えた五右衛門が、その書状を妻木正之に渡しながら言った。

「きっと、鶴松のことがあったからだ。今度の子は、早いうちから自分の手元に置いて、つつがなく育てるつもりでおるのだろう。」

自分も書状に眼を通しながら妻木正之が答えた。

「ふん。子の安全のためか」、五右衛門が鼻先で冷たく嗤って言った、「そうはさせぬよ。」

「伏見城は大阪城ほどの大城ではないものの、当初は隠居屋敷の予定が、拾丸の誕生で大がかりに手を入れ直したらしいと、加藤屋敷の者たちは申しておりました。」

三河屋主人の六造がつけ足した。

「拾丸はこれからずっと伏見城で寝起きすることになるのだな。」

「淀城を壊し始めたのだから、間違いないだろう。」

「警護の行き届いた大阪城よりも、できたばかりの伏見城の方が、俺たちも策が練りやすくなる。」

「そうは言っても、拾丸は大事な跡取り息子だ。警護は大阪城と変わらぬくらいに厳しいと思うぞ。豊臣の忍びも伏見に相当入って眼を光らせておることだろう。」

「たしか、伏見城はまだ普請が続いておるよな。」

五右衛門が訊いた。

「ああ。完成するまでにはあと一～二年はかかるだろう。」

「そうか。

そうなると、大阪城よりは忍び込みやすいかもしれぬ。」

「人夫に紛れてか？」

「いや。人夫への監視は厳しいに決まっている。それは無理だろう。

そうではなく、城郭の内を人が大勢流れているということが俺たちを助けるはずだ。策を練るのはこれからのこととして、伏見城の城内のことをもっと調べねばならぬ。皆を京に呼び集めよう、すぐに手配してくれ。」

五右衛門は六造にそう命じた。

――その三月半ば。大久保忠世の江戸屋敷では、病いに衰えきった忠世が、力なく床に臥せっていた。

今日は大久保長安が見舞いに訪れている。今は大久保姓を名乗る藤十郎は、伊豆半島の土《と》肥《い》でおびただしい埋蔵量を持つ金山を掘り当て、徳川の財を飛躍的に膨らませることに成功し、大久保一族を徳川家中随一の家門とさせた。

「忠隣。五右衛門殿よりの知らせはまだ来ぬか。」

忠世が細い息で息子に訊いた。

「いまだ何も…。」

薬師《くすし》から内々に、「あと四月ほどで…、」と言われている父の焦燥のわかる忠隣は、慰めるように答えた。

「そうか…、」

忠世は気落ちした声で、

「せめて、秀吉の子を三途の川の供連れにして旅立ちたいと思うたが、それも叶わぬか。」

そう呟いた。

「いや。そうでもござらぬぞ。」

忠隣の隣に座していた大久保長安が口をはさんだ。

「何か知らせがあったのか？」

忠世が鋭い眼で長安を見返した。

「今日はその報告を兼ねての参上なのじゃ。」

長安は、大久保姓を名乗るようになっても、倭の裔時代の磊落《らいらく》な物言いが変わらない。当主忠世にでも対等な口をきく。

「実はのう。先だって五右衛門さまからの使いがあり、わしらとのつなぎ役をしていた山忍びたちが、一人残らず西に戻った。

しかも、それだけでなく、鉱山《かなぼ》掘りの者の中からも人を伏見に送るようにとのことで、何人かが伏見に向かった。わしらのところにも触れが出るくらいだから、他所でも人を集めておると考えるのが妥当じゃ。」

「それは、」

「いま、京や伏見には、山忍びだけではなく、百人を超える倭の裔の生き残りが入っておるはず。何を為《な》すおつもりなのか、詳しいことはまだ知らされてはおらぬが、五右衛門さまが動き始めたことだけは間違いなかろう。」

「そうか。」

忠世は深い息を吐き、

「五右衛門殿がとうとう動き始めたか。」

満足そうに深くうなずいた後、

「忠隣。このことをすぐに家康の殿に知らせよ。

余人ではいかぬぞ。お前が急ぎ伏見に戻り、殿のお耳にじかにお伝えするのだ。わしになどかまっておらず、すぐに発て。」

死を目前にした人間のものとは思えぬ強い口調で、そう命じた。


「お暇《いとま》をくださいませ。」

そこかしこに春の香がたちこめる四月。伏見屋敷普請の準備のために朝鮮半島から一時帰国して大阪屋敷に入った夫に、形だけは神妙に頭を下げて、妻はそう言った。

「暇？」

予想もしていなかった妻からの突然の暇乞《いとまご》いに、夫は皮肉な表情で妻を見返した。

かつては人もうらやむほどの仲睦まじい夫婦であった男と女が、いまは、お互いの心の内に疑念と憎悪を隠し持って対座している。それもある意味、悲惨な光景であった。

「はい。もはやわたくしは、あなたさまにとって、妻にしていても何の価値もない女でございまする。それどころか、わたくしは天下の謀反人《むほんにん》の娘。太閤殿下の世にあっては、あなたさまの栄達の妨げにしかならない存在でございましょう。

京のお舅さまもそれを歓迎なさるはずです。どうかお暇をくださりませ。」

抑揚《よくよう》のない乾いた声で、女はもう一度同じ言葉を言った。

感情に乏しい妻の眼と声調《せいちょう》から、妻の申し出が自分に対する愛情から出ているものでないことは、夫にはわかった。それが彼の表情を歪めさせた。

「いとも軽く暇乞いなどと口にしておるが、この家を出て、女独りでどうやってその後の暮らしを立てていく所存なのじゃ。」

「わたくし、もうこの国には寄る辺《よるべ》なき身でございますから、神デウスさまのご加護におすがりして、この国を捨て、ルソン島に行こうかと思うております。」

「ルソン？」

「人の噂では、ルソン島のマニラと申す町には、ゼウスさまを信じる日本人の集まった日本人町ができているとか。そこならわたくしも何とか生きていけまするでしょう。」

「ルソン島とな。」

夫細川忠興は、少し驚いた表情を浮かべたが、

「そのようなことは許さぬ。

わしにはそなたを離別する理由がない。夫婦《みょうと》らしいことはなくてもかまわぬが、この家にいて、子らの行く末を見守れ。」

忠興は、次男興秋が自分の種ではないかもしれぬという疑念を口に出来なかった。それを自分が口にした途端、夫婦どころか、家中の、いや、天下の笑い者になってしまう。それは口が裂けても言葉には出せない疑念だった。それがため、妻お玉からの申し出に対する拒絶の言葉は、表面的な事由を出してのものとしかならない。

「興秋は行方《ゆくかた》知れずになりました。吉原山に向かう鯖街道で、何者かに襲われた模様。」

「いや。それは違う。興秋は、いま、吉原山城に暮らしておる。」

「えっ？」

お玉は驚きの表情を見せた。もしかして、細川の手の者によって興秋が奪い返されたのかと思ったのだ。

「幼少とはいえ、いやしくも、細川忠興の息子ともあろう者が、得体の知れぬ賊に襲われて行方知れずになったなどということは、絶対にあってはならぬことだ。朝鮮に知らせが来たので、弟興元には、そのように取り計らうよう申しつけた。

だから、興秋は行方知れずなどにはなっておらぬ。そなたの知っておる興秋ではないかもしれぬが、細川興秋はいま、吉原山城で、興元の子としてつつがなく過ごしておる。そなたもそう心得よ。」

「あなたさまというお方は……。」

「わしはわしなりに細川の家を守ることに努めておる。武家の棟梁《とうりょう》の家の血を守ろうと努めておる。

太閤殿下は、この細川家にだけは絶対に手が出せぬ。細川の家におれば、たとえそなたが謀反人明智光秀の娘であろうとも、そなたの身は安全だ。ここにおるのだ。」

「太閤が細川の家に手が出せぬ？」

「ああ。そうじゃ。

このような折だからそなたにも見せておこう。」

忠興はそう言うと、背後の手文庫を引き寄せ、その中から、紫の袱紗《ふくさ》で包んだ一枚の紙を見せた。

「読むがよい。」

「……。」

夫の言葉に従って、妻はその紙に眼をやった。

「ひょうぶだゆう藤孝どの」

へたくそな字で、しかも仮名交じりで書かれた、読みづらい一枚の紙には、

「ご恩しょうがい忘れまじく　羽柴ちくぜん秀吉」

そうしたためられていた。

「！」

それを読み終えた細川忠興正室お玉の瞳が、激しい憎悪の色に染まった。

しかし、それを、単純な驚きの表情と受け止めた忠興は、得意気に言った。

「父上から授かったものじゃ。

詳しいことはわしも知らぬが、豊臣は細川の家に大恩を感じておる。だから、血のつながりがないにもかかわらず、殿下はわしに豊臣姓を下賜《かし》したのだ。

これがあるうちは、太閤殿下は細川の家に手が出せぬ。そなたにも手が出せぬ。したがって、そなたとは離別せぬ。離別する要がない。」

「……。」

無言でそれを聴くお玉は、別の思念の中にあった。


その時期。細川家もそうしたように、太閤秀吉の意向をおもんばかった諸大名たちは、こぞって伏見屋敷を建築し始めていた。屋敷が建ち並び、人が流れ、宇治川で結ばれた大阪とを往復する商船がひっきりなしに行き交い、市《いち》が立ち、商家が増え、伏見は急速な勢いで天下一の町になりつつあった。

「人の一念というのは、実にすさまじいものじゃのう。わが子可愛さとはいえ、たった一年で伏見を大阪をしのぐ商都にしてしまった。

加賀の前田殿の話では、太閤殿下はやがてこの伏見に御所も移すとのことだ。言ってみれば、これは建都じゃよ。これほどに莫大な銭と人を惜しげもなくつかった町は初めて見る。伏見の城下に比べたら、わしのつくった江戸の町なんぞ、無粋《ぶすい》を絵に描いたような辺鄙《へんぴ》な田舎町にすぎぬわ。

のう。正信。これが人の持って生まれた器量の違いというものかな。正直な気持ち、太閤殿下のこのすさまじいまでの熱には、今のわしでは逆立ちしても勝てぬ。」

伏見の町を見聞して帰ってきた徳川家康が、呆れ返った声で本多正信に言った。

「たしかに仰せのとおり、大層な賑わいでございまするな。

金箔瓦などはどうでもよろしいが、宇治川の水路にはたまげ申した。」

正信も苦虫を嚙みつぶしたような顔で答えた。

「朝鮮への出兵といい、この伏見の町づくりといい、あのお方のどこからあのように激しい熱が湧き上がってくるものか、わしには不思議でならぬ。」

「しかし、殿。人並み外れた事をしでかしたら、人並み外れたほころびも生じるものでござるよ。案外、いまの太閤殿下は、死に花が狂い咲いておるだけかもしれませぬぞ。」

「そうかのう。」

「伏見が栄えれば栄えるほど、聚楽第は薄れまする。」

正信は言葉少なに言った。

「ふむ。関白殿か。」

正信の言葉に思い当たることがあるらしく、家康は軽くうなずいた。

「豊臣も決して一枚岩ではございませぬ。長年豊臣のかじ取りをして来たのは故大和大納言秀長。それがしの耳に入って来る話では、かの御仁に生前可愛がられた家臣や大名たちは、いま、太閤殿下から冷たくあしらわれておるとのこと。関白秀次などはその筆頭。いまに必ず両の陣営にひび割れが入りましょう。」

「なるほどの。」

「大久保殿のおかげで、徳川の財も豊かになってまいりましたが、朝鮮出兵や伏見屋敷の建築で懐が細くなってきた大名も少なからずおりましょう。大和大納言についておった大名たちの顔をこちらに向けさせるのも一策では。

大久保殿からのお話では、加藤主計頭などは、肥後の土豪たちの抵抗を受けて、銭や人を集めるのにずい分苦労しておる様子とか。」

「加藤主計頭か。

ハハハ。正信は面白いところに眼をつけるのう。」

五右衛門たちが加藤清正の大阪屋敷に多額の銭を用立てて信頼を得、そこを情報源にしていることを知っている家康は、本多正信の言葉に愉快そうに笑った。

六の章　五右衛門奔《はし》る！

一

文禄《ぶんろく》三年も夏になった。明《みん》と朝鮮との三国和平交渉ははかばかしい進展のないままに過ぎているが、太閤秀吉はそんなことは歯牙《しが》にもかけぬ風情《ふぜい》で、伏見の町づくりに情熱を傾けていた。日に二度も三度も拾丸《ひろいまる》の部屋を覗《のぞ》き、赤子の頬を撫《な》で、母親の淀《よど》の方《かた》に子煩悩ぶりをからかわれていた。

それもまた「理想」と呼ぶことが許されるのなら、その時期の太閤豊臣秀吉は、齢《よわい》五十八歳にもなってからの遅すぎる「理想」の道を、ひたすらに走っていた。

畏敬していた主君織田信長と自分との二つの血を引く者による永久政権の樹立――。他の人間たちにはどう映ろうと、秀吉本人の中では、それはこの世で一番気高く美しく「理想」に思えたし、そのような「理想」を生きる己を誇らしくさえ思っていた。

(母者が身罷《みまか》った今、豊臣の家にとって一番の厄介は、わしとは何の関わり合いのない木下の血だ。いい、とも姉の血だ。あの血を全部絶やさなければ、後々、あの血を受けた者たちが、豊臣の家を脅かして、揺るがす。

これはどこの家でも必ず起きる騒動だ。豊臣だけはそうさせてはならぬ。秀勝は藤堂高虎に命じて始末させたが、まだ、秀次と秀保《ひでやす》が残っておる。一刻も早くあの二人を始末して、木下の血を絶やさせねば。）

秀吉は、他大名の脅威よりも木下の血を懸念した。特に、秀長の薫陶《くんとう》を受けた大名たちから支持を得ている関白秀次に一番の懸念を抱いた。

秀次は、まだ二十七歳の若さながら、政務をこなす優秀さを持っていたし、豊臣一族の人間には珍しく、残忍さとは無縁の性格の青年だったから、周囲からも好かれた。それが秀吉を一層不快にさせていた。

（お拾が成人したその時、わしが他界しておったら、男盛りの秀次がお拾に関白の座を譲るわけがないし、あやつの取り巻きたちがそれを許すわけがない。

それでもと謀《はか》った場合、お拾を支える三成や秀家が余計な苦労をするのは、今から眼に見えておる。わしの生きておる間に、この手で秀次を取り除いておかねば、豊臣百年の夢は潰《つい》える。）

彼はそう信じた。

秀吉の中には、国家の将来図などといったものはなかった。彼にあったのは、ただただ、信長と自分の血を受け継いだ者による永久政権の確立、それだけだった。

卑賤《ひせん》の出でありながら位人臣を極めた秀吉は、血というものの価値に強く囚われるようになっていた。細川藤孝や神武一族が重んじる「長き血の価値」の戦線に、尾張の貧しい水呑《みずのみ》百姓にしかすぎない自分の血の価値をも加えようとしていた。

「長き血の価値」尊重の流れは、生前の信長や光秀が見ていたこの国の未来図とは逆行し、海外から日本を見ていた者たちがかくあれかしと望んだ「退行の光景」だったが、結局、この国に産まれ落ちた人間たちには、信長や光秀のように血を超える思念を生き抜くことは不可能で、血の呪縛の中で生きるしかないのかもしれない。

そして、秀吉の「血の価値」は、わが子拾丸一人に凝縮されていた。


文禄三年八月三日。拾丸の満一歳の誕生日を祝い、朝鮮出征中の加藤主計頭《かずえのかみ》清正の大阪屋敷家老が、早朝明石の浜で獲れたばかりの大鯛《おおだい》と大海老《おおえび》と蛸《たこ》を、海水を張った大樽に入れて、荷車六台で伏見城に運んできた。

鯛も海老も蛸もまだ生きて樽の中で跳ねていて、

「まあ。なんて見事な！」

厨房の女たちが感嘆の声をあげた。

そのことを伝え聞き、加藤家の家老に目通りを許して、寿《こと》ぎの言《ほ》上《ごんじょう》を聞いた太閤秀吉は、

「そうか。そうか。虎之助は朝鮮からそんな下知《げじ》をしてきておったのか。遠い朝鮮におってもわが子拾丸のことを気遣ってくれるとは、お虎は愛《う》いやつじゃ。実に愛いやつじゃ。」

清正のことを幼名で呼び、清正の心遣いを手放しで喜んで、

「その方。屋敷に戻ったら、すぐに朝鮮の虎之助に、虎之助のはからいに予が大層喜んでおっ

たと書状をしたためよ。そして、虎之助の朝鮮での見事な働きを心待ちに待っておるともな。ふむ。そうじゃな。虎之助の主君であるお拾殿もいたく喜んでおったと書き添えることも忘れるな。」

殺すためだけに朝鮮に送ったことなど忘れたかのような浮いた声で、そう命じた。

「ははっ。」

加藤家の家老は、太閤秀吉の笑顔と言葉に主君清正への愛情と信頼を感じ取り、感激の中で平伏した。

その日はそうした祝いの品があちこちの大名から届けられていて、伏見城内は荷駄《にだ》隊の往来で一日中ごった返していた。

荷を届けての帰り道、その光景を横目に見て、

「さすがは太閤殿下。祝いの荷車の行列じゃ。豪勢な眺《なが》めじゃのう。

しかし、殿下直々のお言葉を賜ったのは、わが加藤家くらいであろうよ。」

大任を果たした上に太閤にまで目通りできた家老は、供の家来に嬉しそうに誇った。

しかし。それから、空の荷駄車を引いて従う人夫たちに眼をやった家老は、

「うん？」

立ち止まって人夫の数を勘定し、荷車を押している雇い人夫が二人欠けていることに気づいた。

「慣れぬ伏見城で道に迷ったのであろうか？

しかし、まあ、たかが雇い人夫のことだ。生真面目に報告すれば、却《かえ》ってあれこれと厄介が生じる。童子ではないし、駄賃はすでに払ってあるのだから、きっと勝手に城から下がったに違いない。」

そう呟《つぶや》いて、そのまま放置した。

――その夜。

人びとが寝静まった伏見城内の一階奥にある暗い部屋に、二つの影が息をひそめていた。

加藤屋敷から運ばれた魚介を入れた大樽は、中身を移し替えられると莚《むしろ》をかけて厨房の脇に放置されていたが、二人は、雇い人夫に化けた仲間たちの手助けを受けて大樽にもぐりこむと、夜が更けるまで身を潜めていたのだ。

伏見城の階段付近には、寝ずの見張り番がいる。通常なら、拾丸の寝所があると思われる三階まで、かれらの目を掠《かす》めて登りきることは不可能に近い。

ただ、今日の伏見城内は朝からてんてこ舞いの状態だったので、みな疲れている。それに、まさか、太閤秀吉の居住する天下の伏見城で不測の事態が起ころうなどとは、誰も思っていない。

その気の緩みにだけ望みを託し、二つの影は、加藤屋敷を通じてあらかじめ賄《まかな》い夫として伏見城に送り込んでおいた手下の情報を元に、深夜になって大樽を抜け出すと、夜は使用されない階段付近の布団部屋の暗がりに身をかがめた。

夜目に慣れたかれらにとって、闇は何の障害にもならない。もう一つの影が襖《ふすま》の細い隙間から見張り番たちの様子をうかがい続けた。

深夜になっても、見張り番の武士たちは生真面目に勤めを果たしていたが、さすがに大忙しの一日であったことから、払暁《ふつぎょう》近くなって、居眠りを始めた。

「居眠りを始めましたぞ。」

もう一つの影が告げた。

しかし、それでも主たる影は動こうとしなかった。

「まだだ。」

物問いたげに自分を見つめるもう一つの影に、唇の動きだけで答えた。

「逸《はや》るな。」

「はい。」

もう一つの影は素直にうなずいた。

「……。」

「……。」

二つの影は、息をひそめて時を待った。

これから先を思うと、時が長く感じられる。緊張の重圧に敗けまいと、もう一つの影は、自分の腿《もも》を強くつねって身を正した。

それから四半刻《とき》が経ち、見張り番の眠りが深くなった、と見て取った時、

「行くぞ。」

鞘《さや》を落とした剣を右手に握りしめて、主たる影がもう一つの影にささやいた。

「ついて来い。離れるなよ。」

「はい。」

もう一つの影は、小さな火薬球を腰にゆわえ、鋭い忍び刀を二本、主たる影同様に鞘を棄《す》て両手に握ると、立ち上がった。

二つの影は潜んでいた部屋を抜け出すと、足音を忍ばせながらも一気に階段を駆け登った。

二人の見張り番は誰も目覚めなかった。

もぐり込ませておいた手の者が伝えてきた情報通り、次の階段には見張り番はいなかった。

二つの影は難なく三階まで音もなく駆け登ると、廊下の脇の部屋に忍び込んだ。

「間違いない。秀吉親子の寝所はこの階にある。

今は夏。この暑さだ。寝苦しさを避けるため、寝所の襖も開けっ放しであろう。女たちの閨《ねや》の嬌声《きょうせい》を多くの家来たちに聴かれたくないから、警護に置く人数を減らしているのだ。間違いなくこの三階のどこかに秀吉親子の寝所はある。」

主たる影が断言した。

「しかし、拾丸の寝所はどこなのでしょう。

伏見城に入り込ませた者からの話でも、寝所が三階にあることは間違いありませんでしたが、三階のどの部屋に誰が入っておるかまでは探ることができませなんだ。」

「拾丸はまだ一歳の赤子。そんな赤子可愛さにこんな阿呆な城を造るような秀吉だ。夏の暑さをしのぐために、風通しのよい部屋をあてがっているに違いない。風が通るのは際《きわ》の部屋だ。

中の部屋では暑すぎて赤子には適さぬ。」

「なるほど。それはもっともな話。朝までにまだ時はありまするから、探しましょうぞ。」

たった二人だけでの伏見城潜入――。

いくら腕に覚えがあるからとはいっても、無謀といえば無謀すぎる行為だった。しかし、拾丸が成長して城外に出てくる日まで待つことができず、幼いうちに殺さねばならないのなら、拾丸の寝所のある三階の情報が大名にさえ明らかにされていない以上、無謀であろうとも、侵入してその部屋を探しだすしかない。

「往くか。」

そう言うと、主たる影は、口あてで眼から下を隠すと、畳に突き立てていた剣を抜きとり、潜んでいた部屋の襖を開けた。

隣の部屋の灯りは、襖の上の欄間《らんま》から洩《も》れる。二つの影は、暗闇の中を一部屋ずつ静かに通り抜けた。しかし、どの部屋も四方を襖に塞がれた部屋ばかりで、今いる場所の方角を読むための夜空を見ることはできなかった。止むを得ず、二人は先に進んだ。

やがて、前の欄間から灯りが見えた。

声はない。

二人は眼と眼を見交わすと、襖を、ほんのわずかばかり開けた。ここでも居眠りをしている見張り番がいた。見張りの数は二人だ。

「やるぞ。」

主たる影は闇の中で眼くばせすると、一気に隣室に忍び込み、見張り番が気づく間も与えず、二人に当身を食《くら》わせた。

見張り番は、声も立てずに畳に伏せた。その二人の見張りの首の骨を、もう一つの影が力いっぱいに叩いた。ボギッ、と嫌な音がした。

その隣室から、また灯りが洩れている。

二人はこれまでと同様に息を潜め、襖を細く開けた。

若い武士が一人、生真面目そうに、眠気をこらえて剣を脇に置いて正座していたが、二つの影の存在には気づきもしなかった。

「その次の間が誰ぞの寝所かな？」

「さて。

ただ、ここは際の部屋ではございませんぞ。」

もう一つの影は判断しかねる様子で答えた。

仮に、その向こうに拾丸の寝所があるならば、少々気づかれても襲えば済むが、もしも、その次の間にも見張り番だけだったとしたら、騒がれると始末に悪い。

「まあ、そのうちにわかる。

下の方もそろそろだろうから、ここで少し待とう。」

主たる影は、落ち着いた声でそう言った。

「はい。」

その時、

「変わりござりませぬか〜。」

間延びした声が遠くでした。

二階の廊下を回る見張り番だ。

「刻限だ。

合図があったら一気に走るぞ。」

主たる影がそう言った直後、

「ドッー!」

城の下の階で、大きな爆発音がした。

大樽に入れておいた火薬球に、賄い夫として城に潜んでいた手下が火をつけたのだ。火薬の扱いを得意とする山忍びがつくった火薬球だ。威力が違う。今ごろは厨房が激しく炎上して、あたり一面濃煙に包まれていることだろう。

「何ごとだっ!」

床を叩くような足音がして、二つの影が潜んでいる部屋の向こうの廊下で男の大声がした。

「下で大きな音がいたしました。」

「賊やもしれぬ。みな、急ぎ下に降りろ!」

「はっ。」

おおぜいの男たちの足音が階段に向かった。

「きゃー。」

どこからか、女の叫び声がした。

突然の爆発音に、眠っていたおなごたちがとび起きたのだ。

主たる影が言った。

「女の声はあっちからだ。あっちに拾丸の寝所があるに違いない。下に向かう警護の武士たちをやり過ごしたら、真っ直ぐ往くぞ。」

「はい。」

「ここからは、たとえお前が深手を負っても、見棄ててゆかねばならぬ。許せよ。」

「お気に召されるな。そんなことは初めから覚悟の上でございまする。」

「どちらでもよい。必ず拾丸を仕留めようぞ。」

「必ず！」

二人は力強く頷《うなず》き合うと、右手の襖を開け、闇の部屋伝いに、女の叫び声のする方角に向かって一気に走り出した。

下の爆発音に気を取られて、まだ誰も三階の部屋の危険にまで斟酌《しんしゃく》する余裕を持っていない。その隙に乗ずれば、拾丸の寝所にたどり着ける可能性は十分にある。

欄間からの灯りがないのを確認しながら、二つの影は暗い部屋を四つ走り抜けた。

「待て。」

主たる影が立ち止まって、もう一つの影を制した。

五つ目の部屋の欄間越しに灯りが洩れている。次の間にはおそらく警護の者がいるのだろう。

「突き破りますか？　それとも廊下に出ましょうか。」

もう一つの影が言った。

「うむ。秀吉か拾丸、どちらかは知らぬが、豊臣の人間の寝所に近づいているのは間違いなさそうだ。このまま往くぞ。」

「はい。」

元から命は捨てる覚悟でここまで来たが、せっかくここまで侵入できた上は、拾丸の命はどうしても奪わなければ甲斐がない。主たる影は刀を持ち直し、襖を開け、驚いて立ち上がろうとした若い警護の武士を一気に突き刺した。

「うぐっ。」

若い武士は小さな声を上げて倒れた。

同時に、もう一つの影が、次の間をつなぐ襖まで一気に走り、襖を開けた。

「あっ！」

もう一つの影が驚きの声をあげた。

次の間をつなぐ襖の向こうにはもう一枚の襖があって、二つの襖の間には鉄の格子がはめられていた。

もう一つの影は鉄格子のすき間から手を伸ばし、向こうの襖を開けようとした。

しかし、向こう側の襖は留め金が打ってあるらしく、いくら力を籠《こ》めても開かない。

「しまった。」

もう一つの影は舌打ちした。

「どうした？」

「向こうの襖が開きませぬ。留め金が打ちつけてあるみたいです。」

「何だと？」

その時、

「何ごとだ！」

隣室で大声がした。

もう一つの影が襖を揺さぶった音を聴いた警護武士たちがこちらに向かう足音が聞こえてきた。

「曲者《くせもの》やもしれぬ。用心しろ！」

他の誰かの声がした。

「おい。間違いなく、そこが寝所だ。

どこかに必ず入り口があるはずだ。こっちに来い。」

主たる影はもう一つの影にそう言うと、いま声のした隣部屋に駆け込んだ。

三人の男が抜刀して駆けてくるのとぶつかった。

「曲者だ！」

先頭の男が叫んだ。

主たる影は、その男を一刀の元に斬《き》り捨て、後に続くもう一つの影は、両手に持った忍び刀で残りの二人の首を掻《か》き切り、一目散にそのまた隣の間に駆け込んだ。

そこには八人の見張りがいた。

(この人数!

ここだ。

ここが、寝所への出入りの間だ。)

主たる影は確信した。

「おい。ここだ。間違いない。」

もう一つの影に叫ぶと、寄せてくる武士に斬りつけながら、入り口らしき襖を開けた。

寝所があった。

二十畳ほどの部屋の中央に、大きな鉄の寝台が置いてあり、絹の大布団の上に、わが身を抱きしめて身を震わしている女の隣で、白い寝間着の男が胡坐《あぐら》をかいていた。

豊臣秀吉だった。

「しまった。

ここには秀吉しかおらぬ。」

主たる影は落胆の歯ぎしりをした。

「それは…、」

追いついたもう一つの影も、口惜しさいっぱいの表情を見せた。

「仕方がない。

こうなれば、秀吉だけでも葬ろう。」

主たる影が言った。

「はい。」

二つの影は覚悟を決めて、秀吉の寝所におし入ろうとした。

しかし、

「曲者め！」

背後から警護武士が必死の形相《ぎょうそう》で斬りつけてきた。

主たる影は身をかわし、その男を振り向きざまに斬り捨てた。

畳に血が飛び散った。

「お出会いなされい。

曲者でござるぞ！」

また叫び声がした。

その声に、十人余りの武士が足音を立てて押し寄せてきた。

同時に、

「太閤殿下をお守りしろ！」

五人の警護武士が秀吉の寝所の入り口前に駈け寄り、二つの影に向かって両手を広げた。

手には太刀が握られている。生命をかけて秀吉を守る構えだ。

この五人はなかなかの遣い手だった。

隙がなく、斬り込めない。

「くそっ。」

二つの影は、秀吉の部屋に入れなくなり、立ち往生の状態となった。

背後の武士たちの数も増えてきている。

「囲め。

討ち洩らすな。」

その言葉に、じりじりと影二つを囲む輪が狭まっていく。

このままでは寄ってたかって串刺しにされてしまう。

「ここまでか…。」

主たる影が無念そうにつぶやいた時、もう一つの影が、腰に結わえていた火薬球に火をつけた。

「ここで死ぬのは無駄死にでございます。

生きてさえいれば、またの望みもあるでしょう。

あなたは我々にとっては掛け替えのないお方。無駄死にをなさってはいけませぬ。わしが闘っておる間にお逃げくだされ。

下は煙だらけ。まもなくこの部屋も煙だらけにしますので、その隙に、どうか。」

そう言うと、主たる影の返事も待たず、もう一つの影は両手の忍び刀を振り上げると、振り返り、

「ウオー！」

背後の警護武士の群れに向かって走った。

「斬り棄てろっ！」

武士たちが一斉にもう一つの影に向かって太刀を振るった。

しかし、影もただ者ではない。一つ目の太刀を避け、二つ目の刃《やいば》を撥《は》ね返し、返す刀で三つ目の太刀を持つ男の腹をえぐった。

「うっ。」

三つ目の太刀の男が床に倒れた。

しかし。

所詮は多勢に無勢だった。

「斬れ！」

十人ほどの警護武士が、死を覚悟で一斉に斬りかかり、それにはさすがのもう一つの影は避けようもなく、

「うっ。」

滅多斬りにされ、血だらけになって倒れた。

「与五！」

主たる影が悲痛な声をあげた。

その声に応ずるように、

「……。」

主たる影を見返したもう一つの影、山忍びの与五の躰《からだ》から、すさまじい爆発音がし、襖が裂けて飛び散り、天井板が落ち、部屋中に煙がたちこめた。

「ギャー。」

いくつもの断末魔の叫び声がし、あたり一面に人の肉の焦《こ》げる匂いが充満した。

「何が起きた?!」

予期せぬ出来事に、警護武士たちから驚きの声があがった。

「煙で何も見えぬ。」

うろたえた返事があった。

「もう一人おったぞ。逃がすな!」

「おそらく一緒に死んだのでしょう。」

「煙に乗じて逃げる気やもしれぬ。探せ。逃がすな」

階段の方に向かういくつかの足音がした。

(いまだ!)

与五の与えてくれた一瞬の機会を無駄にすまいと、爆発の瞬間に身をかがめていた主たる影は、煙に乗じて逃げるどころか、反対に、秀吉の寝所の入口に向かって猛烈な勢いで走った。

(秀吉――!)

影は、心の中だけでそう叫びながら、濃煙たちこめる伏見城三階を、立ちふさがる者はなんの躊躇《ちゅうちょ》もなく斬って棄て、ひたすら秀吉の寝所に向かった。

「うぐっ。」

濃煙の中からのまさかの攻撃に、斬られた警護武士が床に転げた。

(もうすぐだ。あと少しで秀吉の寝所だ。

せめて、あやつの命だけは…。)

影は自分に言い聞かせて、煙の中を駆けた。

だが、秀吉の警護武士たちもそうした事態を懸念して、

「殿下をお守りせよ！」

爆発の後、すかさず秀吉の寝所の入口に走り、十人ほどの武士がわが身を秀吉の盾にして立ちふさがっていた。

かれらは、影を認めると、刃をかざした。

「くそっ。」

影はそのうちの一人を斬って棄てた。

すると、即座に次の一人が壁になって立ちふさがった。

「邪魔だ！」

その男もたたき斬った。

死を覚悟して、立ちはだかる者を、斬って、斬って、斬り棄てて、ひたすら秀吉の寝所へと急ぐ影の姿には鬼気迫るものがあった。

後ろの武士が追いかけて来て、影に斬りかかってきた。

「退《の》け！

邪魔をするな！」

それも斬って棄てた。

しかし、斬っても斬っても、警護武士の数は増えるばかりだ。

「殿下を守れ！」

「賊を討ち止めよ！」

かれらは口ぐちに叫んだ。

部屋にたち込めていた煙が薄らいできた。

警護武士たちの眼に、返り血に染まりながらも太刀を振るっている鬼神のごとき賊の姿が見えた。

その姿に、警護武士たちは少なからずひるんだが、

「囲め。

こやつを囲んで、絶対に外に逃がすな。」

誰かの大声に、はっとしたように落ち着きを取り戻し、数の力を頼って遠巻きに囲いをつくり始めた。

「うぬ。」

輪の中の点になった影は身動きの取れぬ立場になった。

その輪がじりじりと狭まり始め、それに伴って、警護武士たちに自信が生じ、だれかの声があがったなら、その刃を一斉に影めがけて突き刺してきそうな気配になった。

それは影にも十分に伝わった。

また一回り輪が縮んだ。

(これ以上は無理か…)

影は観念し、討って出ようと決心をした。

その時、

「待てい！」

警護武士たちの背後で声がした。

人の動きが止まり、声のする方向に視線が集まった。

「？」

影もまた、その声の主を探した。

小骨と小皺《こじわ》だらけの貧相な顔のくせに、下腹だけが突き出た醜い老人が、そこにいた。

「秀吉か。」

影はつぶやいた。

せめて、と思ったが、
秀吉の前には、駆け寄ってきた十人近い武士が防御のために立っていて、とてもそれは不可能だった。

「太閤殿下。危のうございまする。ここはそれがしたちにお任せくださいませ。」

警護武士たちの長らしき男が言った。

「心配は無用じゃ。」

老いたとはいえ、秀吉も幾多の戦さ場を生き抜いてきた男だ。天下人としての他の者たちへの外聞もある。ここで臆病風に吹かれて身を隠すような真似はできなかった。

「殺すな。生け捕りにしろ。」

威厳ある声で言った。

「はっ。」

その声に警護武士たちは影に襲いかかるのをやめた。

斬りつけてくる様子もなく次第に狭まって来る包囲の輪。影は、自分が追い詰められているのを悟った。

秀吉の小柄な躰の向こうに、ほの暗い灯りの寝室があった。寝台の上では、薄い掛け布団を抱きしめた垂髪《さげがみ》の女が、驚愕《きょうがく》の表情でこちらを凝視している。

(やはり、拾丸はここにはおらぬのか…。)

影は、心の内でそう呟きながら、その寝室の内部に視線を走らせた。しかし、そんな赤子がいようはずもない。

(潰えたか…。)

影は落胆した。

白い寝間着姿の秀吉は、興味深そうに影を見つめながら警護武士に言った。

「殺すな。

生け捕りにして、誰の差し金で予を襲ったか吐《は》かせよ。」

その声に、影を囲む輪がまた少し狭まった。

しかし、

「ふん。」

その声を聞くと、影は鼻先で嗤《わら》い、右手に持っていた太刀を両手で握り直し、

「うっ。」

力いっぱい自分の腹に突き立てた。

「おっ！」

取り囲んでいた警護武士たちから驚きの声が上がった。

影は、腹に刺さった太刀に今一度力を籠めようとした。だが、急いで駆け寄った警護武士の一人が、その手を止めた。

「その太刀を抜くな。」

秀吉が大声で命じた。

「太刀を抜いて躰の中を血で汚すと、死んでしまう。そのままにして医師を呼び、どんなことをしてでも命を取り留めるように、申しつけよ。」

何人かの武士が医師の元に走り、残った者たちは、太刀の刺さったままの影の両手両足を押

さえつけた。

もはや死を覚悟した影は、抗《あらが》うことをせず、かれらのなすがままに身を任せた。

影が抵抗しないと見ると、警護武士たちは数人でその躰を抱え上げ、退出しようとした。

「待て。待て。」

秀吉が影の傍まで近づいて、

「そなた、何者だ。」

と訊《き》いた。

「殿下。近づくと危のうございます。」

頭らしい武士が言った。

「なあに、もう大丈夫だ。」

秀吉は笑った。すっかり余裕を取り戻している。

秀吉は影の口あてを剝《は》ぎ取ると、顔を覗き込んだ。

三十半ばの、鋭い目と浅黒い肌をした男の顔があらわれた。

「天下の太閤秀吉の命を狙うとは、見上げた男だ。名前ぐらいは聞いておこうか。

名は何という？」

秀吉は豪胆を装った口調で訊いた。

「ふん。」

影は答えずに秀吉を睨《にら》んだ。

「乱破《らっぱ》（忍び）か？

誰に頼まれたか正直に申せば、命だけは助けてやってもよいぞ。」

秀吉がもう一度言った、「そなたの名前はなんと申すのか。冥土への置き土産と思って、申すがよい。」

影はにたりと笑い、

「ぬしは本物の秀吉か？」

と訊いた。

腹に剣を突き刺した上に両手両足を押さえつけられて、自由のまったくきかない身であるのに、臆《おく》した様子は微塵《みじん》もない。

「そうだ。

予が紛れもない太閤秀吉だ。予は薄汚い影武者など用いぬ。」

秀吉は少し胸を張って答えた。

今夜のことは、見張り番たちの口を通じて必ず天下の噂《うわさ》となる。秀吉は、自分が威厳を持って振舞ったことを、かれらに記憶させておきたかった。

「そうか。ぬしは本物の秀吉か。

なら教えてやろう。

知りたいのは、俺の名か？」

影が秀吉に訊き返した。

秀吉は無言でうなずいた。

「俺の名は五右衛門。ぬしの子の命が無理なら、せめて、信長から天下を騙《だま》し盗《と》った羽柴藤吉郎の命を盗むつもりだったが、盗み損なってしまった。いかにも残念でたまらぬわ。ハハハ。」

影はそう言うと、高笑いした。

「それにしても、これほどまでに臆病な警護をさせているとは思わなかったの。これは武士の城ではないな。まるで、小銭持ちの百姓屋の守りじゃ。天下を取っても、身に染まった卑しさは消せぬものらしい。猿はいくつになっても猿、ということか。」

侮蔑をこめた口調だった。

「何だと?!」

卑しさという言葉に、秀吉は敏感に反応した。

「こやつ!」

怒りで顔が引きつった。

しかし、そんな秀吉の怒りなどまったく聴こえぬ風情で、五右衛門と名乗った男はさらに言葉を続けた。

「親に似た子瓢《こひょう》箪《たん》と言うから、ぬしの子も、ぬし同様に、さぞかし卑しい顔をして産まれて来たのであろうな。

秀吉。俺たちが欲しいのは、老いぼれたぬしの命などではない。ぬしの子の命よ。拾丸の命よ。今度はしくじったが、何度でも何十度でも命を狙い、必ず拾丸に三途の川を渡らせてみせる。よく覚えておくがいい。」

「なに？

お拾の命を？

お前たちの狙いは、予ではなく、お拾なのかっ?!」

秀吉は五右衛門の言葉に驚愕の表情を浮かべた。

「そうだ。

よく覚えておけ。お前の子の命は、わが仲間が必ず奪ってみせる。お前が生きている間が無理なら、お前が死んだ後にでもな。」

五右衛門はそう豪語した。

「何だと?!」

この世のどこかに自分の愛し子の命を狙う者たちが存在するという事実は、お拾誕生以来ただの一度も考えたこともなかっただけに、秀吉は無意識の身震いをした。

そして、

「お前は何者だ。

言え！

何のためにお拾の命を狙う。」

鋭い口調で問い質《ただ》した。

しかし、

「フッ。」

五右衛門は鼻先で嗤うばかりで答えようとしない。

「言わぬか！」

秀吉は再び問い質した。

そんな秀吉の対応を楽しむかのように、太刀を腹に突き刺したままの五右衛門は小さく笑って、それから、言った。

「ぬしも存外頭の働かぬ男よなあ。

いま、この天下で、ぬしの子の命を狙う者の数など限られていようが。」

「何？」

「ぬしが、こいつは邪魔だと思うと、相手もまたぬしを邪魔に思うものよ。

わかりきった話ではないか。心当たりがあろうが。」

「では、お前は、秀次に頼まれて…、」

秀吉は思わず、秘めていた本心を唇からこぼした。

「ハハハ。」

五右衛門と名乗った男が哄笑《こうしょう》した。

「ほう。そうだったのか。お前は関白秀次を邪魔に思っておったのか。

これは面白いことを聞かせてもらったな。わが子可愛さに甥《おい》を邪魔者扱いする親馬鹿の太閤か。冥途の土産になる話だ。ハハハ。」

「うっ。」

秀吉は言葉に詰まって黙った。

「……、」

周囲をチラリと見た。

おおぜいの警護武士たちが聴いている。かれらは、無言ではあるが、二人の問答に強い関心を見せているのがわかる。

これ以上五右衛門という賊と問答を続けることは危険だ。

秀吉は、

「連れて行け！

三成に引き渡して、処刑せよ。

ただの殺し方では許せぬ。三成に申して、この気違いの盗人が震え上がるような殺し方を考えさせろ。」

そう叫んだ。

男は、そんな脅しなど歯牙にもかけぬような涼しげな顔で、

「秀吉。気をつけろよ。

五右衛門は、俺一人だけではないぞ。ぬしの子が生きてこの世にある限り、何人、何十人もの五右衛門が、ぬしの子の命を狙い続けるぞ。

「覚えておくがいい。」

そう嘯《うそぶ》いた。

「うるさい！　早う連れてゆけ！」

秀吉は怒鳴《どな》った。

二

五右衛門という名の命知らずの盗賊が、不敵にも、太閤殿下の命を狙って伏見城に忍び込んで捕まった、という噂は、翌日のうちには京大阪の町に広まった。

細川家の伏見屋敷もその話で持ちきりだった。

「その五右衛門という盗賊も、馬鹿でございまする。天下の伏見城に忍び込んだら、捕まるに決まっておりますのに。」

噂を教えに来た侍女《じじょ》は、細川忠興《ただおき》夫人のお玉の方にそう言って笑った。

「……、?!」

いい加減に話を聞いていたお玉の肩が、ぴくりと弾けた。

「……、五右衛門？　太閤殿下のお命を狙って伏見城に忍び込んだ盗賊は、五右衛門という名なのかえ？」

抑えた声でその侍女に訊いた。

「はい。

たしかに五右衛門という名の盗賊だそうでございますよ。」

侍女は無邪気に答えた。

「そう…。」

お玉の方は驚愕の表情を浮かべ、それから、蒼《あお》ざめていく顔色を隠すかのように、急いでうつむいた。

(五右衛門さまが捕らえられた…。)

心が激しく揺れた。

「いかがなさいました？」

黙りこくったお玉の方に、侍女が不思議そうに訊いた。

「今日は躰の調子がすぐれぬのです。」

お玉の方は、面《おも》を伏せたままか細い声で、

「それで、その盗賊はどうなったのですか？

その場で斬り殺されたのかえ？」

恐る恐る訊いた。

「いいえ。

盗賊は二人組で、一人は太閤殿下のご家来衆に斬り殺され、五右衛門と申す者だけが生け捕りにされたそうでございます。

でも、太閤殿下のお命を狙うという極悪人。いずれ処刑されるでございましょう。」

侍女は冷淡に答えた。

「そうですか…。」

放心したようにお玉は小さく呟いた。

お玉の脳裏に、十二年前、人も通わぬ奥山のふきっさらしの丘の上に建てられた味土野《みどの》の幽閉屋敷を訪れた時の、五右衛門の少し照れたような優しい笑顔が浮かんだ。

谷から吹き上げてきて屋敷の雨戸を音立てて揺るがす烈風。屋根も庭も覆いつくして数十日も降りやまない豪雪。藤孝の命を受けた警護の足軽や見張りの侍女たちの冷ややかな眼――。

味土野の二年間は、お玉にとって、牢獄に投げ込まれたに等しい屈辱の二年間だった。

人里から十里以上も離れた奥山の幽閉屋敷に行くことを承諾したのは、

「そなたの父明智光秀は、信長公からあれほどの寵愛《ちょうあい》を受けながら、公《きみ》を謀殺した許しがたい謀反人《むほんにん》である。本来ならば、忠興と離縁させ追放に処すべきところであるが…、」

そうなじって幽閉をうながした舅《しゅうと》細川藤孝の舌鋒の故であった。

お玉は、父の盟友と言われてきた舅の言葉を信じた。父光秀が、どのような心境の変化からかは知らないが、主君織田信長を本能寺に襲って焼き殺したという話を、まったく疑わなかった。父の為《な》したことは、武士として、人として、恥ずべきことだと思った。父の行為で迷惑をかけた細川の家に対して、申し訳ないと思った。

だから、味土野がどんな煉獄《れんごく》の地であろうとも、父親の大罪はわが身をもって償《つぐな》おう。お玉はそう決心して、細川藤孝からの味土野幽閉の下知に従った。

そういう悲愴《ひそう》な決心をして赴《おもむ》いた場所に五右衛門が忍んで来てくれた時の驚きと喜びは、筆舌に尽くしがたいものがあった。

嬉しかった。

ただ嬉しかった。

この世にただ一人の身寄りも存在しなくなったと思っていたが、そうではなかったことを知って、だからこそ、五右衛門の胸に泣きじゃくることができた。

たしかに、五右衛門とのあの一夜は、通常の男女の情交とは質を異にしたものではあったかもしれない。しかし、あの夜、五右衛門の口から事の顚末《てんまつ》を知らされた時の、悲嘆と憤怒と憎悪。五右衛門がいなかったら、おそらく自分は、幾種類もの感情の奔流を制御できず、錯乱か自刃《じじん》を選んだにちがいない。

（五右衛門さまがいる。）

五右衛門の存在を意識する思いだけが、それから二年間のお玉を支えた。

五右衛門は、あの味土野の一夜以来、その姿を自分の前に現すことはしなかったが、ずっと自分を見つめ続けてくれていた。興秋《おきあき》襲撃事件の際に、お玉はそれを知った。

興秋出生の秘密について、お玉は誰にも洩らさなかったが、猜疑心《さいぎしん》の強い夫忠興が、夫婦しか知らぬ閨の日数から疑いを抱いたことは、夫の表情で気づいた。

しかし、苛烈《かれつ》な味土野の幽閉屋敷から戻って来てから、お玉は忠興を拒み、それは舅細川藤孝が嫡男《ちゃくなん》忠興に命じたことでもあったので、夫婦の会話はなくなり、忠興の猜疑の言葉をお玉が直接耳にすることはなかった。

興秋が行方不明になったとの知らせを受けた時は、間違いなく忠興の命によって殺されたと思った。まさか、五右衛門の手の者たちが自分の周辺を探っていたとは、思いもしなかった。

興秋無事の知らせが届き、自分をいつでも蔭から見守っている五右衛門の存在を確信した時、細川家の家中にあっては寄《よ》る辺《べ》を持たぬ孤独な身でありながら、お玉は、湧き上がる幸福感の中で一層強靭な心の持ち主になった。五右衛門がこの世にある限り、自分はどんな境遇にも耐えることができる。そう思った。五右衛門さまさえいれば。と。

しかし、いま、

(――――!)

突然、躰が強張《こわば》り、その後に激しい震えが起きた。

(こ、これは…、!)

身震いが止まらない。

そして、

(痛いっ!)

躰の芯《しん》まで刺し貫くような、か細い肉体を締めつけるような、押しつぶすような、そんな激しい痛みが、お玉を襲った。

それは、かけがえのないものを永久に失った絶望がもたらした痛みなのだが、お玉にしてみれば、そんな激しい痛みは生まれて初めての経験だったから、その痛みにどう処すればよいのか、何一つ思い浮かばなかった。

（苦しい。苦しくてたまらない…）

あまりの心の痛みに、思わず、両手でわが身を無言で抱きしめながら、

（五右衛門さま！）

この時はじめて、五右衛門のことを激しく愛している自分の心に、お玉は気がついた。


江戸に戻っていた徳川家康の元にも、秀吉襲わるの急使が着いた。

「五右衛門と名乗る盗賊が、伏見城に忍び込んで、太閤殿下を襲っただと？」

家康は驚きの表情を見せた。

「それは、なんと。」

同座していた大久保忠隣《ただちか》も本多正信も、思わず身を乗り出した。

「して、太閤殿下は？」

家康は次の言葉を促した。

「はい。二人の賊のうち、一人は警護の者たちに斬り殺され、五右衛門と名乗る賊はとり押さえられ、太閤殿下はご無事であったとのことで。」

「そうか…。

太閤殿下はご無事だったか。」

家康は無感動にそうつぶやいた。

「はい。傷一つ負わなかったとのことでござります。」

急使は嬉しそうにそう答えた。

「それは何よりじゃ。下がって休むがよい。」

家康は急使を下がらせた。

「殿下。内々のお話が。」

石田三成がやってきて、困惑顔で秀吉の耳に囁《ささや》いた。

「先夜太閤殿下を襲った賊のことでございますが…。」

「あの五右衛門か。」

秀吉はすぐに思い出した。小憎ったらしい言い方が甦《よみがえ》って、顔が歪んだ。

「あの男がどうかしたのか？」

「たったいま牢役人から知らせがあって、あの男が牢の中で舌を嚙《か》み切って死んだと。」

「何？」

捕らえた罪人にみすみす舌を嚙み切られるなど、明らかな失態だ。秀吉は不快そうに三成を睨んだ。

「申し訳ございませぬ。」

三成は頭を下げると、どんな叱責《しっせき》でも甘んじて受ける、というようにうな垂《だ》れて、秀吉の次の言葉を待った。

そんな三成の殊勝《しゅしょう》な態度を見て、「ふむ。牢で舌を噛み切ってな…」、秀吉は顎《あご》を撫でた、「なかなか腹の据わった男だのう。元は武士ででもあったのかな。」

「おそらく。」

三成は言葉少なに答えた。

「背後に誰がおったかはわからず仕舞いか。」

「はい。」

「死んでしまっては仕方あるまい。」

秀吉はつぶやいた後、小首をひねり、それから唇を舐《な》め、

「しかし、三成よ。釜揚げなどという珍しい刑の日取りまで公けにしたものを、今さら、当の五右衛門が牢で自害したでは、心待ちにしておった京や大阪の民どもが、さぞかし残念がろう。どこぞの牢から、悪そうな面をした盗っ人をみつくろって来い。そやつを五右衛門の身代わりに釜揚げの刑に処せ。」

そう命じた。

「ただし、あやつが、予ではなくお拾を殺しに来たことは洩らしてはならぬぞ。あくまでも予を殺しに来た賊で通せ。わかっておるな。」

秀吉は、子飼いの三成が可愛い。たかが賊一人のことで三成を責める気など、毛頭ない。救

いの手を伸ばした。

「はっ。それでは早速。」

三成は、安堵《あんど》の表情を浮かべると足早に去った。


盆地特有の、汗を誘うねっとりとした夏の陽が、京の町を包んでいる。

それにもかかわらず、伏見城に忍び込んで太閤秀吉の生命を狙った、五右衛門という稀代《きたい》の盗賊の処刑場である三条河原は、大勢の見物人でごった返していた。

釜揚げの刑とは、大釜の中に油を満たし、その中に罪人を投げ込み、沸騰するまで下から火を燃やし続ける、というものだ。言ってみれば、人間の油揚げだ。

この十数年間、京界隈で釜揚げの刑が行われたことはないから、見物人たちは、興味津々で五右衛門とかいう盗賊の入場を待っていた。

「……。」

刑場を囲う竹格子の前に、苦虫を噛み潰《つぶ》した表情の町人の姿があった。

彼は、自分の身代わりになった男の最後を看取りに来たのだ。

(俺が往けばよかった…。)

そう悔やみながら、彼は、十数日前の夜を思い出していた。

——大阪東横堀川の一室だった。

「今度の仕事は、是非それがしにやらせてくれ。」

妻木《つまき》正之は、五右衛門に向かってそう切り出した。

「しかし正之殿。

侵入先は天下の伏見城だ。成功しても失敗《しく》じっても命はないと思わねばならない。今度は、与五と竹蔵の二人がやることに決まっておる。」

五右衛門は難渋の表情で断った。

「舞台は伏見城内だ。与五も竹蔵も、武家の城などに知識があるまい。こんな時は、武家の世界に慣れた者がいた方がよい。」

正之が反論した。

「それはそうですが、往けば命はないのですよ。正之殿は、今の俺たちにとって掛け替えのないお方。いまお命を捨てていただいては、俺たちが困る。」

五右衛門は難色を示した。

正之が五右衛門を睨んだ。

「五右衛門殿。何をおぬしらしくもないたわ言を申しておるのだ。

おぬし。あの怨みを、もう忘れたのか？

羽柴一族の血を絶やすことこそが、われらの一番の目的であったはずじゃ。

羽柴は、かつてわれらの祖を裏切った大伴、物部《もののべ》同様、許しがたい存在、必ず抹殺せよ、そう言い残した直道さまのご遺言があったがゆえに、秀満殿と一緒に済州島《さいしゅうとう》に渡ることもせず、今日まで、この国で身を潜めてきたのではないか。

仮に、この命を失っても、あの憎い秀吉の子の命を取って、豊臣の血を絶やせるなら、倭《わ》の裔《すえ》としては、それこそ果報というものよ。」

「しかし…。」

「いや。それがしに往かせてくれ。」

その夜の正之は強硬だった。

「のう、五右衛門殿。おぬしもそうだが、わしも若い時分から、父上や光秀の殿の夢の成就のために、血をたぎらせて生きてきた。いま、秀吉が醜く歪めていく世で、手をこまねいて生き永らえておることは、わしには耐え難い。頼むから、わしに秀吉に一矢《いっし》報いる機会を与えてくれ。」

そう言って五右衛門を見つめた。

「それに、竹蔵には、おぬしとお玉の血を引いた子を育てる務めが残っておる。あの子は、それがしの血を引く子でもある。竹蔵をここで死なせてはならぬ。」

「本当にそれでよろしいのか？」

「頼む。そうさせてくれ。」

正之は言い張った。

——もうすぐ、その妻木正之が刑場に姿を現すはずだ。

五右衛門は竹格子の向こうを見つめた。刑場の真ん中に置かれた半径一尺ほどの大釜の下には、薪《たきぎ》が積まれているが、まだ火はついてない。

（それにしても、釜揚げの刑とは…。）

そんな酷《ひど》い処刑を思いついた秀吉の冷酷さに、五右衛門は心の中で嘆息《たんそく》した。

この十年ほど行動を共にしてきた正之を、そんな無残な目に合わせることは、五右衛門には忍び難いものだった。たった四〜五十人でどれほどのことができるか自信はないが、万に一つでも方途があるなら正之を刑場から救い出したい。そんな一縷《いちる》の望みに縋《すが》って、配下の山忍びを引き連れてこの刑場に来ている。

「来たぞ。」

見物人の声がした。

五右衛門という盗賊が、刑吏三人に連れられて、刑場に姿を現した。

三条河原に見物人たちのどよめきが響いた。

（はて？）

五右衛門は首をひねった。

遠目から見ても、よろけるようにして現れた五右衛門は、妻木正之とは似ても似つかぬ、無精ひげのむさ苦しい顔の中年男だった。

（正之殿はどうしたのだ？）

五右衛門は役人たちの背後に視線を向けたが、その中年男以外に、刑場に連れられてきた者はいない様子だ。

その中年男は、背中を小突かれ、刑吏に両腕をとられて、引きずられるように釜の上にある板場までの階段を登った。

「これが太閤殿下のご寝所を襲った盗賊、五右衛門だ。太閤殿下のお命を狙うなどという不届き至極《しごく》な者が、どのような最後を迎えるか、よく見ておくがよい。」

執行担当の奉行である前田玄以《げんい》が、見物人に向かって大声で告げた。

板場の上の男は恐怖に身を震わせている。

（やつを五右衛門と？）

五右衛門はもう一度首をひねった。

「投げ込め！」

玄以の言葉に、二人の刑吏が偽五右衛門の背中をついた。

偽五右衛門は大釜の中に落ちた。大釜の中にあるのは、水ではなく、油だ。

「火を点《つ》けろ。」

再び前田玄以の声がした。

刑吏が油を存分に染みこませた薪に松明《たいまつ》で火を点けた。

釜の下が、一斉に、赫《あか》く燃え上がった。

「助けてくれ！

俺は何にもしちゃいねえ。俺はただの盗っ人だあ！」

釜の中の偽五右衛門は必死の声で叫んだ。

赫い火が大釜を包み始めた。

「助けてくれー！

頼むから助けてくれー！」

釜の中から再び偽五右衛門の叫び声がし、その情けない悲鳴に、見物人があちこちで失笑した。

「……。」

その光景を、五右衛門は黙って見つめていた。

（そうか。正之殿。そなたは、立派に自分の始末をつけたのだな。）

五右衛門は了解した。

どのような方法かは知らぬが、生け捕りにされた妻木正之は、自ら命を絶ったに違いない。

「……。」

武士らしい死に場所どころか、盗賊として、しかも、自分の名ではなく、五右衛門の名を背負って死んでいった正之を想う五右衛門の胸に、湿気が流れた。

しかし、その湿気はすぐに、秀吉に対する激しい憎悪に変わった。

（待っていろよ。正之殿。俺が、必ず、羽柴一族の血を絶やしてみせる。）

倭《わの》五右衛門は、心の中で盟友妻木正之に語りかけた。

刑場では偽五右衛門の悲鳴が続いている。五右衛門の後ろで、見物人同士の話し声がした。

「なあ。本当に、あないな男が、伏見城に忍びこんで太閤さんの命を狙ったんか？

あんな情けない悲鳴を上げる男に、そんな大それたことができんのかいな。なんや、わしには、信じられへんな。」

配下の山忍びたちに退散の合図を送り、刑場を去ろうとしていた五右衛門は、その見物人たちに微笑み、

「なあに、盗っ人なんてあんなものですよ。

あんな臆病なやつが、たまにとんでもない悪事を働くから、この世の中は面白い。」

そう言うと、五右衛門は、二度とふたたび後ろを振り向かず、刑場を後にした。


五右衛門の安否を気遣う思いが心に溢れ、独りきりで部屋にいる苦しさに耐えかねて、お玉は礼拝所に出かけようとした。

「お玉。」

背後で声がした。

「またゼウスか。」

夫の忠興だった。

忠興は、秀吉の禁教令が出てからも、お玉が隠れて礼拝所に通うのを黙認しているが、父藤孝から真実を教えられていない忠興には、味土野から帰って来てからのお玉の変貌《へんぼう》の理由が、どう考えてもわからない。興秋の出生を疑い、稲富祐直《いなどのすけなお》を使って男の影や礼拝所を探らせたが、それらしきものは見当たらず、それがために一層苛立《いらだ》ちをつのらせていた。

「いけませぬか？」

自分に対する忠興のゆがんだ愛情を知悉《ちしつ》しているお玉は、甘えるような妖《あや》しい笑みを浮かべ、忠興に問い返した。

「いや、そうとは申しておらぬが…、」

お玉の口から先だってのような離縁話が出て来るのを恐れる忠興は、口ごもった。

「では。」

お玉は夫の前を通り過ぎた。

背中で忠興の舌打ちが聞こえたが、その舌打ちは、お玉の心に湿気の一つも与えなかった。

もし、本能寺の異変がなかったら、お玉は、夫忠興との夫婦生活に何の不足も感じることなく、人生をまっとうさせたにちがいない。

しかし、本能寺の異変はお玉を一変させた。彼女は覚醒し、忠興や藤孝に対する親愛の情は、憎悪に変わった。

「羽柴の血を根絶やしにして、おじじや光秀の殿の無念を晴らしたら、必ず迎えにくる。」

西の山脈《やまなみ》を伝って味土野まで出向いてくれた五右衛門のその一言だけを信じた。五右衛門の一言だけを、自分がこの世を生きる心のよすがとした。

本心を言えば、彼女は、その一言を聞いてからの十二年間、細川の家から、すぐにでも逃れたかった。しかし、父光秀に信長弑逆《しぎゃく》という汚名を着せられ、一族を根絶やしにされたお玉には、細川屋敷以外、この世のどこにも行く場所がなく、それはならなかった。

そんな彼女の逃避場所が、礼拝所だった。忠興は、本能寺の異変でお玉が父光秀や家族を一度に失った悲嘆から入信した、と思い込んでいるし、周りの人々も同様に受け止めていた。しかし、お玉が吉利支丹《キリシタン》になった真の理由は、そんなところにはなかった。憎悪を生きようと決意した人間が、宗教に身を委ねるわけがない。

お玉の心は五右衛門だけに向いていた。憎悪を共有した五右衛門だけを意識して生きてきた。自分の係累を一人残らず殺《あや》めた細川の家で、何も気づかぬ顔で生きていくことができたのも、五右衛門という心の支えがあったからだ。

たとえ、基盤が憎悪の共有だったとしても、心の支えがあれば、人は、どんな過酷にでも耐えていける。その五右衛門と火急の連絡が取れる場所だけは、残しておかねばならない。大名の奥方と町人がすれ違って挨拶を交わしても、誰も奇異に思わない場所、それが礼拝所だった。お玉の頭の中では、そこだけが、万一のときに五右衛門とのつなぎの場になる、と思えたし、事実、興秋襲撃事件の時は、礼拝所を利用しての知らせを受けた。

十二年間、五右衛門本人からの連絡は何一つなかったが、それだからこそ、お玉は五右衛門の健在を信じてきた。お玉にとって、倭の裔の長である五右衛門は、不死身の象徴だった。五右衛門が復讐《ふくしゅう》の志半ばで死んだりするはずがないと、固く信じてきた。

しかし、今。

自分たちの憎悪の標的である秀吉殺害に失敗して、五右衛門は捕縛《ほばく》され、今日がその処刑の日だ。自分は、五右衛門捕縛の報を聞いて初めて、彼への激しい恋情に気づき、喪失の哀しみを癒すために礼拝所に向かっている。

（五右衛門さま…。）

輿《こし》の中で、お玉は、心細さに耐え続けた。

礼拝所では、すでに、数人の町人が椅子《いす》に腰をおろしていた。お玉と侍女が椅子に腰を下ろすのと時を同じくして、後ろにいた町人の一人が、隣の男に大声で話しかけた。

「わしの生まれた在所では、五の字のつく日に生まれた男の子は長生きする、という言いならわしがござりましてな。」

「ほう。それは面白い言い習わしじゃのう。」

二人とも間延びした口調だったが、声が大きいので、自然にお玉の耳にも入ってくる。くだらない話だ。自分が知りたいのは五右衛門処刑に関する噂だ。お玉は、否応なく耳に入ってくる男の声に、少なからず苛立った。

「いやいや。それが満更《まんざら》馬鹿にしたものではござりませぬ。」

「と言わっしゃると？」

「わしのまわりで、五の字の日に生まれた男で、早死にした者は一人もおりませぬ。五の日の生まれなのに早死にをしたという男は、あれは、それ、きっと生まれた日を間違えておるのです。言ってみれば、五の日生まれの偽者……、そう、偽者でございまする。」

「――！」

それまで、男たちの話を、仕方なしに聞いていたお玉が、「偽者」という言葉に、ぴくりと反応した。

（五の日。

　偽者…、）

　心が、クルクルと回った。

（そうであったのか。）

　後ろでしゃべっている男が、五右衛門の手の者だということを、お玉は直感した。自分の心配を払拭《ふっしょく》するために、五右衛門がこの男を差し向けてくれたに違いない。

（五右衛門さまは無事でいらっしゃる。）

　お玉の顔に、喜色が浮かんだ。

　さっきまで胸の奥でうずいていた痛みが、一瞬にして霧散して、お玉は、安堵の深いため息をついた。

　五右衛門が、十二年間も離れていながら、だけど、いつでも、自分を見つめてくれていることを、お玉は確信した。それが五右衛門なりの愛情であることを、はっきりと知った。

　今どこにいるのかわからないが、自分に対してこのように細やかな配慮をしてくれる五右衛門の優しさを、嬉しい、と思った。

（五右衛門さまに一言でも言伝を…、）

　たまらずお玉が後ろを振り向こうとしたその瞬間、

「ああ、わしとしたことが、大切な用を忘れたままここに来てしまった。出がけにあれほど言われておったのに。いやいや、これは大失敗《しくじ》りだ。急いで帰らねば。」

後ろの男は突然椅子から立ち上がると、「これは失敗じった、大失敗じりだ」、と繰り返し呟きながら出口に向かった。

「……。」

お玉は、とうとう、その男の顔すら見ることができなかった。

七の章　# 豊臣自壊

一

一つの家が、民まで巻き添えにして破滅への坂を転げていく。

文禄《ぶんろく》四（一五九五）年。秀吉は五十九歳。孫ほどに年の離れた息子拾丸《ひろいまる》は、三歳になった。

今日も、小づくりの顔に醜いしわの増えた秀吉が、幼い拾丸を膝《ひざ》の上であやしている。

その眼、その頰、その唇……、すべてが愛くるしい。

（なぜ、この児は、こんなにも愛くるしいのか…。）

そう思うと、泣きたいような気分になり、秀吉は、思わず拾丸に頰ずりした。

拾丸はむずがって顔をそむけ、

「まあ、殿下ったら。」

そんな二人を見て、淀《よど》の方《かた》が笑った。

それは、傍目《はため》には、この上なく幸福な団欒《だんらん》の光景だった。

だが、秀吉の心の視線は、別の方向を見つめていた。

「誰がなんと言おうと、このお拾に天下を継がせる。ほかの誰にも渡さぬ。」

愛児拾丸をあやしながら、秀吉はそう呟《つぶや》かずにはおれない。

わずか三歳の子供に天下を譲るなどという発想は、通常の為政者には考えられないものだったが、眼の上の瘤《こぶ》であった兄秀長の死後、秀吉を襲った暗く破滅的な狂気は、秀吉を支配し続け、いまも際限なく増殖している。

いや、破滅的な狂気という言い方は間違っているだろう。破滅へと向かう異常な精神を指して、人は狂気と呼ぶのだから。

（豊臣の姓は朝廷がこの秀吉に授けた姓だ。わしの死後豊臣の姓を名乗るのは、信長公の血をも引き継いだお拾ただ一人でよい。あとの者は地獄へでもどこへでも往くがいい。）

むずがるお拾に頰ずりを繰り返しながら、秀吉はその考えにのめりこんでいた。

客観的に見るならば、甥《おい》の秀次と拾丸は二十五歳も歳が離れている。成人を待って拾丸が豊臣の一族の統領になるには、秀次の存在は邪魔にならないはずである。

しかし、子に狂った秀吉は、そう思わなかった。

（先夜の五右衛門とか申す賊もうそぶいておった。秀次に頼まれてお拾を殺しにきたと。あれはきっと本当の話じゃ。秀次や秀次の取り巻きたちは、お拾の命を狙っておる。秀次を殺さねばならぬ。あの秀次を殺してしまわねば、幼いお拾が先に殺されてしまう。わしがいなくなったら、秀次は、必ず、お拾を殺す。

三成よ。秀次を殺せ。兄者の息のかかった者たちは、皆殺しにするのだ。）

秀吉の強い想念は、彼の心の中だけで留まっていることができず、言葉になって口から出た。

「三成はおらぬか！」

城内に秀吉の声が響き渡った。

「三成はどこじゃ。」


数十日して、太閤秀吉の甥であり現職の関白である豊臣秀次に関して、自分の意に従わぬ家来を手当たり次第に斬《き》り殺したり、城下の妊婦の腹を引き裂いたりする「殺生関白」であるとの噂《うわさ》が、突如として、世間に流れ始めた。

心ない者たちによって流される噂を耳にした時、秀次の人となりを知る人々は、

（いかにも奇怪な噂……。

これは一体？）

一様に首をかしげた。

関白秀次が無意味な殺生などするはずがないのは、かれらが一番知っていた。秀次はそんな愚かな男ではなかった。叔父の太閤秀吉とは不似合いなくらい、慈悲の心のある好青年だった。

しかし、それからしばらくしたある日、

「殿下。由々しき噂が巷《ちまた》に流れておりまする。」

大勢の家来や女たちが侍《はべ》っている夕餉《ゆうげ》の席で、いつもは自信にあふれた表情しか見せない石田三成が、いかにも思いあぐねたような表情で告げた。

「何じゃ？」

秀吉が訊《き》き返した。

「それが…。」

三成は、自分が言い出したにもかかわらず、言葉を濁《にご》した。

「何じゃ。申してみよ。」

秀吉が不愉快そうに促した。

「されば。」

と、三成は膝をこころもち進め、

「実は、関白殿下についてでございまするが、」

そう前置きして、最近世間に流れている関白秀次の乱行の噂をいくつか披露《ひろう》した。

「何っ？

妊《はら》み婦《おんな》の腹を断り裂いた？

あの関白がか？」

「はい。そのような噂が。」

三成は、断定的な言い方を避けて、噂であると何度も断りをした。

「ふーむ。

妊み婦の腹をなあ…。」

秀吉は身を乗り出し、初めて聞く噂に大仰に眉《まゆ》を寄せた。

「関白にそのような噂が流れておるのか。」

座に侍っていた家来たちを見渡し、それから、両腕を組み、首をかしげ、眼を瞑《つむ》り、実に悩ましげな動作を続けた。

「――――!」

座が静寂に凍った。

「ふうむ。関白殿がのう。」

そう呟きながらしばらく思考の動作を見せた後、秀吉は眼を開き、

「三成よ。あの心根の優しい関白殿に限って、そのようなことは絶対にありえぬ、とは思うが、もしも、万が一、それが真実であるならば、それは由々しきことだ。民たちの豊臣に対する信頼が失墜する。

そなた。だれにも気づかれぬよう、内々に事の真偽を確かめよ。」

憂い混じりの声でそう命じた。

「はっ。」

今度は三成が大仰に低頭した。

(……。)

同席している家臣たちの表情が、一斉に曇った。

が、誰も秀次弁護の声を挙げようとはしない。

なぜなら、この問答が秀次を排斥するための三成と秀吉の出来芝居であることは、簡単に理

解できたからだ。

（豊臣家に不吉な風が吹き始めている。）

誰もがそう感じた。


秀吉の妄執《もうしゅう》の矛先《ほこさき》は、関白秀次だけで留まることができなかった。

伏見の地に春の風が満ち始めたある日、

「三成よ。高虎を呼べ。」

石田三成に命じて、大和郡山の家老藤堂高虎を伏見城に呼びつけた。

大和郡山は、故秀長の養子である関白秀次の弟秀保が跡を継いで治めていて、家老の高虎は、主君秀長の死後は秀吉に目をかけられ、いまは豊臣忍びの束ねも兼ね、秀吉の密命を受けて忍びを動かしている。

その夜、人を遠ざけた茶室に入ってきた藤堂高虎に、

「高虎か。遠慮はいらぬ。もそっと近う寄れ。」

秀吉は、笑顔で手招きした。

「はっ。」

膝を進めてきた高虎に、

「実はな、高虎。またそなたにやってもらいたいことがあるのだ。もそっと。もそっと近うに。」

遠慮がちに膝元まで進み出て来た高虎の耳に、

「実はな。」

押し殺した小声で何やらを命じた。

「……。」

秀吉の命《めい》を聴きながら、高虎の表情は硬くなっていった。

「今度も、誰にも気取《けど》られぬよう、首尾ようやってくれるな。」

秀吉は、眼を細めて高虎に問うた。

「承知つかまつりました。必ずや。」

高虎は神妙に平伏して部屋を出た。

薄暗い廊下を歩きながら、

「わが甥を次から次へと暗殺するなど、太閤殿下は狂うたとしか思えぬ。」

つい数年前、秀吉の命を受け、巨済島の陣にいた岐阜中納言秀勝を毒殺した過去を持つ高虎は、暗い表情でそうつぶやいた。

それから幾日か後、関白秀次の弟である大和中納言秀保が、大和郡山城中で、わずか十七歳で急死した。死因は公表されなかった。

——石田三成による関白秀次追放劇は、秀次一派に身構える余裕も与えぬほどの速さでおこなわれた。

「殺生関白秀次」の噂は、尾ひれがついてあっという間に大阪・京に広まり、何も知らぬ町人たちはその噂を真実として受け止めた。豊臣家の若き後継者として期待の視線を浴びていた秀次の評判は、地に堕《お》ちた。

そのあまりの速さに怖気《おじけ》づいて、続いて秀次謀反《むほん》の噂がおおやけに問題視された時には、秀吉の怒りを受ける秀次を庇《かば》おうとする人間は、もう、この世に誰もいなかった。

単なる噂にすぎないものが一大事として取り上げられる。それは、でっち上げ以外のなにものでもなかったが、秀吉は噂では済ませなかった。秀次に伏見城への出頭を命じた。

「いったい、何が起きているのだ。」

事の仔細《しさい》のわからぬ秀次は、聚楽第《じゅらくだい》の部屋でうろたえながら家老の白江成定《しらえなりさだ》に訊いた。

「やはり、太閤殿下は殿を排斥するおつもりなのでござる。そのための殺生関白の噂でありましたのでしょう。しかも、いつの間にやら、太閤殿下に対する謀反の疑いまでかかり申した。」

備後守《びんご》成定は、苦虫を嚙《か》みつぶした顔で答えた。

「謀反などするわけが…。」

「ですから、お拾丸殿を得てからの太閤殿下にはくれぐれも用心なさるよう申し上げてきたのでございます。」

「どうすれば…。」

「ここまでのことをするからには、すでにすべては手配済みでござろう。それがしも弁明に駆け回りましたが、誰一人聞いてもらえませなんだ。

もはや殿には逃れる道はありますまい。太閤殿下と戦うおつもりがないのなら、お覚悟をお決めなされませ。」

「そんな…、」

慌てた関白秀次は伏見城に出向いたが、申し開きをすることどころか、秀吉と会うことも叶わぬままに、高野山に幽閉され、そのまま切腹させられた。七月十五日のことだった。

しかも、現職の関白であったにもかかわらず、その首は死後三条河原に晒《さら》された。享年二十八歳。関白在位、わずか三年だった。

秀次一人だけが死を賜《たまわ》ったのではなかった。秀次の血がこの世に残るのを懸念した秀吉は、秀次の妻妾公達《さいしょうきんだち》三十九人までもを、京の三条河原で処刑した。秀次の側近たちもことごとく死罪を申し渡され、家老の白江成定は自刃《じじん》して果てた。

すべてが終わった日、秀吉は、深夜の伏見城に三成を呼んだ。

「三成。秀次の血は、もはや、ただの一人にも残っておらぬな。孕《はら》み婦《おんな》もおらぬな。」

「はい。誰一人として。」

「よくやった。」

秀吉は満足の表情で三成に言った後、

「秀次の聚楽第じゃがな。あれは跡形も残さぬように打ち壊せ。跡形もなくな。」

そう命じた。

秀吉がくわだてた政権略奪劇はこうして成功したのだが、三条河原で処刑された者が女子供

だけだったという惨《むご》たらしさに、

「太閤殿下は酷《ひど》いことをなさるのう。」

太閤贔屓《びいき》で来た京人たちも眉を顰《ひそ》めた。

この事件を境に、征明出兵による物価の高騰や経世の停滞もあって、民の秀吉離れが始まった。

しかし、秀吉は、そうした世間の噂など歯牙《しが》にもかけなかった。

秀吉の姉ともの三人の男子がすべて死んだ。妹のあさひには子がない。それによって、幼い拾丸以外に豊臣の血を受ける者は一人もいなくなった。

（これで豊臣はわしとお拾だけのものとなった。）

甥三人を葬った秀吉は安息の床に就き、若い側女の胸に顔を埋めた。

この粛清《しゅくせい》劇を遠望すると、あたかも、五右衛門たちの悲願である豊臣殲滅《せんめつ》を、豊臣一族の総帥である秀吉が手助けしているように見えてしまう。これは皮肉としか言いようがない。

もっとも、秀吉にすれば、豊臣の血とは、自分と信長の血を引く者のことだけを指すのだから、姉ともの子なんぞ、豊臣の血には入っていなかったのだろう。

そんな狭い考え方は、現実的に考えると、豊臣家に先細りの将来しか導かない異常な考え方にすぎなかったが、自分も拾丸も永久不死の身であるかの錯覚の中にいる秀吉は、ことの重要性に気づきもしなかった。

こうして、豊臣家の粛清はすべて秀吉の思惑通りに進んだが、出征大名たちの方は、戦死者が出て来なかった。秀吉の意を受けた藤堂高虎配下の忍びたちによって、甲斐二十四万石の加藤光泰、伊予《いよ》国大洲七万石戸田勝隆、越前東郷十五万石長谷川秀一、数人の跡取りのいない大名が病死しただけであった。

一族から木下の血が絶えたのを見届けた文禄五年十月、秀吉は、京などで地震が相次ぐのを理由に、元号を慶長と変えさせ、十二月には拾丸を元服させた。豊臣秀頼の誕生である。


慶長二（一五九七）年二月。

明《みん》皇女を帝《みかど》の后妃に差し出せとか、朝鮮の南半分を割譲せよとかいう、秀吉の高圧的な和議条件が無視され、明や朝鮮との三カ国間の和平交渉は、見事に決裂した。というより、秀吉は交渉を決裂させるための条件提示をしたのだった。

小西行長と石田三成から交渉決裂の報告を受けた秀吉は、内心の満足を押し隠して、

「条件さえ呑《の》めば征伐を許してやろうと思っておったのに、明といい、朝鮮といい、なんと無礼な国であるか。

こうなっては、あの国をこらしめてやるしかあるまい。

朝鮮の南半分を豊臣のものとして認めさせるまでは、死んでも戻ってくるな。」

西国や九州の大名たちに、語気強く命じた。

秀吉の正室ねねの甥である小早川秀秋を総大将、宇喜多秀家、毛利輝元を大将とする第二次朝鮮出兵が再開された。後の世に「慶長の役」と呼ばれる戦いだ。

再度の出兵を懸念する者もいないではなかったが、それを面と向かって太閤秀吉に進言する

者は、皆無だった。

狂気の中でわめいている秀吉を見つめながら、徳川家康は大久保忠隣《ただちか》に笑って見せた。

「好きにやらせておくがいい。

今度の出兵で、間違いなく、豊臣は崩れる。かのご仁たちの意趣《いしゅ》晴らしの日も近くなろうというものよ。」

「たしかに。」

忠隣は、五右衛門の顔を思い出しながらうなずいた。

滅びへと向かうだけの愚かな一族――。

十万余の将兵を乗せた豊臣船団が、大荒れの冬の日本海を、ふたたび朝鮮半島に向かった。


「暗い海だな。」

豊臣軍の中でたった一人、朝鮮征伐の困難さを予感している肥後《ひご》宇土城主小西摂津守行長は、雪と荒波で汚れた日本海を見つめながら、兜《かぶと》をかぶり口当てで顔を隠している傍らの武士に、そう呟いた。

「これでまた、二〜三年は異国での野営暮らしだ。たまらぬわ。

しかし、いくら太閤殿下の御命令とはいえ、朝鮮を征討して明にまで進むなど、到底叶わぬことよ。」

「やはり無理か？」

傍らの痩身《そうしん》の武士が、くぐもった声で訊いた。

「ああ、無理に決まっておる。

ただ、殿下は絶対にこの戦さを止めようとなさるまい。あのお方は、朝鮮征討ができると、本気で信じておられるご様子だからな。

つまり、太閤殿下がお亡くなりにならぬ限り、この戦さは終わらぬし、わしらも国に帰れぬわけだ。」

腹心の石田三成とは違って、秀吉の本心までは知らされていない行長は、諦《あきら》め顔で答えた。

「本気で信じている男がもう一人おるぞ。」

男が言った。

「ああ、主計頭《かずえのかみ》か。」

行長が小馬鹿にしたように薄く笑った。

主計頭とは、言うまでもなく、行長と肥後を南北に半分ずつ知行している加藤主計頭清正のことだ。

「あやつは戦さしか能のない男よ。朝鮮や明の国情など一つもわかっておらぬくせに、殿下の身内ということだけで、今度も独り張り切っておる。

大納言さまが死に、後を期待した関白秀次さまもあのような目に遭われて、豊臣家は柱を失った。おかげで、主計頭や市松（福島正則）のような阿呆でも、大きな顔でのし歩けるようになった。いかにも残念だ。」

行長は嘆息《たんそく》した。

「しかし、考え方によっては、その方がわれらにとっては好都合だ。豊臣が弱体化すればするほど、われらの夢見る世の到来が早まる。」

男が不敵な笑みを浮かべて言った。

「それはそうだが、そう簡単にはゆかぬぞ。

仮に豊臣が滅びても、徳川もいれば、毛利もおる。やつらは、われわれ吉利支丹《キリシタン》を利用することはあっても、絶対に味方にはならぬゆえ、やつらを頼りにするわけにはいかぬ。」

「まあな。」

「これまで何度も話し合ってきたとおり、今度の出征大名には九州の大名が多い。これまでに南蛮との交易で財を築いてきたとはいえ、二度にわたる朝鮮出征の費《つい》えは馬鹿にならぬ。前回と今回で、かれらの銭蔵は空に近くなる。今度の戦さが長引けば、かれらが豊臣に愛想を尽かしだすのは必定だ。この戦さの間に、九州の大名たちと誼《よしみ》を密にしておかなくてはならぬ。」

「九州の大名には吉利支丹が多いからな。」

「そういうことだ。」

そう答えると、行長は男の方を向き、

「そのために、吉利支丹衆から信望のあるそなたを、内密に同行させたのだ。頼むぞ。

ただ、主計頭や細川忠興《ただおき》は大の吉利支丹嫌いだ。そなたがそれがしの陣に潜んでいると知れると厄介だ。やつらに正体を見破られぬよう、十分に気をつけられよ、右近殿。」

そう言った。

小西行長から「右近殿」と呼ばれたその男は、秀吉の吉利支丹禁教令を拒絶し、領地を返上して大名の身分を捨てた高山右近だった。彼は禁教令の後も日本国内を転々とし、先ごろまでは加賀前田家の食客となっていた。

「任せるがいい。五十万吉利支丹のためにも、この夢、必ず成就してみせる。」

高山右近は言い切った。

「頼むぞ。」

行長の頬に波しぶきがかかった。

二

人は、何度も愚を繰り返すことが出来る。今度もまた、豊臣軍は朝鮮半島を北へと突き進んだ。

全軍の尻を叩いたのは、戦さしか取り柄のない加藤主計頭清正だった。

「ひたすら進むのじゃ。それが太閤殿下のご意向だ。」

思考する能力を持たない清正の行動基準は、常に、太閤秀吉に喜ばれるかどうか、という一点だけだ。軍議の席上で、太閤秀吉の名を連発して出征大名たちを恫喝《どうかつ》した。

「まだ北に進むのか？」

黒田長政が清正の恫喝に疑問の声をあげた。

「前の戦さの時も、北に深入りしすぎて、最後には南に退かざるを得なかったのだぞ。もう少し南に地歩を固めた後で北を攻めた方がよかろう。」

「そうじゃ。兵糧の調達もまだ終わっておらぬ。異国の地では食い物の確保が一番だ。朝鮮の地で兵糧が調達できぬ以上、進軍は、日本からの荷駄《にだ》船が着き終わるのを待ってからでも遅くないではないか。」

お玉の夫である細川忠興が黒田長政の言に賛意を示した。他の将たちも無言でうなずいた。長政や忠興の声は、多くの豊臣軍将たちの声でもあった。将たちは、もう、二度にわたる朝鮮での戦さにうんざりしていた。いくら太閤秀吉の言葉でも、明を征服するまでは終わらぬ戦いなど、実現不可能な話で、兵が消耗するばかりだ。とても、命がけで戦う気にはなれない。

「おぬしらは何を言うか！」

清正が険しい眼で黒田長政を睨《にら》みつけた。

「おぬしらは、いつからそんな腰抜けになったのだ。

朝鮮の南半分を陥《おと》すのは、武将として当然のことじゃ。北まで陥して初めて、殿下にわれらの戦功が認められるのだ。

なんなら、太閤殿下に確かめの書状を送って、ご意向をお伺い申そうか?!」

罵声《ばせい》に近い言葉を長政に浴びせ、それから、視線を細川忠興に移すと、忠興を睨みつけた。

「しかしだな…。」

と言いかけて、眼をつり上げた清正の形相《ぎょうそう》を見た黒田長政は、

「わかった…。もうよい。」

あきらめ顔であとの言葉を呑みこんだ。

結局。清正に引きずられ、だれもが疑問の言葉を呑《の》み込んで、北へと進軍を続けた。

秀吉に忠誠を尽くして異国の戦場に向かうかれらは、当の秀吉が、実は、戦さの勝利よりも自分たちの死を願っているなどとは、夢にも思っていなかった。自分たちが、秀吉の期待する死のある場所に向かってどこまでも進軍するしかない身であることを、知りもしなかった。

八月には、豊臣軍は、全羅道、忠清道を占領した。

「いよいよ漢城《ハンソン》（現在のソウル市）征圧だ。」

加藤清正は、秀吉の代理人のような得意顔で、麾下《きか》の諸侯に下知《げじ》を飛ばした、「これからがほんとうの戦さだ。全員、気を引き締めよ。」

清正は、春から夏に向けて、日本海が凪日和《なぎびより》の良い時期に渡海を終えて、秋以降は内陸部での戦いに専念する、という作戦をとった。

内陸部へと向かって、豊臣の主力部隊は移動した。

「主計頭は本物の阿呆だな。いったい、先の戦さで何を学んだのやら。

やつも他の大名も西国の気候しか知らぬゆえ無理もないが、秋を過ぎた内陸で戦さをするなど、真冬のみちのくや蝦夷《えぞ》で戦さをするのと同じであることが、一つもわかっておらぬ。これ

は死に急ぎの戦さだ。」

作戦会議から戻ってきた小西行長は、呆れ顔で高山右近に言った。

右近は冷笑を浮かべ、

「放っておくがよい。

十万も死ねば、豊臣は勝手に滅びる。その後のために、ぬしは、自分の軍だけは兵が消耗せぬように気を配っておくことだ。」

そう嘯《うそぶ》いた。


豊臣軍は、破滅を求めるかのように、秋の朝鮮半島を北へと進軍していった。

そして、行長の予測どおり、地獄が来た。

皮肉なことに、明・朝鮮連合軍の標的にされたのは、豊臣軍の中でも朝鮮征伐に一番抵抗感を抱くことのなかった、戦さ好きな加藤清正軍だった。

人買い商人を日本から同行させ、征服地で大量の朝鮮人をさらった加藤軍に対する朝鮮人たちの憎しみは、すさまじかった。

「鬼の加藤軍だけは、必ず皆殺しにするのだ！」

連合軍の大将である明提督麻貴《マクウイ》や朝鮮の都元帥権慄《クォンユル》は、檄《げき》を飛ばし、加藤軍に的を絞った。

慶長二（一五九七）年。雪の吹きすさぶ十二月半ば、慶尚北道に四万八千の明・朝鮮連合軍が入った。

明・朝鮮連合軍は前回のように弱腰ではない。腹を据えて加藤軍に対峙している。かれらは、自分たちの地の利を最大限に利用して、清正軍三千を追い詰めていった。

土地勘のない清正軍は、猛烈な吹雪の中で、無残に殺されていく。

「清正殿。どうにかせぬと、これでは皆殺しだ。」

副将格の浅野幸長《よしなが》が悲鳴を上げた。幸長は、桂川の戦いで倭《わ》の裔《すえ》たちを殺戮《さつりく》した浅野長吉(長政)の息子で、豊臣とは縁続きの間柄になる。

「しかし、浅野殿。この地はどんなことがあっても捨てるわけにはゆかぬ。」

清正は苦渋に満ちた表情で答えた。

慶尚南道蔚山《ウルサン》は、釜山浦《プサンホ》から慶州に通じる要衝《ようしょう》だ。そのために、ここに倭城(日本式の城)を建築し、完成間近となっている。清正はこれを失いたくなかった。

「止むを得ん。籠城だ。城に入れ！」

窮した清正は、そう命じて、築城中の慶尚南道蔚山の島山《ドサン》城に立て籠《こ》もった。うろたえた兵たちは、われもわれもと島山城に駆け込み、城内は人の山となった。

「しかし、ここには、食い物がない…。」

とりあえず城に逃げ込んで安堵《あんど》の色を浮かべている兵たちを見つめながら、浅野幸長は、不安げに、かたわらの家来につぶやいた。

「周囲四方敵だらけの城に立て籠もって、この程度の兵糧で、いったい、いつまでしのげるものやら…。」

「たしかに。」

家来も不安そうにうなずいたが、

「殿。味方に援軍の使いを出せば…。」

「馬鹿な。

この二重三重に敵に囲まれた状態で、使者がどうやって、敵の眼をかすめて味方の軍までたどりつけるのか。」

幸長は自嘲《じちょう》気味に言った。

「たしかに…。」

家来はうなだれた。

まもなく、幸長の不安は的中した。清正が救援依頼の使者を何度も出すのだが、皆、途中で敵につかまり、翌日には、城の前に首が晒された。

満足な兵糧を用意してこなかった清正軍は、補給路を絶たれ、極端な食糧不足に陥った。米や麦はもちろんのこと、青物も、水も欠乏し、ついには、兵たちは、雨に衣服を濡らし、それを啜《すす》って飢えを凌《しの》ぐ有様だった。

それでも、年内は何とか持ちこたえた。

一月になった。

「主計頭殿。もう、本当に、食べる物が何一つ残っておりませぬぞ。」

清正の元に浅野幸長が報告に来た。

痩《や》せて、蒼《あお》ざめた顔をしている。

「暖をとる木も底を突きました。城内の板の類も、燃やせるものはみな使いました。この寒さに、暖と食い物がなければ、兵は斃《たお》れ、いずれ落城は必至でございます。……、それに、」

言葉を濁した。

「何だ。」

清正が浮かぬ顔で訊いた。

「城を捨てて敵に下る数が増えるばかりでござる。昨夜も、十人以上の姿が消え申した。」

「そうか…。」

肥後の領主となった清正は、今回の朝鮮出兵にあたり、自分の子飼いではなく、清正とは縁の薄い肥後の地侍たちを、多く朝鮮に送った。捨て駒《ごま》にされるかれら肥後の地侍たちは、清正と違って、朝鮮で戦わねばならない積極的な意義など持ち合わせがなかったから、過酷な籠城戦の途中で、明・朝鮮連合軍に次々と投降していった。

「ふむ。」

腕組みしながら、清正はため息をつき、

「こんな異国の地で果てるのか…。」

無念そうに呟いた。

「しかし、主計頭殿。今さらながらに思うのですが、それがしには不思議でなりませぬ。

一体、太閤殿下は何を考えておられるのでしょうか？　十四万もの大軍を投入して、こんな朝鮮の痩せた土地を手に入れて、それが一体、どれほどのものでしょう。こんな、割の合わぬ戦さで死ぬのは、拙者には納得がいきませぬ。敵に下る者たちが増えるのも当然です。」

もう命はないと覚悟している幸長の眼差しは、真剣だ。

「うん…。」

清正は言葉に窮し、幸長から眼を逸らして、汚れた顎鬚《あごひげ》をいじるばかりだった。

もの言わぬ民たちが疑問や不満の声をあげ始めた時が、国家に揺らぎが生じる時だが、国家を国家として考えることの出来ない豊臣政権に、最初に見切りをつけたのは、日本国土に住む民たちではなく、異国朝鮮での戦いに打ちのめされた将兵たちだった。このような政権崩壊の形は、この国では初めてのことだった。

「右近殿。主計頭の軍が厄介な目に遭っている模様だぞ。」

黒田長政から緊急の書状を受け取った小西行長が、左手の指でなまず髭を撫《な》でながら、高山右近にそう告げた。

「立て籠もった蔚山の島山城で明と朝鮮の連合軍に取り囲まれて、浅野幸長と共に飢え死に寸前の状態らしい。」

「フフ。秀吉得意の兵糧攻めに子飼いの清正や幸長がかかったのか。それは面白い。」

右近が薄く哂《わら》った。

「どうする？

厭《いや》なやつだが、見殺しにはできぬだろう。援軍を送るべきかな？」

行長は右近に意見を求めた。

「放っておけ。」

右近はにべもなく答えた。

「主戦論者の清正が死ねば、明と朝鮮の連合軍が力を盛り返して、この戦いは泥沼のようになる。それこそがわれらの望みだ。」

「そうだな。

それに、加藤軍は、鼻削《そ》ぎや大量の人買いをやって、朝鮮人たちの恨みを買っている。主計頭が死んでも、悲しむ者などこの国には一人もおらぬ。」

小西行長もそう嘯《うそぶ》いた。

遠い朝鮮の地では討ち取った首が日本に持ち帰れぬため、豊臣軍は、死者の鼻を削ぎ、それを塩漬けにして日本に送り、武勲の証しとしたのだった。そうした行為が一番多かったのが、武勇残酷で名をはせる加藤清正軍だったから、朝鮮の民にとって、加藤軍は豊臣の象徴的存在と映っていた。

その加藤主計頭清正は、

「いくら待っても援軍は来ぬ。食料も尽きた。もはやこれまでだ。皆、覚悟を決めよ。」

明・朝鮮連合軍の降服勧告を拒絶して、総攻撃を決意し、その準備に入った。

島山城を囲む明・朝鮮連合軍の中に、かつては自分の配下であった肥後の地侍たちの旗が混じっている。それが清正を屈辱まみれにしていた。

「くそっ。せめて、あいつらだけでも地獄の道連れにせねば、気が収まらぬ。」

清正は、自分の無慈悲な所業が原因であったことも忘れて、雪で汚れた顔を歪めながら、口惜しそうに言った。

翌日。

つまり、決死の総攻撃を明日に控えた正月四日の昼下がり、珍しく、雪は降り止み、朝鮮の冬空は、どこまでも青く、美しかった。

しかし、地上では、豊臣軍きっての勇猛部隊と恐れられた加藤清正軍が、残された一日を無念の思いで過ごしていた。

「主計頭殿！」

死に臨んで自慢の髭を手入れしていた清正の元に、浅野幸長が駆けて来た。

「敵が陣を引き払って逃げていきますぞ。」

「何？」

清正は髭の手入れを投げ出し、吹雪に曝《さら》された天守に駆け登ると、城の外を見つめた。

「本当じゃ。」

幸長の言葉どおり、明・朝鮮の連合軍が陣を畳んで雪原の彼方《かなた》に遠ざかっていくのが見える。

「何が起きたのだ？」

清正は敵兵たちの後姿を見つめながら訊いた。

「さて」、幸長も首をかしげた。

その時、

「おお、殿。ご覧召されい。あちらから味方の旗が！」

彼方を見ていた家来が、指差しながら大声を出した。

「なに？」

清正は南の方角に視線を走らせた。

今回の朝鮮出征の総大将である小早川秀秋や、毛利秀元、黒田長政の旗が、こちらに向かって進んでくる。

「援軍だぁ！」

天守が歓声に沸いた。

孤立した加藤軍を救うべく、吹雪の中を決死の援軍一万が駆けつけたのだ。

陸路からの援軍だけではなかった。島山城の下から海に通じる太和川《テファアチョン》を、九十艘《そう》の豊臣船団が上ってきた。

「やっと援軍が来てくれたか…。」

間一髪で命を救われた清正は、本心から安堵の声を漏《も》らした。

この惨めな戦いが転回点となった。

さしもの加藤清正も肝を冷やし、これ以降、豊臣軍は戦線を大幅に縮小することになった。

三

出征大名たちには内密にされていたが、二度目の朝鮮出兵の頃から、秀吉は急速に体調を崩し始めた。

微熱が続き、奇妙に躰《からだ》がだるく、ものを言うさえ億劫《おっくう》でたまらなくなり、最近では、日に何度か、失禁するようになった。

そして、慶長三（一五九八）年七月。

秀吉は、少量ながら、血を吐《は》いた。

「――！」

鮮血ではない。黒ずんでいる。それがどういうことなのか、秀吉にもすぐに理解できた。

「これは…。」

自分の吐いた血を見つめて、秀吉は愕然とし、小さく震えた。

「わしが、血を、吐いた？」

秀吉は自分の年齢を思った。

まだ六十二歳になったばかりだ。老年とはいえ、死ぬほどの歳ではない。

「死？

わしは、この歳で死ぬのか？」

そんな不安に襲われた秀吉の脳裏に、幼い秀頼の愛らしい顔が浮かんだ。淀の方の閨《ねや》でのあえぎ声が響いた。まだ見ぬ朝鮮を大行進している自分の姿が浮かんだ。

「まだ、死にとうはない。」

秀吉の心に、初めて恐怖が生じた。

猛烈な恐怖心だった。

「……！」

その恐怖心が、秀吉の周囲を闇に変えた。

秀吉の視界から、侍医《じい》や近習《きんじゅ》の姿が消えた。

突然の闇に、秀吉はうろたえた。

「誰か！

誰かおらぬか。」

闇の中で、秀吉はあたりを見渡した。

返事はない。

「誰かおらぬのかっ！」

もう一度、大声で人を求めた。

その声に誘われるように、闇に人影が浮かんだ。一つ、二つ、全部で四つ。

「おお、お前たちは。」

秀吉の声が和らいだ。

その人影は、兄秀長、姉の日秀《にっしゅう》(とも)、妹のあさひ、そして母大政所《おおまんどころ》のものだった。誰も彼もが、秀吉が藤吉郎と呼ばれていた幼い頃の姿で立っている。

懐かしかった――。

秀吉は、ただただ懐かしかった。

そのうちの一人の少女が、秀吉を見つめている。

長姉のともだ。

「姉者！」

秀吉は、その少女に声をかけた。

「……。」

ともは黙ったまま、秀吉を見つめている。

「姉者。わしだよ。藤吉郎だ」、秀吉はまた叫んだ、「藤吉郎でござるぞ！」

ともの眼が吊り上がった。開いた口が大きく裂けていった。

「藤吉郎。」

と低く言った時、ともの顔は、夜叉《やしゃ》と化していた。

抑揚《よくよう》のない声が、秀吉の耳に響き渡った。

「腹を痛めたわが子を、三人が三人ともなぶり殺しにされた母親の苦しみが、そなたにわかるか？　今、私がどんな悲嘆の日々を生きておるか、そなたにわかるか？」

夜叉は秀吉を睨みつけた。

「姉者…。」

秀吉は、ひるみ、うろたえた。

とものつり上がった眼は、憎悪に満ちていた。

今にも秀吉に襲いかからんばかりの勢いで、

「秀次を返せ！

秀勝を戻せ！

秀保をこの手に返せ！」

叫んだ。

「……！」

秀吉は、言葉を失ってすくんだ。

「そなたは、私の子を、まるで犬や猫でも棄《す》てるかのように、惜しげもなく命を奪った。

秀次も、秀勝も、秀保も、みな、失意の中で悶え死んだ。

三人とも、そなたさえいなければ、そなたさえ愚かな考えを持たなければ、誰も死なずに済んだものを！

そなたのような男は、地獄に堕ちるがいい。いつまでも、いついつまでも、無間地獄をさ迷い続けよ！」

夜叉は、秀吉への憎しみが膨《ふく》らむのに合わせて、その姿を膨らませ、両眼から赤い涙を滴《したた》らせながら、いま、まさに、秀吉に襲いかかろうとした。

秀吉は救いを求めるように、兄秀長の幻に呼びかけた。

（兄者！）

しかし、

「うおっ！」

しかし、

（兄者。助けてくれ！）

「うおっ！」

秀吉の内心の声は、どれ一つ言葉にならず、奇妙な叫び声となって、闇に谺《こだま》するばかりだった。

「うおっ！」

秀吉が恐怖にのけぞったその時、懐かしい者たちの幻が、秀吉の視界から一斉に消えた。

「……。」

秀吉は、寝床にへたり込んだ。

尻のあたりがベトベトする。知らぬ間に失禁していたのだ。しかし、秀吉は、そんなことにはかまわず、自分だけの闇を、放心したように見ていた。半開きの口からは涎《よだれ》が垂《た》れている。

突然、秀吉の両眼から、ボロボロと涙があふれ出た。

ボロボロボロボロとあふれ続ける涙を、拭うこともせず、瞬きすら忘れ、

「ああ…。

ああ…。」

言葉を失った小骨だらけの秀吉は、のめりこむように前に倒れると、寝床に顔を押しつけた。

老いた手では処しきれないほどに深い絶望が、彼を襲った。胸の辺りに刃《やいば》を突き刺されたような、鋭い痛みが生じた。

「あああ…。ああっ…。」

彼は、両手で頭をかきむしり、胸をかきむしり、布団にうつぶせた。

その時、秀吉の口から、黒く濁った血が噴き出て、彼は意識を失った。


太閤秀吉が吐血して重篤に陥ったとの報は、またたく間に全国各地の大名に伝わった。

しかし、朝鮮に出征している大名たちには、将兵の戦意喪失を怖れた石田三成によって、その事実は伏せられた。

秀吉吐血から数日後の夜、徳川家の伏見屋敷の一室では、家康と大久保長安《ながやす》が酒を酌《く》み交わしていた。

「長安よ。太閤殿下はあとわずかの命となったぞ。おそらく、ひと月とはもたぬであろう。」

「やっと死ぬるのか。これで倭の裔の者たちも溜飲《りゅういん》を下げることができるわ。

それにしても、荒淫《こういん》の限りを尽くして躰を酷使した割には、あの男、長生きをしくさった。

妻木《つまき》殿の息子が伏見城襲撃を失敗《しくじ》ってからは手も出せず、待つだけの身にはつらいものがあったぞな。」

「たしかに。

わしも待つ身はつらかったぞ。あれやこれやの無理難題で、十余年、耐えに耐え続けさせられたわ。」

家康がまんざら冗談でもない口調で言った。

「黴《かび》臭い女房まで押しつけられて、ご苦労でござったよな。ハハハ。」

長安は相変わらず対等の口調で、秀吉がかつて家康に自分の妹を強引に輿入《こしい》れさせたことを笑った。

「太閤が死ぬのはいいが、わしが天下を手に入れるには、まだ時がかかろう。何から手をつければよいのやら、そなたの言葉が聞きとうての。」

長安によって富から社会を見る視線を教えられた家康は、長安に絶大な信頼を置いていた。

「豊臣の血を引く者は、もう、せがれの秀頼だけ。一日も早く秀頼の命を、と申したいところじゃが、豊臣と大戦さでもせぬ限り、それは無理でござろう。

そうなると、早急に為《な》すべきことは、たった一つ。一刻も早く佐渡島を家康の殿のものにすることじゃな。」

「それほどに佐渡島か？」

佐渡のことを再三言われる家康が訊き返した。

「あそこには徳川の将来がかかっておるといっても過言ではないのじゃよ。もはや、しろがねの時代はお仕舞いじゃ。次は、間違いなく、金の時代になる。その鍵を握っておるのが佐渡島だ。

上杉景勝《かげかつ》は、慶長三（一五九八）年に会津に移封《いほう》されたが、佐渡一国は引き続き上杉の支配を許されておる。あれを早く家康の殿のものにしなくては、天下取りが遅れまするぞ。」

「なれど、会津百二十万石は大国。百二十万石を滅ぼし佐渡島をわがものにするのは、少々厄介な話だぞ。」

「それでも、それをなさねば、徳川は天下の覇者にはなれませぬな。」

「土肥《とい》の金だけでは無理なのか？」

伊豆半島土肥金山から掘りおこされる金だけでも、徳川家は十分に潤《うるお》った。いまでは、朝鮮出兵で費《つい》えが重なり困窮気味の親徳川の大名たちに、内々に銭を融通することも可能になっている。天下取りには土肥金山の金だけで足りるのではないのか、と家康は思っていた。

しかし、長安は、語気強く言い返した。

「佐渡には、土肥とは比べものにならぬ金が埋まっておる。万が一あれを上杉が掘り起こしたら、天下は上杉に移りましょうぞ。

上杉景勝は信義を重んじる気骨ある武将として大名たちの評判もよい。佐渡の富があれば、大名たちも神武一族も、間違いなく上杉になびく。」

「それほどの量なのか。」

家康は小さくうなった。

大久保長安は家康の言葉に深くうなずいた後、言葉を続けた。

「家康の殿。秀吉めが死んだ後は、そなたの真の敵は上杉景勝じゃ。景勝の家康の殿へ対抗心を煽《あお》りに煽って、上杉を敵の旗頭にさせ、戦さに持ち込んで、葬りなされ。さすれば、佐渡島は難なく家康の殿のものとなろうて。」

「なるほどな。

そうか。わしの次の戦さの相手は、豊臣ではなく、やはり上杉か。」

「富さえ有しておれば、場所など関係ござらぬよ。秀吉亡き後の豊臣の将たちが上杉になびけば、そこはもはや、上杉の領地も同じ。家康の殿に敵意を抱いておる石田三成などは、真っ先に上杉に近づくじゃろう。」

「そうだな。」

「なんとか理由をつくって、上杉から佐渡を奪いなされ。」

「わかった。やってみよう。」

「ただし、その戦さの際は、必ず秀頼の首も刎《は》ねて下されよ。それで、やっと、われらはこの国から離れられる。」

「やはりそなたも日本を離れるのか。」

残念そうに家康が言った。

「もちろんのこと。光秀の殿や直道さまの無念を晴らせば、もはや、神武の国になど未練はない。」

長安は躊躇《ちゅうちょ》なく答えた。

「そなたたちは、よっぽど光秀殿を敬愛しておったのじゃな。」

「神武のこの島を夢のような国に創り替えることができたのは、光秀の殿お一人だけじゃった。あのお方の広大な夢が実現したら、この島は他にないうるわしき国になるはずじゃった。光秀の殿を殺した時に、この国はあるべき輝かしい未来を棄ててしもうたのよ。」

「のう。長安。

輝かしい未来を棄てたこの日本をこれから治めるわしにとって、一番肝に銘じておかねばならぬことは何なのかな。」

家康は真顔で訊いた。

「政《まつりごと》のことなどはわしには皆目わからぬが、海の向こうの国々とのことでならば、わしにでも言えることがある。

家康の殿よ。土肥や佐渡の金山から掘り起こす金を、羽柴一族のように無尽蔵に海の外に流さぬことじゃ。しっかりこの国に蓄えておくことじゃ。」

長安はそう断言した。

「何故《なにゆえ》？」

「秀吉は、この国のしろがねという富を海外に放出することで政権を永らえさせた。あれは交易でもなんでもありはせぬ。ただ富を垂れ流し、そのおこぼれをもらったにすぎぬ。言うなれば、あれらはこの国を切り売りしただけの話じゃ。切り売りする富がなくなって強奪にかかったのが朝鮮への出兵じゃよ。

秀吉の後を継ぐ者は、秀吉がどんな愚挙を為したかをよくよく承知したうえで、治世に当たらねばならぬと思う。

幸いにして、徳川家は剛の者ぞろいじゃ。戦さには強かろう。潤沢《じゅんたく》な富と武力を持った国には、どこの国も襲ってはこぬ。そういう国には交易を求めてくる。家康の殿の治める国は、海の向こうの国々との交易で栄える国になることじゃよ。」

「そうか。交易か。」

長安の言葉に、家康は深く考えこんでみせた。

「家康の殿よ。交易で栄える国とは、人が自由な往来のできる国のことじゃ。

光秀の殿は、この神武の国を自由な往来のできる国につくり替えようと、懸命な働きをなさったのじゃ。」

「光秀殿が？」

「そうじゃ。

交易の盛んな国になったら、わしら倭の裔が、奥山から下りて平《ひら》を自由に歩けるようになると考え、信長と二人、国をあげての南海交易を進めようとしておったのじゃよ。

平の者も、山の者も、南蛮人も、誰もが自由に往来のできる交易の国――。そんな国ができておったら、どんなによかったか…。

わしらが羽柴一族を憎む気持ちもわかろうが。」

「なるほどな。自由な往来のできる国が、光秀殿の願いだったのか。」

「そうよ。

光秀の殿の言葉に、皆が夢を見たのよ。信長も。直道の長《おさ》も。わしも。五右衛門の長も。

熱く、そして美しき夢であった。」

「そうか…。」


慶長三（一五九八）年八月。万人が待ち望んだ太閤秀吉臨終の日が訪れた。

見苦しい死の姿を人目には触れさせたくないと思った正室北政所《きたのまんどころ》だけが、その臨終に立ち会った。

「藤吉郎殿。もう、ゆっくりお休みなさいませ。後はなるようになりまする。」

北政所は、断末魔の秀吉の額を優しく撫でながら、そう言った。

「あがが…。

あがが…、」

言葉を失った秀吉は、阿呆のように口を半開きにして、涎を垂らしながら、死んだ。

死を見届けた北政所が去った後、秀吉だけを頼りに生きてきた側室淀の方が、遺児秀頼を伴って駆けつけ、秀吉の遺骸に縋《すが》りつき、

「殿下ぁー！」

号泣した。

しかし、次の間に控えていた大名たちは、誰も泣かなかった。泣くどころか、狂気の政権運営をしてきた老人の死に、安堵の笑みだけを浮かべた。

大久保長安は江戸に屋敷を持った。豊富な金を有する土肥金山の発掘者であり束ねである長安は、家康の信の厚いこともあって、徳川家で急速に存在感を増しつつある。

「五右衛門の長。伏見からの知らせで、秀吉めがとうとう死にくさったとのことだぞ。」

秀吉重篤の報を受けて越後三国山脈から下りてきた五右衛門に、長安がそう告げた。

「そうか。秀吉は死んだか。あとは幼い秀頼一人だけ。これで羽柴一族はお仕舞いだな。だが、時がかかりすぎたし、とうとう、俺たちの手であやつの息の根を止めることができなかった。病いを得ての死では、おじじや光秀の殿に顔向けができぬわ。」

五右衛門は盃の酒を一息に飲み干して、自嘲気味に呟いた。

本能寺の異変から十六年の歳月が流れた。今の五右衛門はもう青年ではない。四十代に入り、倭の裔の長にふさわしい威風が備わってきて、特に、眼元あたりは、憤死した祖父の直道そっくりだ。

「あれから十六年。宗兵衛に率いられて海を渡った者たちも、長が来るのを待ち焦《こ》がれておろうて。秀長も秀吉も死んだ。直道の長や光秀の殿も、もう満足しておられるはずだ。この先の羽柴一族のことは家康に任せておけばよかろう。

煮え切らぬ田舎大名たちを手なずけるに必要な量の金は、土肥の山から掘り出した。佐渡の金山を必ず手に入れるようにとも、家康に再三再四説いてまいった。家康はわしらの言葉には素直に耳を傾ける男ゆえ、秀吉が死んだ後は、間違いなく家康の天下になり申す。これを機に海を渡ってはどうじゃ。」

「ふむ。」

五右衛門は生返事で答えた。

盟友妻木正之を失ってから、秀吉一族、といっても、もう秀吉と子の秀頼の二人だけとなっていたが、二人への直接攻撃を断念させられた五右衛門は、徳川家康との連携を確認し、越後三国山脈に入って、日本に残った倭の裔たちの基盤作りに尽力して数年を過ごした。

そんな五右衛門の相談役になったのは、鉱山掘《かなぼ》りの藤十郎こと大久保長安だった。五右衛門よりも一回りも年上の長安は、五右衛門の祖父直道亡き後は、弟を見守る兄のような立場で五右衛門に接してきた。

長安は家康のために金銀を発掘し、家康の財を富ませ、いまでは家康にとって欠かせぬ男となっているが、家康に渡す金の量と同じ量を、五右衛門にも渡してきた。その大量の金の一部は、三河屋六造の手によって済州島《さいしゅうとう》の美保屋宗兵衛に送られ、海外に出た倭の裔たちの南海交易の元手となった。

「それにしても、あの秀吉という男。とんでもない男でござったな。おのれの好き放題をして十年余を過ごしたぞ。もうこの世に悔いなど残しておるまい。」

「なあに。そんなやつほど、未練だらけなものだ。歳とってできた一人息子が心配で、毎日思い悩んでおったことだろう。」

「秀頼か。」

「ああ。」

「長《おさ》は、まだあの秀頼を…。」

「当たり前だ。豊臣の一族は一人残さず殺し、血を絶やす。それがおじじの遺言であり、家康を助《す》けするにあたっての条件だ。」

五右衛門は、二十代の時と同じ強さの憎悪の色をその眼に浮かべて言い切った。

「まあ、もう一献。」

長安はそんな五右衛門をなだめるように酌をした。

「藤十郎。細川の家はどうなっておる？」

五右衛門はさりげなく話題を変えた。

「お玉さまは、相変わらず、謀反人の娘として肩身の狭い思いで生きておられるご様子ですな。ただ、忠興のお玉さまへの執心《しゅうしん》が、これが、驚くほどに異常で、お玉様の姿を自分以外の男の眼に触れさせせぬようにしておるとのこと。そのお蔭で、女狂いの秀吉めも、お玉さまには手を出せずに来た模様。」

「そうか。無事なのだな。

まあ、いくら秀吉でも、弑逆《しぎゃく》仲間だった細川の家には手を出しづらかろう。あの藤孝のことだから、細川に手でも出して来たら、何をしゃべるやらもわからぬからな。

今となっては、それが幸いしておる。」

「五右衛門の長。お子にはお会いになられたか？」

長安が訊いた。

「ああ。二～三度、遠くから様子を見た。辛さをこらえてなかなか頑張っておった。あの二人が鍛えたのだ。ひとかどの山忍びになって若狭に帰ったことだろう。」

権左《ごんざ》や竹蔵が乗鞍岳で鍛錬を施した高丸こと興秋《おきあき》のことだ。

「言葉はかけなかったので？」

「ああ。俺の姿は見せなかった。」

何故、と訊きかけて、長安は言葉を呑みこんだ。五右衛門の気持ちがわかったからだ。

「一度、お玉さまにお会いになってはいかがじゃ。今の藤十郎にはそれくらいのことはできますぞ。」

長安がそんな進言をした。

しかし、

「フッ。」

五右衛門は自嘲のため息をもらした。

「まだ、光秀の殿の仇討ちを終えておらぬのだぞ。どの顔下げて、お玉さまに会えるのか。秀頼の死を見届けるまでは、会わぬ。」

「律儀《りちぎ》なのが長のよいところではあるが、どうも、頑な過ぎていかんな。その性分は少し直した方がよいぞな。」

長安が自分も盃を口に運びながら、笑顔混じりに言った。

「生まれながらの性分だ。放っておいてくれ。」

直截《ちょくせつ》な忠告をする長安に、五右衛門が苦笑した。

二人きりの部屋に夕風が流れ、遠くで蟬の鳴く声がした。


桔梗《ききょう》丸は洋上にあった。

三河屋六造から送られてきた書状を読み終えた美保屋宗兵衛と明智秀満が、並んで秋の日本海を見つめている。

「朝鮮からの撤兵ですか。

やっと終わりましたな。」

秀満が重い声で言った。

「ああ。やっと終わった。」

六年の間に白髪が濃くなった宗兵衛が小さくうなずいた。

「六年は長《なご》うござった。」

「そなたはまだ若いからいいが、わしのような老人には、六年の船の暮らしはいささかこたえたわい。」

「さようですか？

それがしにはそうは見えませなんだがな。ずい分生き生きとしておられましたぞ。」

「こらこら。年寄りをからかうものでない。」

　宗兵衛が苦笑いした。

「日本の国はこれからどうなりましょうか。」

「さあてなあ。

　秀吉が死んだ後は、まだしばらくは日本は荒れようぞ。五右衛門殿は、直道の長の遺命に従って家康に肩入れしておるようじゃが、家康に天下を渡すことには、羽柴一族は激しく抵抗するじゃろう。ひと戦さ無しでは済むまい。」

「家康は、後々、光秀の殿の描いていた国づくりをやるつもりなのでしょうか？」

「それは無理だろう。あれは光秀の殿でなければ思い描けぬものだった。三河の一大名にすぎなかった家康には、それを理解する素養がなさすぎる。

　それにな。秀満殿。あの時は、まだ、しろがねという莫大な富があった。毛利を滅ぼし、石見の銀山を手中に収めれば、しろがねという富の力で、諸大名や商人たちをねじ伏せることができた。

　しかし、羽柴一族がしろがねという富の使い方がわからず、南海に際限知らずに垂れ流してしまい、十六年の間にしろがねの価値は半分にまで下がった。イスパニアを見ろ。しろがねの力で南海でわが世の春を謳歌《おうか》しておったあの国が、今はイングランド海軍に追いまくられておる。

　あの頃と今では状況が違うのだ。南海の知識が薄い家康では、海の外のこうした事態を見据えて政をおこのう知恵はないであろう。」

「たしかに。

　それがしも、最初光秀の殿の構想をお聞きした時には、何のことやらさっぱりわかりませんでしたからな。」

「家康も同じじゃ。いくら藤十郎が説いて聞かせても、なかなか理解できまい。

　まあ、わしらは神武の国を棄てた身じゃから、あの国がこれから先どうなろうとどうでもよい話じゃがな。」

「羽柴一族は、日本という国を瀬戸際にまで追いやったのでございますな。」

「そういうことだ。今の日本は、ルソンや朝鮮と変わらぬ、南蛮から見たら何の価値もない土民の国になり下がったのよ。」

「光秀の殿さえ生きておられたら…、」

「それを言うな。言ってみても詮無《せんな》い話だ。」

　宗兵衛は、眼を細めて、彼方の水平線を見つめた。

「済州島に帰りますか。」

　秀満が言った。

「帰るか。」

　宗兵衛は頭上に視線を移しながら答えた。

　澄んだ秋の空に、太陽が赫《あか》く揺れていた。

狂気と愚劣に支えられた十四年の政権が、やっと終焉《しゅうえん》した。

ただ、それは、覇者豊臣秀吉の肉体的衰弱の結果として自壊したのであって、この国に生きる誰かの反逆によって倒されたのではなかった。秀吉が天下を手中にしている間、この国の誰一人、秀吉の気まぐれや愚劣に生命を賭して反逆しようと意志した者はいなかった。つまり、神武の民は、実に神武の民らしく、秀吉支配の十数年間をやり過ごしたのだった。

秀吉の葬儀が済んだ八月、豊臣家五大老会議が開かれた。

五大老制は、自分の死後を見越した秀吉が新たに設置した集団合議の制度だ。徳川家康、前田利家、毛利輝元、上杉景勝、宇喜多秀家が選ばれている。

その会議には、石田三成、浅野長政、長束《なつか》正家といった、秀吉の腹心たちが任命されている五奉行も列席したが、秀吉の血を分けた人間は、ただの一人も列席していなかった。何故《なぜ》なら、幼い当主秀頼以外、全員、他ならぬ天下人秀吉自身の手によって殺されていたからだ。つまり、この時点で、すでに、豊臣政権は豊臣一族とは無縁の政権になっていた。

「朝鮮からは撤兵。それでよろしゅうござるかな？」

筆頭格の徳川家康が、他の四大老を眺《なが》め渡し、のんびりとした口調で訊いた。

「よろしかろう。」

豊臣の大番頭とでも言うべき存在である前田利家が、言葉少なくうなずいた。

「それしかござらぬ。むしろ遅きに失したくらい。」

一族から大量の兵を出し、自分も朝鮮に出向いて戦った毛利輝元は、すかさず家康の提案に同意した。

残りの大老上杉景勝と宇喜多秀家からも異議はなかった。

家康は、五奉行の一人であり、朝鮮奉行でもあった石田三成の名を呼んだ。

「治部少輔《じぶしょうゆう》殿よ。」

「はっ。」

「急いで朝鮮に使者を送るがよろしかろう。

これ以上の死は無益な死。一人でも多くの者を無事に帰国させなされ。」

家康は、太閤秀吉の死からまだ十日も経っていないのに、朝鮮での将兵の死を「無益な死」と言い放った。

「――――！」

瞬間、豊臣の番頭を自他共に認めている前田利家の頬のあたりが、ぴくりとした。

利家を見つめていた一座の誰もが、緊張した面持ちとなった。

しかし、当の家康だけは、何も気づかぬ様子で、笑みを浮かべている。

「……。」

それだけのことだった。

利家は言葉を呑み込み、無言で小さくうなずき、座には、毛利や宇喜多の安堵の吐息がこぼれ落ちた。

この瞬間に、秀吉没後の天下の主導権は、豊臣家から徳川家康に移った。

「直ちに。」

朝鮮総奉行として朝鮮出兵の無残な実状を目の当たりに見てきただけに、さすがの家康嫌いの石田三成も、反駁《はんばく》の言葉を返すことなく、神妙に応じた。

前線の武将たちに、秀吉の死は秘匿したままの朝鮮撤退の急使が送られた。

しかし、急使といっても、大阪から九州名護屋《なごや》、そして名護屋から船便で朝鮮半島へ、そこからさらに戦地へ、という経路だ。あっという間にひと月は過ぎる。結局、数万の豊臣軍が全員帰国したのは、十一月も末になってからだった。

足かけ七年、十数万人の死傷者を出しながら何一つ得るもののなかった無益な戦いが、一人の愚かな老人の死によって、やっと終結した。

そして、それから後の天下がどうなるのか、それは誰にも読めなかった。

最終章　# 親書渡海

──納屋《なや》助左衛門殿。

早耳のそこもとのこと故、もうすでに報が入っておるやもしれぬが、それがしからも知らせの便りをしたためることに致した。

去る葉月十八日、太閤秀吉がやっと死んだ。散々と好き放題をして、日本国をかき回し尽くした果ての死だった。

秀吉が死んで初めて気づかされたが、よくよく眼を凝《こ》らして見るならば、やつの死んだ後の豊臣家は、見てくれのあでやかさとは裏腹の、丸裸同然の態《てい》じゃ。最も頼りになるはずだった甥《おい》の関白秀次を自害させたため、いま身内で残っておるのは、年端もいかぬ息子秀頼ただ一人だけだ。

このような大名の家も珍しい。一族の長《おさ》が、おのが死後のことに配慮もせずに死を迎えた例《ためし》など、それがしは聞いたことがない。

実子可愛さから、秀頼の成長を待って関白職に就ける心づもりであったのやもしれぬが、そうだとしたら、秀吉は阿呆の極みと申すほかない。天下人への野心を棄《す》てきっておらぬ有力大名たちが、あわよくばの機会を窺っておるこの日本国で、そのようなことが出来ようはずがない。

豊臣家を補佐する前田利家はすでに老い、誇るべき武歴を持たぬ上に小国の主にすぎぬ治部《じぶ》少輔《しょうゆう》石田三成では、駒《こま》が軽すぎる。早晩、次の天下人の座を巡って、この国は再び乱世に戻る。間違いなく、そうなる。

再びの乱世――。

それこそが、それがしやそこもとが待ち望んでいた日本国の姿であり、イスパニアを追い上げて極東の覇者を夢見るイングランド国海軍が待っていたものでもある。

イングランド国がこの日本国をたやすく征服するためには、日本国が再び乱世に戻り、戦さにつぐ戦さで、豊臣も、徳川も、毛利も、上杉も、有力大名たちがことごとく疲弊《ひへい》し尽くさねばならぬ。

朝鮮への二度の出兵で大名たちは疲弊したではないか、という声もあろうが、それは違う。まだこの程度の疲弊では日本国は潰《つぶ》れぬ。豊臣に次ぐ有力大名である徳川家康は、朝鮮にただの一兵も送らなかったし、出征大名のほとんどは、朝鮮で戦さらしい戦さをしなかった。中には、加藤主計頭《かずえのかみ》清正のように、朝鮮で略奪の限りを尽くし、肥えた大名さえおる。かれらは、朝鮮を引き揚げて領地に帰れば、すぐに立ち直ることだろう。

この日本国には本ものの疲弊が必要とされている。戦さで男どもが大勢死に、田畑が荒れ、民が飢え、もはや救いようがないほどの疲弊と困窮。それが求められるのだ。

――助左衛門殿。

それがしは、先年、千利休殿からの形見の書状だけを伝手《つて》として、単身ルソンに渡り、そこもとと邂逅《かいこう》し、腹蔵なく語らい合うことができ、しかも、そこもとの手引きでイングランド国の人々との知遇を得、刮目《かつもく》に値する知識をいくつも頂戴した。

一年余のルソン暮らしで多くのことを学ばせてもらったが、中でも、イングランド国海軍のフランシス・ドレーク副司令官による、アルマダの海戦でのイスパニア艦隊壊滅の話を聞いた時には、これから極東の覇者になるのはイングランド国に違いない、と確信した。そして、おのが夢の成就の成否をイングランド国に賭けよう、と決めた。

あの日を機に、それがしは、カトリックに身を置きながら、心の内では、イングランド国教会に宗旨替えをした。そのことは日本国ではまだ誰にも内密にしておるが、心の内だけで、それをした。カトリックからもらったジュスト右近の洗礼名も、その時に、棄てた。

同じ吉利支丹《キリシタン》でも宗旨の反するイングランド国教会に身を移したことがわかると、カトリックの信徒たちは、それがしを、背教徒とか裏切り者とか罵《ののし》るかもしれぬが、それでよい。国力の衰えつつあるイスパニアやポルトガルから離れ、朝陽のごとき勢いのイングランド国と交誼《こうぎ》を結び、イングランド国の力によっておのれの夢を成就するためには、それは避けては通れぬ門である。

しかし。

それがしは三十年余を吉利支丹として生きてきたが、いったい、日本国の民に、カトリックとイングランド国教会との違いがどれほど理解できよう。イングランド国教会の宣教師よりもカトリックの宣教師の方が早く日本国にたどり着いた、それだけのカトリック信仰ではないか。どちらが先に日本国にたどり着いていても、日本国の民は、それなりの吉利支丹となって、主イエスを神と崇め仰いだことだろう。

この日本国の民にとって、宗教とはその程度のものにしかすぎぬ。もっと言うならば、日本国の民は、宗教とは無縁の民だ。それが証拠に、秀吉が禁教令を出すなり、何万人もの信徒が、あっさりと棄教した。その中には、京の豪商野田屋宗房のように、それまでは信徒の鑑《かがみ》と崇められていた熱烈な信徒も入っておった。

つまり、日本国とは、いつでも容易に宗旨替えのできる民で満ち満ちた、宗教が存在できぬ国なのだ。三十年余信徒たちを見つめて来たそれがしが言うのだから、間違いはない。

この日本国において、宗教がその程度のものにすぎぬのなら、その宗教の力をおのが夢の成就のために利用させてもらったとて、格別咎《とが》められるようなことでもなかろう。

先年のルソン行で多くを学んだそれがしは、吉利支丹でありながらも秀吉の覚えめでたい小西行長と謀《はか》り、豊臣瓦解への楔《くさび》を打ち続けて来た。

秀吉に朝鮮への出兵を唆《そそのか》したのは行長の手柄だ。行長は、明《みん》や朝鮮との交易の旨味《うまみ》を秀吉に説き、しかし明や朝鮮が日本国との交易には応ぜぬと教え、秀吉に朝鮮征伐を決心させた。

あの無益な朝鮮出兵によって、日本国は多くの財と兵を朝鮮に流し込み、七年間の徒労の果てに、得るものもなく撤退した。あれによって豊臣は大きく揺らいだはずだ。

そうした日本国にあって、次の天下人の座にすわれそうな有力大名は、関八州の長《おさ》である徳川家康だ。家康は、ついに、朝鮮に自兵を一兵も出すことなく終わった。秀吉の朝鮮出兵の傷を受けなかったたった一人の大名だ。

だが、豊臣恩顧の大名たちは、長年敵視してきた家康が天下人の座に就こうと動いたなら、それだけはさせまいと頑強に抵抗することだろう。それがしの勘では、そう遠くない将来、二つの陣営が衝突し、大戦さになるはずだ。

それ故にこそ、二つの陣営に大戦さをさせて、両者が戦さで疲弊しきった時に、イングランド国海軍がこの国を襲い、われら五十万吉利支丹がイングランド国の尖兵《せんぺい》となって戦えば、労少なくして日本を征服できると思う。

そこもとがお教え下さったしろがねという富、その富を南海への大量放出によって価値を失わせたこの日本国ではあるけれども、伊豆の土肥《とい》には先年金山が発見され、徳川家康がそこを治めておる。その金山は、まだ掘り起こし始めたばかりの金山であるので、イングランド国は間違いなく食指を動かすであろうと、それがしは思っておるし、漆《うるし》細工の品々も、絹も、南蛮人には十分に価値となるであろう。

そうした国を極東での補給地として占領下に置くことは、イングランド国にとって、決して悪い話であろうはずがない。

――助左衛門殿。

先の乱世の折には、それがしもそこもとも、あまりにも若すぎた。若すぎた故、年寄りたちの陰に追いやられ、時代の芯《しん》の場所で野望の旗を振ることがかなわなかった。

しかし、大和大納言、千利休殿、関白秀次、秀吉と、豊臣政権を支えていた人間が、ことごとく死んでいった。家康も前田利家も、もう、老年にさしかかった。天下への旺盛な野心を抱いておるであろう陸奥の伊達政宗や、会津の上杉景勝《かげかつ》、薩摩の島津義久は、京からはあまりにも遠すぎる。

秀吉の死。これは、乱世の予兆だ。いま一度の乱世は、必ず来る。間もなく訪れるであろう乱世では、利休殿やそこもとが培ってきたイングランド国との長年の信頼をうまく使えば、それがしとそこもとの働き次第で、イングランド国の力を背景に野望の成就を図ることができると、それがしは思っておる。

日本国の民など、どうでもよい。あの者たちは、所詮は隷属の民に過ぎない。阿呆の秀吉に十余年も従順に服したように、イングランド国の支配にも隷従するに決まっておる。あの者たちが必要としておるのは、自分たちに命《めい》を与えてくれる強い支配者だけだ。その支配者にわれらがなるのだ。

これより後は、日本国の様子を随時そこもとに書き送る故、それを、極東を担当するイングランド国海軍のスミス参謀副官に、そこもとの手から渡していただきたい。日本国の内情を知《ち》悉《しっ》し得たなら、イングランド国海軍はいずれ日本国の征服に向かうと、それがしは確信いたしておる。

助左衛門殿。われらの戦さはこれより始まる。

高山右近重友

戦国倭人伝第二部『豊臣奇譚』了

（第三部に続く）

●朝鮮出兵の数値や日時的なものについては、『豊臣秀吉の朝鮮侵略』（北島万次著、吉川弘文館）に拠った。

●本文中には差別語の使われている箇所がありますが、歴史小説の特性上やむなく使用しているもので、決して差別を助長するものではありません。

著者プロフィール

世川行介（せがわ こうすけ）

島根県生。大和証券、特定郵便局長を経た後、20余年間、〈野垂れ死にをも許される自由〉を求めて、日本各地を放浪。その破天荒な軌跡をブログ『世川行介放浪日記』に記述。彦根市在住。

著書に『戦国倭人伝第一部　本能寺奇伝』『世川行介放浪日記　貧乏歌舞伎町篇』『世川行介放浪日記　愛欲上野篇』（彩雲出版）、『歌舞伎町ドリーム』（新潮社）、『泣かない小沢一郎が憎らしい』（同時代社）、『郵政　何が問われたのか』『地デジ利権』（現代書館）、『小泉純一郎と特定郵便局長の闘い』（エール出版社）他がある。

戦国倭人伝 第二部

豊臣奇譚

平成29年11月3日　初版第1刷発行

著　者　世川行介
発行者　鈴木一寿

発行所　株式会社 彩雲出版　埼玉県越谷市花田4-12-11　〒343-0015
TEL 048-972-4801　FAX 048-988-7161

発売所　株式会社 星雲社　東京都文京区水道1-3-30　〒112-0005
TEL 03-3868-3275　FAX 03-3868-6588

印刷・製本　中央精版印刷

ISBN978-4-434-23831-4
定価はカバーに表示しています